Bibliografische Information der Deutschen Nationalbibliothek:
Die Deutsche Nationalbibliothek verzeichnet diese Publikation in der
Deutschen Nationalbibliografie; detaillierte bibliografische Daten sind
im Internet über http://dnb.dnb.de abrufbar.

TWENTYSIX – Der Self-Publishing-Verlag
Eine Kooperation zwischen der Verlagsgruppe Random House
und BoD – Books on Demand

ISBN   978-3-7407-6570-5

Herstellung und Verlag: BoD – Books on Demand, Norderstedt

Urban-Fantasy Roman

Vanira
-Im Bann der Götter-

Robert R. Brock

Ich wünsche jedem Leser viel Spaß mit diesem
Buch und eine unterhaltsame Zeit. Ich hoffe der,
oder die ein oder andere von Ihnen findet die Zeit
dieses Buch zu rezensieren. Ich würde mich über
eine Rezension auf den gängigen Portalen sehr
freuen, sowie eine Rückmeldung auch über unten
stehende Kontaktmöglichkeiten.

Robert Brock
Edisonstraße 2
09116 Chemnitz, Sachsen
Deutschland
www.autor-rr-brock.de
autorbrock@yahoo.com
Instagram: schriftsteller_r.r_brock

Die Wanen (abgeleitet vom altnordischen Vanir – „die Glänzenden", auch Vanen geschrieben) bilden neben den Asen das ältere der beiden Göttergeschlechter in der nordischen Mythologie. Sie wohnen in Wanenheim. Als Gottheiten u. a. des Herdfeuers und Ackerbaus werden ihnen Eigenschaften wie Fruchtbarkeit, Erdverbundenheit und Wohlstand zugeschrieben.

PROLOG

Man sagt, dass der Winter und seine Nächte voller Geheimnisse sind. Dass alles, was während der Zeit zwischen Sonnenuntergang und Dämmerung, zwischen Neuschnee und Vogelgezwitscher geschieht, der beste Zeitpunkt für eine Geschichte ist. Als ich dies alles das erste Mal hörte, wusste ich nicht, dass es für mich schon längst zu spät war das alles als Hirngespinst abzutun. Im Grunde genommen hat es mich noch nie wirklich gekümmert, was andere Menschen sagen und wie deren Meinung zu verschiedenen Dingen war. Ich war seit frühester Kindheit Individualistin. Ich weiß, es hört sich eingebildet und hochtragend an, doch im Gegensatz zu allen anderen Menschen, welche so etwas von sich behaupten, fühlte ich diese Individualistensache auch wirklich. Mit vollem Verstand. Mehr als ein einfaches Statement. Und während ich euch das hier erzähle merke ich schon wieder selbst, wie eingebildet ich klinge. Die Sache ist die, wenn man nichts außer seiner Selbst in seinem Leben hat, dann nimmt man eben die kleinen Dinge, auf die man Stolz ist. Bei mir ist es die erfolgreiche Abkehr gegen die restliche Gesellschaft. Dass ich einmal ein Teil eines Kollektivs sein sollte, ahnte ich damals noch nicht. Ich weiß nicht, ob mein Leben anders verlaufen wäre, wenn auch nur ein Teil dieser Geschichte anders abgelaufen wäre. Hätte ich vielleicht andere Entscheidungen getroffen? Wäre ich glücklich geworden?

Das alles kann ich nicht beantworten. Aber eines, das weiß ich ganz sicher. Wenn ich die Wahl erneut gehabt hätte, dann hätte ich zu einer Million Prozent wieder so entschieden. Ich bin Lisa Kopinski und das ist meine Geschichte.

KAPITEL 1

DER GANZ NORMALE WAHNSINN

Es war ein verregneter Morgen. Leise hörte ich wie die schweren Regentropfen gegen das Zimmerfenster trommelten. Die Sonne hatte sich noch hinter den dichten Regenwolken verkrochen. Behutsam öffnete ich ein Auge und schielte auf den kleinen Nachttisch neben meinem Bett. Ein gezielter Watsch erhellte das Smartphone Display und grelles, künstliches Licht flutete den halbdunklen Raum, sodass ich die Augen sofort wieder schließen musste.

»Lisa, aufstehen! Du kommst schon wieder zu spät!« hörte ich die gedämpften Schreie meiner Mutter aus der Küche im Erdgeschoss. Ich rollte mich verschlafen auf die rechte Seite und blinzelte den schwachen Sonnenstrahlen vor dem Fenster entgegen. Jeder Morgen lief gleich ab. Ich würde wohl nur noch eine knappe Minute Zeit haben, bevor meine Mutter die Treppen zum Obergeschoss hinauf getrampelt käme und gegen die Tür hämmerte. Ich weiß nicht, wieso sie sich überhaupt die Mühe machte an die Zimmertür zu klopfen, denn meine Mutter war sowieso kein großer Fan von Privatsphäre und würde im gleichen Moment die Zimmertür aufreißen. Ich wollte diese letzten Sekunden in der wohligen Wärme einer Daunenbettdecke noch ganz auskosten. Schon hörte ich das Knarren der vorletzten Treppenstufe, welche jeder, außer meiner Mutter, gelernt hatte zu überspringen. Ich fühlte mich wie in einem dieser Filme, in dem Dinosaurier auf einer Insel ausbrechen. Hinter mir donnerten die Schritte meiner Mutter. Es hörte sich ganz danach an, als wäre sie auf dem Weg zu mir, um mich in einem Stück zu verschlingen. Ich sah die Oberfläche des Wasserglases auf meinen Nachtisch vibrieren. Gleich würde es soweit sein. Drei… Zwei… Eins.

»Lisa, hörst du nicht? DU verpasst den Bus. Raus jetzt mit dir aus dem Bett!« Heute hatte sich meine Mutter das obligatorische Klopfen an der Tür komplett geschenkt. Mit einem kühlen Luftstoß riss sie diese auf. In wenigen Schritten durchmaß sie das kleine Zimmer mit seinen grauen Wänden, von denen hier und da Popstars aus ihren Postern hinab lächelten. Mit einem Ruck zog meine unbarmherzige Mutter das Zimmerfenster auf und der kalte, stechende Wind des Novembermorgens blies ins Zimmerinnere.

»Ich hab dich schon gehört.« grummelte ich, die Bettdecke bis unter die Augen gezogen. »Ich hab heute eine Stunde später.« versuchte ich meine

Mutter zu beschwichtigen.

»Ich glaub dir kein Wort.« Meine Mutter lächelte, mit ihrem warmen, herzlichen Lachen, welches sie mir immer schenkte. Auch, wenn ihr vielleicht gerade geglaubt habt, dass es anders wäre, aber ich und meine Mutter haben ein wahnsinnig inniges Verhältnis zueinander. Das mussten wir auch, denn seit dem Tod meines Vaters hatten wir wahrlich nicht mehr viel zum Lachen gehabt. Es war jetzt zwei Jahre her und bis auf meinen kleinen Bruder, Toni, hatte meine Mom niemanden mehr. Ich war quasi ihre moralische Stütze, obwohl ich erst siebzehn Jahre alt bin.

Mit einem Augenrollen schwang ich mich aus dem Bett, im Bewusstsein, dass mir diese Wärme fehlen würde. Das Zimmer hatte sich, zumindest für das Gefühl einer morgenmuffligen Jugendlichen, in einen wahren Eispalast verwandelt. Fest verschrenkte ich die Arme vor meiner Brust, wog mich hin und her und verweilte auf der Bettkante. Meine Mutter lächelte mich breit an.

»Na komm schon, ich fahr dich.« sagte sie mit sanfter Stimme und strich mir eine rote Strähne aus der Stirn.

»Du musst nicht…« begann ich, doch meine Mutter gebar mir mit einer Handbewegung Einhalt.

»Der Bus ist sowieso weg, Lisa. Und als sorgende Mutter kann ich es nicht mit mir vereinbaren, dass du den Mathe Unterricht verpasst.« sagte meine Mutter im Vorbeigehen und war schon wieder die Treppe nach unten unterwegs, um das Frühstück vorzubereiten. Danke Mom, dachte ich mir und atmete langsam und schwer durch. Eigentlich der Grund, weshalb ich mir die erste Stunde frei nehmen wollte.

Keine halbe Stunde später saßen wir schon im geräumigen Family-Van meiner Mutter. Ich und mein kleiner Bruder Toni, der lautstark mit zwei Actionfiguren aneinander schlug, was in meinem Kopf einen starken Migräneanfall vorbereitete, und meine Mutter gut gelaunt auf dem Fahrersitz. Sie hatte ihre langen, braunen Haare zu einem Dutt zusammen gebunden und auf ihrer Nase saß die klobige, eckige Brille, welche sie immer zum Autofahren trug. Den Sitz beinahe bis an das Armaturenbrett gekurbelt, dass ihre Arme in einem äußerst spitzen Winkel zum Lenkrad griffen, setzte sich der vollbeladene Wagen in Bewegung.

Ich schaute auf die grüne Digitalanzeige oberhalb des Radios. Es war viertel nach Sieben. Auf den Straßen war kaum Verkehr. Vermutlich, so dachte ich, weil sonst kein einziger Mensch zu diesen unheiligen Zeiten aufstehen musste. Missmutig starrte ich durch das Fenster die vorbeifliegende Landschaft an, während das »PSSSSSCH« und »BRAAAAHH« meines kleinen Bruders, sowie das Knallen von Plastik auf Plastik, in meinen

Ohren dröhnte.

Chemnitz war keine sonderlich schöne Stadt. Sie war klein, grau, laut und an fast jeder Ecke lag Müll. Vor dem Fenster flogen Abrissbauten vorüber, als meine Mutter auf die Beyerstraße einbog. Zwischen den ganzen heruntergekommenen Häusern ragten nigelnagelneue Supermärkte empor, mit ihren sauberen Glaswänden, damit auch ja jeder von draußen sehen konnte, was gerade im Angebot war. Der Weg zum städtischen Gymnasium dauerte keine zehn Minuten, selbst mit Verkehr wären es wohl keine fünfzehn gewesen. Als wir in die kleine Seitenstraße vor dem Stadtpark einbogen und sich der alte Backsteinbau auf unserer rechten Seite aufbaute, überkam mich wieder das unangenehme Gefühl, welches sich stets bei mir meldete, wenn ich auch nur in die Nähe meiner Schule kam.

»Vergiss nicht, dass wir heute einen Termin bei Dr. Andersen haben.« sagte meine Mutter, als ich die Wagentür öffnete.

»Hm.« antwortete ich kurz angebunden.

»Ich hab dich lieb. Viel Spaß mein Schatz.« schnell schloss ich die Tür zum Auto. Die ständigen Liebesbekundungen meiner Mutter im Öffentlichen Raum waren mir doch irgendwie etwas unangenehm.

»Kabuuuuhm.« verabschiedete sich mein kleiner Bruder, als er mit dem Kopf einer seiner Figuren auf den Beifahrersitz eintrommelte.

Ohne einen Blick zurück zu werfen, betend, dass meine Mutter nicht noch einmal zum Abschied hupen würde, tippelte ich die ausladenden Stufen zum Eingang hinauf. Meine Mutter hupte nicht, vermutlich hatte sie langsam begriffen, dass ich nun mal jetzt in einem Alter war, in dem so etwas den persönlichen Ruf unwiederbringlich zerstören konnte, wenn man wie ein Kleinkind zur Schule gebracht wurde. Eine Minute vor halb Acht. In gut fünf Minuten würde der Unterricht beginnen. Die letzten Schüler strömten als schnatternde und gackernde Traube in die unterschiedlichen Zimmer.

Im Haupthaus angekommen, schwenkte ich noch einmal zur Treppe ins Untergeschoss, wobei ich stets zwei Stufen auf einmal nahm. Im Untergeschoss standen die Schulspinde. Ich lief die langen Gänge bis zu meinem entlang, der undankbarer Weise auch noch der Letzte im Gang sein musste. Laut dröhnte die Schulglocke durch die kratzenden Lautsprecher-Anlagen. Ein Zeichen, dass für normale Menschen der Schultag beginnen sollte. Ich hingegen hatte mich längst damit abgefunden stets fünf, vielleicht auch zehn Minuten später zur Tür des Klassenzimmers herein zu kommen. Meine Lehrer sollten es langsam doch gewohnt sein, dass ich eher ein Mädchen der unpünktlichen Sorte war. Ich hatte mir dafür schon ein ganzes Repertoire an Ausreden bereit gelegt, welche ich, verteilt über das gesamte Schuljahr, nutzte.

An meinem Spind angekommen drehte ich mit ungeduldigen Fingern am Vorhängeschloss herum, bis die Ziffernfolge „1303", der Geburtstag meines Vaters, das Innere des Schrankes freigab. Ich beäugte mich ein wenig kritisch im angebrachten Spiegel. Ich trug einen schwarzen Pullover, auf dessen Vorderseite sich der Schriftzug „Now or Never" schlängelte und eine graue Jeans. Ich war da eher der einfach Typ Frau, zumindest im Vergleich zu etlichen dieser Modepüppchen an der Schule. Meine rotbraunen Haare, welche ich mal wieder nachfärben lassen sollte, lockten sich fröhlich und fielen auf meine Schultern hinab. Genau das mochte ich an meinem Körper am meisten.

Die Unkompliziertheit meiner Haare. Ich musste nie viel Zeit daran verschwenden sie in Form zu bürsten, weshalb ich mir dies des Öfteren komplett ersparte. Das und die Farbe meiner Augen. Ein strahlendes grau-blau, wie das Eis eines gewaltigen Gletschers. Es waren die Augen meines Vaters. Sonst hatte ich nicht viel von ihm. Bis auf die Farbe und Form meiner Augen, sowie meine von Natur aus dunkelblonden Haare, welche ich seit meinem zwölften Geburtstag immer wieder in neuer Haarfarbe ertränkte.

Sonst war ich komplett meine Mutter. Die vollen Wangen, das spitze Kinn und, als wollte mich irgendeine Gottheit für etwas strafen, eine, wie mir schien, viel zu breite Nase. Ich warf einen Blick auf das gesperrte Display meines Smartphones, was ein Foto meiner Familie schmückte.

»Scheiße.« entfuhr es mir, als die Uhr auf dem leuchtenden Display nun 07:37Uhr anzeigte. Ich hatte euch gesagt, dass es mir im Grunde nichts ausmachte zu spät zukommen? Ok, streicht das, ein wenig unangenehm war es mir schon. Zumindest dieses Vortragen meines Ausrede-Katalogs vor der versammelten Klasse. Schnell stopfte ich das Geschichtsbuch, ein Tafelwerk und das Mathebuch in den gierigen Schlund meines grauen Rucksacks, schmiss die Blechtür des Spindes ins Schloss und stürmte los.

Eine wilde Hatz später, bei der ich mit meinen, für solche Zwecke unbrauchbaren Turnschuhen, über den gebohnerten Schulboden schlitterte, stand ich nun endlich vor der Zimmernummer 3021 im dritten Stock des städtischen Gymnasiums. Ich atmete noch einmal tief durch, legte mir meine einstudierte Erklärung zurecht und pochte an die braune Tür. Ich wartete einige Augenblicke ab, dann drückte ich die Klinke nach unten und trat ein. Alle anderen saßen auf ihren Plätzen. Doch Frau Meyer, meine Mathematiklehrerin seit der fünften Klasse, stand nicht vor der Tafel. Mit neugierigen Augen schielte sie an Jemand anderem vorbei. Nun fiel mein Blick ebenfalls auf die Person, welche dort stand.

»Ah, Frau Kopinski hat es auch noch geschafft bei uns zu erscheinen.« sagte Frau Meier mit einer Stimme, welche auf jahrelanges Kettenrauchen schließen ließ. Die Tür schwang hinter mir wieder in die Angeln und stupste mich mit einem sanften Hieb Richtung Klassenzimmer.

»Ich... äh... « stotterte ich vollkommen perplex. So etwas war mir tatsächlich noch nie passiert. Mir fehlten tatsächlich die Worte. Das ist eben der Nachteil, wenn man sich fest auf eine kontinuierliche Situation einstellt und dann ein winziges Detail verändert wurde. Mein Blick schweifte zu dem Jungen, welcher sich vor der Tafel aufgestellt hatte und den ich noch nie in meinem Leben gesehen hatte. Ein Neuer? Mitten im Schuljahr? Der Junge hatte pechschwarzes, zerzaustes Haar und ein markantes Kinn. Seine Augen sahen voller Verachtung aus seinen Höhlen, schmal und zusammengekniffen. Lag das an mir? Er trug eine schwarze Lederjacke und eine dunkelblaue Jeanshose, welche an jedem freien Zentimeter mit Rissen übersehen war.

»Ja, Lisa?« holte mich Frau Meiers Stimme wieder aus meinen Gedanken.

»Bus verpasst.« sagte ich etwas kleinlaut und schaute nun endlich von dem Neuen weg.

»Schon gut Lisa, setz dich einfach.« seufzte Frau Meier und wies mir mit ihren runzligen Händen den Weg zu meinem Platz der letzten Reihe.

Mein kleines Paradies in diesem Martyrium

namens Schule. Ein Platz ganz für mich allein. Ich pfefferte den Rucksack auf den zweiten Stuhl, packte einen hohen Stapel aus Büchern vor mich, den ich als Schutzschild hätte benutzen können und ließ mein Kinn auf die kühle Tischplatte der Schulbank sinken.

»So, wo waren wir stehen geblieben?« überlegte Frau Meier laut. Ihre Augen waren mir bis zur letzten Reihe gefolgt. »Ach ja, wir haben einen neuen Schüler in diesem Schuljahr, der zusammen mit uns die elfte Klasse bestreiten möchte. Noah, könntest du dich bitte vorstellen?« fragte sie mit zuckersüßer Stimme an den Jungen gewandt, der mit finsteren Blick die Schlaufe seines, ebenfalls pechschwarzen, Rucksacks umklammert hielt. Der Junge nickte steif, als hätte er gerade einen Befehl und keine freundliche Aufforderung erhalten. Er räusperte sich.

»Ich bin Noah Ellingsen. Ich bin achtzehn Jahre alt. Ich bin hier, weil ich gezwungen wurde umzuziehen.«

»Na ja ich denke deine Eltern haben auch in deinem Interesse gehandelt, als ihr umgezogen seid.« unterbrach ihn Frau Meier mit freundlichen Grinsen.

»Ja, meine Eltern...« flüsterte der Neue und warf Frau Meier einen unergründlichen Blick von der Seite her zu.

»Fahr doch bitte fort.« sagte sie munter und lächelte nun wieder breit in die Zuhörerschaft. Noah Ellingsen atmete noch einmal tief durch, als müsste er diese Unterbrechung vorerst verkraften und fuhr dann in seiner monotonen Stimmlage fort:

»Ich komme aus Norwegen, um genau zu sein aus Tromsø. Ja, ich denke das war alles.« Die Gleichgültigkeit seiner Stimme schien nur mir selbst aufzufallen. Vielleicht auch nur, weil ich die einzige in dieser Klasse war, die mit der selben Gleichgültigkeit sprach, wenn sie über ihr Privatleben ausgefragt wurde. Seine vollen Lippen bewegten sich kaum beim sprechen und sein Akzent war, auch wenn er perfektes Deutsch sprach, unüberhörbar in seiner tiefen Stimme. Ich beschloss die Augen einen Moment zu schließen.

Die Vorstellung eines neuen Schülern würde mit an Sicherheit grenzender Wahrscheinlichkeit gute zehn, vielleicht fünfzehn Minuten dauern. Zeit genug also noch einmal die Augen zu schließen und das nachzuholen, wobei meine Mutter mich so unerbittlich gestört hatte. Der Klassenraum verschwamm vor meinen Augen, das Gemurmel der Klassenkameraden vermischte sich zu einem leisen Brummen, wie von einem Schwarm Bienen, die rauchige Stimme von Frau Meier verschwand komplett aus meinem Kopf. Es fühlte sich so gut an noch einmal meine müden Augen zu schließen, welche ich heute Morgen schnell mit einer ordentlichen Portion Make-Up aufgefrischt hatte.

»Am besten neben Lisa, da ist noch Platz.« Ich schreckte auf, als wäre gerade etwas ganz schlimmes passiert. Verstohlen schielte ich hinter meinem Schutzwall aus Büchern hervor. Frau Meier deutete strahlend in meine Richtung. Der neue, Noah, zuckte mit den Schultern und schritt den Zwischengang der Tische hindurch. Ich merkte nicht wie mein Mund offen stehen geblieben war. Nervös folgte ich seinen Schritten, in der Hoffnung, mich vielleicht doch verhört zu haben. Als dieser Noah dann schließlich in der letzten Reihe angekommen war und neben meinem Nachbarstuhl wie angewurzelt stehen blieb und einfältig auf den Platzhalter meiner Tasche herunterblickte, zerstörten sich alle Hoffnungen auf ein Verhören.

»Lisa, würdest du bitte deinen Schulranzen von Noahs Stuhl nehmen, damit sich unser neuer Mitschüler setzen kann?« erkundigte sich Frau Meier mit aufgesetzt guter Laune vom anderen Ende des Raumes. Die Blicke der restlichen Mitschüler waren allesamt auf mich gerichtet. Ich schloss kurz die Augen und sog die Luft durch meine Schneidezähne ein, bevor ich Anstalten machte den Platz frei zuraunen. Noah vermied es mich anzusehen. Was ein Idiot, dachte ich mir. Vermutlich hätte er noch die restlichen Schulstunden stehend gewartet ohne mich von selbst anzusprechen. Er ließ sich auf den nun freien Stuhl fallen. Packte einen karierten Schreibblock und Kugelschreiber auf den Tisch und lehnte sich in seiner Stuhllehne zurück. Aus den Augenwinkeln heraus beobachtete ich ihn. Diese Gleichgültigkeit. Seinen Stuhl hatte er an das äußerste Ende des Tisches gestellt, um mir ja keinen Millimeter zu nahe kommen zu müssen. Ich verschrenkte die Arme auf der Bank und ließ mein Kinn darauf nieder. Das schlimmste war gerade eben passiert. Ein Eindringling in meinem persönlichen, abgeschieden Reich und ich konnte nichts dagegen tun. In mir stieg Zorn auf. Zorn auf Frau Meyer, Zorn auf dieses Irrenhaus, welches sich fälschlicherweise Schule nannte und Zorn auf diesen Noah.

»Sehr schön.« sagte Frau Meyer und schlug begeistert die Hände ineinander, als im Klassenzimmer wieder Ruhe eingekehrt war. »Wo waren wir stehen geblieben?« fragte sie in die Runde.

»Wahrscheinlichkeitsrechnung, Frau Meyer.« sagte Theodor Hofmann in der ersten Reihe. Ein Streber mit dicker Hornbrille, dessen gesamter Kleiderschrank aus ein und dem selben langweiligen Typ Karohemd zu bestehen schien.

»Das nächste Mal klappt das bitte mit Melden.« flötete Frau Meyer und wandte sich ihrer grünen Tafel zu.

Der restliche Tag verlief eher schleppend. Ich weiß nicht wieso uns die Lehrer an einem Freitag derart malträtieren mussten.

Auf dem freitäglichen Stundenplan standen derart viele Stunden, dass man daran glauben könnte, den Lehrern würde es viel Freude bereiten, uns vor dem erlösenden Wochenende noch einmal richtig zu quälen. Nach der Doppelstunde Mathematik, in der Frau Meyer einen neuen persönlichen Rekord aufzustellen versuchte, so viele verschiedene Zahlen, Buchstaben und Diagramme an die Tafel zu kritzeln, dass sie immer wieder neuen Platz auf der Tafel schaffen musste, sehr zum Ärger der Mitschüler, welche beim monotonen Abschreiben nicht schnell genug waren, ging es in die Hofpause.

Die Hofpause, das natürliche Habitat der angesagten Kids, welche heimlich auf der anderen Straßenseite Zigaretten rauchten und sich über Partys und Alkohol austauschten. In der die Girlibanden wie auf dem Laufsteg über dem Schulhof schwadronierten, um so viele Augenpaare wie nur möglich anzuziehen und ständig hysterisch anfingen zu kichern, wenn ein Junge mal den Mut aufbringen konnte und versuchte eine aus diesem Konglomerat zu lösen um sie anzusprechen.

Die Nerds mit ihren dicken Brillen, welche sich auf ihren winzigen Handydisplay Videos zu den neusten Egoshootern anschauten und eine Menge anderer Jugendlicher und Kinder, welche einfach nur laut und nervtötend ihre Pause auf dem Schulhof verbrachten. Ich hingegen saß weit abseits dieser Ansammlungen.

Verstohlen warf ich einen Blick auf die kleine Papiertüte in meiner Hand und sah verstohlen hinein. Entnervt knüllte ich das obere Ende der Tüte wieder zusammen. Erdnussbutter Sandwiches. Meine Mutter wusste eigentlich genau, dass ich Erdnussbutter, seine Konsistenz, sowie den ekelerregend nussigen Geschmack nicht ausstehen konnte. Ich ließ die Tüte wieder in meinen Rucksack gleiten. Als ich einen Schatten vor mit bemerkte, blickte ich auf.

»Guten Morgen.« paffte mir eine stinkende Rauchwolke entgegen, die ich mit wildem Gefuchtel versuchte aus meinem Gesicht zu vertreiben.

»Morgen Moni.« gab ich meine knappe Antwort. Moni, eigentlich Monique Hermann, lächelte mich mit ihrer gewohnten guten Laune an. Sie war buchstäblich der einzigste Mensch dem ich verzieh, dass er gute Laune in dieser Herrgottsfrühe hatte.

»Und?« fragte sie lachend.

»Und.« sagte ich genervt zurück.

»Was geht nun am Wochenende?« fragte sie strahlend und nahm einen weiteren Zug von der Zigarette, den sie dieses Mal gnädiger Weiße nach oben in den Himmel blies. Ich kannte Moni eigentlich schon mein ganzes Leben. Ihre und meine Eltern kannten sich von früher und so wurde irgendwie darauf geachtet, dass auch wir uns anfreunden würden. Wir teilten uns den Sandkasten und die Spielsachen.

Moni war zwei Jahre älter als ich, doch musste sie damals eine Klasse wiederholen, was sie dazu brachte, dass sie mit nun neunzehn Jahren die zwölfte Klasse besuchte. Seit wir in der Oberstufe waren stellte sie mir Freitags immer wieder die selbe Frage, was ich wohl am Wochenende geplant hatte. Ich hingegen gab ich immer wieder die selbe knappe Antwort:

»Lesen, schlafen, essen.« sagte ich mäßig begeistert.

»Du Langweilerin.« lachte Moni. Ich wusste, dass es ihr nur darum ging mir ihre Pläne fürs Wochenende zu erzählen, in der Hoffnung, dass ich irgendwann einmal vor Freude laut los heulen würde und sie mich nicht jedes Wochenende aufs neue zwingen musste. »Hier hör mal...« sagte Moni, nahm einen letzten Zug und schnippst die Zigarette in ein naheliegendes Gebüsch. Mein Innerer Öko-Freak wollte schon wieder anfangen zu meckern, dass Monique ihre bekloppten Glimmstängel gefälligst nicht in die Umwelt schmeißen sollte, doch ich schluckte es herunter.

»Erik schmeißt heute Abend eine Party.«

»Erik?« fragte ich mäßig interessiert und kniff die Augen zusammen, weil das Licht hinter Moni blendete.

»Erik Peters, aus der Zwölften.« sagte Moni ungeduldig. »Der süße Kerl.« Natürlich wusste ich wer dieser Erik war, noch bevor ich seinen Nachnamen hörte.

Moni hatte es sich seit dem Sommer zur Pflichtaufgabe gemacht mindestens einmal pro Tag seinen Namen in einen beliebigen Satz einzubauen. Ich weiß nicht wie das passiert war, aber Moni hatte einen Narren an diesem Typen gefressen. Er war seit letztem Jahr urplötzlich in die Höhe geschossen und um mindestens zehn Zentimeter gewachsen und seine neue Passion wurde daraufhin der Kraftsport in irgendeinem dieser stinkenden Schuppen voll nackter Haut und feuchten Handtüchern.

»Also heißt es heute Abend chic machen.« zwinkerte mir Moni schalkhaft zu. Für Moni war das kein Problem mit den chic machen. Trotz, dass sie, für den gesellschaftlichen Durchschnitt, ein paar Kilos zu viel auf den Hüften trug, wusste sie doch ganz genau die Vorzüge ihrer Rundungen geschickt zu präsentieren. Schon seit unserer frühsten Kindheit war Moni immer modisch gekleidet, als hätte man ihr das Barbie-Image schon in die Wiege gelegt. Ich für meinen Teil fand es dagegen schon belastend das gleiche sparsame Prozedere im Bad zu vollziehen um den normalen Bild einer Elftklässlerin zu entsprechen. Ich war kein Freund von Make-Up und Co, doch seid Jenny Disario sich letztes Jahr lautstark in ihrer Clique darüber echauffiert hatte, dass ich in der Zehnten noch immer kein Make-Up benutzte, hatte ich mich schließlich dem gesellschaftlichen Ideal gebeugt und ihm ein kleines Zugeständnis gemacht. Nur damit ich nicht mehr als Vorzeige-objekt dieser Girlies dienen musste.

»Ich weiß nicht.« entgegnete ich, als Moni ungeduldig vor mir auf und ab hüpfte.

»Na klar, das wird klasse, du wirst sehen. Außerdem sind da auch paar heiße Jungs.« sie zwinkerte mir zu.

»Ich brauch keine heißen Jungs. Was ich brauche ist ein gutes Buch und meine Ruhe.« Moni überhörte meine Bemerkung. Ungeduldig tippelte sie mit den Füßn auf den Boden. Sie blickte mich fragend an, als hätte ich keine andere Wahl als ihrem Vorschlag zuzustimmen.

»Mal sehen.« antwortete ich schließlich. Was ihr anscheinend schon auszureichen schien.

»Das wird klasse!« freute sich Moni und schloss mich in eine Schraubstockartige Umarmung.

Als schließlich die Glocke abermals ertönte und sich die Schüler von draußen in einer gewaltigen Menschentraube zum Eingang hin drängten, sollte meine Tortur also weitergehen. Im zweiten Stock vor dem Geschichtszimmer sammelte sich schon der Rest unserer Klasse. Der neue, dieser Noah, lehnte etwas abseits der anderen an einer Wand, einen Fuß an die Wand gestellt und beobachtete mit ausdruckslosen Gesicht die Decke des hohen Flurs. Ich hingegen stellte mich nahe der Treppe hin und zog mein Smartphone aus der

Tasche. Auf dem Display leuchtete eine Nachricht meiner Mutter auf. Ich klickte auf die kleine Textnachricht.

Hey, mein Schatz.
Bitte versuche diesen Tag irgendwie zu überstehen.
Ich hab mir überlegt, dass wir vielleicht am Wochenende einen kleinen Ausflug machen könnten? Nur wir beide, wie früher. Toni ist bei Oma Magda, ich hab vorhin mit ihr telefoniert.

Bis heute Nachmittag. Vergiss bitte den Termin bei Dr. Andersen nicht.
Hab dich lieb.
Mom.

Ich musste lächeln. Zwar spürte ich immer noch die Verbitterung in dieser Schule gefangen zu sein, doch besserte sich meine Laune erheblich, wenn ich daran denken konnte mit Mom mal wieder einen Mädelsausflug zu machen, wie sie es damals immer genannt hatte. So müsste ich nur noch diesen letzten Schultag für diese Woche hinter mich bringen, dann diese Party überstehen, von der Moni dachte ich hätte ihr bereitwillig zugesagt und dann konnte ich mich endlich mal wieder nur um mich und meine Mom kümmern. Gott, wie ich so einen Ausflug gebraucht hatte. Die Glocke ertönte und die Tür zum Geschichtszimmer ging quietschend auf.

Der alte Professor, Herr Hendriksen, lugte durch den Spalt in der Tür. Seine Lesebrille hing derart weit vorn auf seiner Nase, dass man denken konnte sie würde bei der kleinsten Bewegung zu Boden fallen. Er winkte uns mit einer Handbewegung und abwesendem Gesichtsausdruck ins Innere des Zimmers. Die anderen nahmen ihre gewohnten Plätze ein. Nur mein Platz war so gar nicht mehr gewöhnlich. Noch bevor ich an meinem einsamen Exil in der letzten Reihe angekommen war, streckte Noah seine langen Beine nach vorn hin aus und blockierte mir den Durchgang.

»Äh… Entschuldige? Ich muss hier durch.« sage ich missmutiger als ich es eigentlich geplant hatte. Noah hob seinen schwarzen Schopf und schaute mich mit seinen dunkelblauen Augen durchdringend an. Wortlos zog er seine Beine zurück und ließ mich passieren. Ich konnte mich irren, doch ich glaubte in seinem Blick eine gewisse Verachtung erkennen zu können. Als ich meinen Kram unsanft auf die polierte Oberfläche des Tisches fallen ließ beobachtete ich diesen Noah aus den Augenwinkeln. Seine Augen hatten etwas Magisches. Dieses Blau war tiefer als das Blau eines Ozeans und mindestens genau so unergründlich. Mein Blick glitt an seinem makellosen Gesicht hinab zu seinem spitzen Kinn und seinen Lippen. Seine vollen, roten Lippen. Unwillkürlich fragte ich mich, ob er sie geschminkt hatte, oder ob man wirklich von Natur aus so rote Lippen haben kann.

»Lisa, kannst du es uns sagen?« fragte Herr Hendriksen, der sich in seiner Kordhose auf die erste Bank geschwungen hatte und durch seine quadratischen Brillengläser hinter seinem Buch aufschaute. Na toll. Ich hatte nicht einmal gemerkt, dass der Unterricht bereits begonnen hatte. Nervös blickte ich zu den anderen Tischen, in der Hoffnung irgendwo ein Zeichen erkennen zu können was Herr Hendriksen mich eben gefragt hatte. Vielleicht irgendeine aufgeschlagene Buchseite.

»Ähm... « überlegte ich laut und knetete meine Hände ineinander. Herr Hendriksen fixierte mich mit seinem schneidenden Blick.

»Asen, Riesen und Wanen.« antwortete eine tiefe mäßig interessiert klingende Stimme neben mir. Es war Noah. Den Blick immer noch gerade aus, als würde er an Herr Hendriksen vorbei sehen. Er sprach langsam und doch deutlich, fast schon ein wenig gelangweilt.

»Exakt!« freute sich Herr Hendriksen. »Und was glaubt ihr, wieso im Dritten Reich, der Glaube an diese alten Germanischen Sagen neuen Aufschwung bekam?« fuhr Herr Hendriksen fort. Ich vergrub mein Gesicht wieder hinter meinem Bücherstapel.

»Hör auf mich anzustarren.« knurrte Noah leise aus dem Mundwinkel, gerade noch laut genug, dass ich ihn verstehen konnte.

Dieser Kontaktversuch traf mich vollkommen unerwartet. Ich war tatsächlich kurzzeitig perplex. Wie konnte er es wagen?

»Ich starre dich nicht an.« zischte ich zurück.

»Du tust es schon wieder.« seine Augen verfinsterten sich, doch er schaute immer noch starr geradeaus. Jetzt erst bemerkte ich selbst, dass er technisch gesehen schon recht hatte. Aber ich schaute ihn eher mit einer Art Verwunderung an, als mit einem wirklichen Interesse. Soweit war ich mir bewusst. Was fiel diesem Typen nur ein mir zu unterstellen, dass ich ihn anglotzen würde?

»So interessant bist du nun auch wieder nicht, Neuer.« entgegnete ich ihm und schaute wieder nach vorn zur Tafel, an der der kleine Herr Hendriksen nun eifrig Namen und Datumszahlen kritzelte und aufgeregt jeder richtigen Antwort vor dem Lehrerpult umhersprang.

Wir schlugen irgendeine Seite in einem dieser schweren, alten Bücher auf. Mit mäßigem Interesse ließ ich meinen Blick über die aufgeschlagene Buchseite schweifen. Mein Blick blieb bei einem sehr außergewöhnlichen Helm hängen. Ich vergewisserte mich mit einem kurzen Blick ob Herr Hendriksen mich nicht beobachtete und kramte mein Telefon hervor. Ich weiß nicht wieso, doch verspürte ich den Drang diesen Helm zu fotografieren. Nicht, dass ich mich besonders für Geschichte interessiert hätte, oder ich irgendetwas mit diesem Foto vorgehabt hätte, doch schien mich die Form dieses Helms auf irgendeine tiefgründige Art anzusprechen. Diese geschwungene Form aus spitz zulaufenden Metall und diese übergroßen Ohrenschützer, welche wie Engelsflügel an den Seiten angebracht waren. Ich schüttelte den Kopf und steckte das Telefon wieder in die Tasche. Hatte mich dieser Neue tatsächlich so aus dem Konzept gebracht, dass ich schon anfing mich mehr für den Unterricht zu interessieren um bloß nicht mit ihm sprechen zu müssen? Mein Kopf sank wieder auf die Bank und die Stimmen um mich herum verschwammen wieder zu dem selben monotonen Gemurmel.

Der restliche Tag verlief dann glücklicherweise um einiges unkomplizierter. Nach der Doppelstunde Geschichte ging es geradewegs zu Chemie, eine Stunde. Dann eine Stunde Physik, dann noch zwei weitere Stunden Deutsch. In der Pause vor dem Deutschunterricht hatte ich es mir gegönnt mich auf der Mädchentoilette im zweiten Obergeschoss des Westflügels einzuschließen, mir meinen Handy-Wecker auf Zwanzig Minuten zu stellen und ein ausgiebigen Mittagsschlaf abzuhalten. So tat ich das des Öfteren, gerade wenn es mir draußen zu kalt wurde. Und da ich über die Jahre eine gesunde Abneigung gegenüber anderen Menschen entwickelt hatte und ich ohnehin in meinen vier Jahren auf dem „Dr. Wilhelm Andre Gymnasium" nicht wirklich viele Freunde gefunden hatte, blieb auch der Unterrichtsraum keine Option, um dort meine Pause zu verbringen. Ich hatte einfach kein Interesse Freundschaften zu schließen und auch die anderen in der Klasse schienen das zu bemerken, denn sonderbar oft wurde ich nicht angesprochen. Mich würde es ohnehin nicht interessieren ob Klara Weinberger jetzt nun einen neuen Freund hatte, oder ob Justin Müller wieder einmal etwas an seiner kleinen Crossmaschine verändert hatte. Was mir natürlich nur recht war.

Immerhin teilte ich sowieso nicht die Interessen der anderen. Ich war lieber mit meinen Freunden aus anderen Schulen unterwegs und noch lieber daheim, oder einfach bei Moni, wenn meine Mom mir wieder mal umgekehrten Stubenarrest gab, damit ich mal etwas anderes sehe als mein eigenes Zimmer, wie sie sagte. „Du musst unter Leute kommen" pflegte meine Mutter zu sagen. Wieso um alles in der Welt sollte ich unter Leute kommen? Menschen sind anstrengend und haben Probleme, als hätte ich davon selbst nicht genug.

Der Deutschunterricht wurde dann noch einmal eine wirkliche Herausforderung für mich. Nicht nur, dass es die letzten beiden Stunden, eines sich in die Länge ziehenden Tages waren und wir Schüler im Inneren eines übel riechenden, staubigen Klassenzimmers eingepfercht waren, sondern auch weil dieser neue, Noah, noch einmal alles zu geben schien mir zu zeigen, dass ich vermutlich das abstoßendste Wesen auf dieser Welt für ihn zu sein schien. Was mir natürlich im Grunde genommen vollkommen egal war. Ich kannte ihn schließlich nicht.

»Lisa?« fragte meine Deutschlehrerin mich mit strenger Stimme.

»Ja Frau Jaschke?« antwortete ich mit der freundlichsten Stimme, welche ich im Stande war aufzubringen.

»Bist du bitte so gut und lässt unseren neuen Mitschüler Noah mit in dein Buch schauen? Er wird seine Bücher erst nächste Woche bekommen.« mit einem gezwungen Lächeln nickte ich zustimmend, dann kramte ich aus meinem Rucksack ein vergilbtes Buch, dessen Seiten sich nur vom bloßen Anschauen schon vom Buchrücken zu lösen schien. Noah atmete tief und pfeifend durch seine Schneidezähne, ganz als müsste er sich zurückhalten mir nicht gleich eine Gemeinheit an den Kopf zu werfen. Mit zornfunkelnden Augen ließ ich den Schmöker auf den Tisch zwischen uns fallen. Kleine Rauch- und Staubwölkchen pufften in die Höhe, als das Buch mit einem satten Geräusch vor uns auf den Tisch platschte. Mit spitzen Fingern und ohne mich auch nur eines Blickes zu würdigen, geschweige denn einen Ton des Dankes verlautbaren zu lassen, dass ich ihn in meiner Großzügigkeit mit in mein Buch schauen ließ, zog er es zu sich hinüber.

»Seite 139, Aufgabe 3b.« ließ Frau Jaschke von ihrem Platz am Fenster verlautbaren. Das Rascheln und Zupfen verklebter Seiten erfüllte den Raum. Ich beobachtete wie Noah die Seite aufschlug. Sein Gesicht hatte immer noch diesen gleichgültigen Ausdruck von heute Morgen, als würde dieser Mensch eine Maske tragen.

»Da kann man sich auch mal bedanken.« knurrte ich und zog das Buch wieder ein Stück näher zu mir heran.

»Danke.« war seine kurze emotionslose Antwort.

Als schließlich die Glocke erneut ertönte und sich das freudige Gequassel der dutzenden Stimmen im Raum verteilte, herrschte wieder reges Treiben im Unterrichtsraum. Sorgfältig verstaute ich meine Unterlagen, sowie das abgegriffene Buch in meinem Rucksack. Ich wollte mich gerade von meinem Stuhl erheben, da sauste ein schwarzer Umriss an mir vorbei, dass sich vom Windzug beinahe meine Haare gewellt hätten. Mit wenigen Sätzen war Noah vom Stuhl aufgesprungen und durch den Raum gehastet. Wieder stieg Wut in mir auf, doch dieses Mal war mir vollkommen klar, dass es eigentlich keinen Grund dafür gab. Schließlich war es mir nur recht, wenn sich dieser Noah schnell aus dem Staub machte.

So blieb mir wenigstens noch eine lange Busfahrt mit diesem Typen erspart. Als seine Silhouette durch den Türrahmen strich, wehten noch einmal für einen kurzen Moment seine zerzausten Schwarzen Haare über seine Schulter. Seine Haare, welche danach aussahen als brauchte er sich keine Gedanken darüber machen wie er sie zu richten hatte und doch so perfekt über seine Stirn fielen. Ich schmiss mir den Aschgrauen Rucksack auf die Schultern und machte mich ebenfalls auf.

KAPITEL 2

WAHRHEIT ODER PFLICHT

Als der grau-blaue Bus mit seinen zerkratzen Fensterscheiben und seinen vollgeschmierten Kunststoffsitzen mit quietschenden Bremsen zum Stehen kam, war ich froh wieder durch die Nase atmen zu können, als ich galant von der letzten Stufe absprang. Zu dieser Zeit waren derart viele Menschen mit dem öffentlichen Nahverkehr unterwegs, dass es mich als selbsterklärten Misanthrop einige Überwindung kostete nicht Amok zu laufen. Der Geruch der Arbeitstüchtigen, welche sich wahrscheinlich nur einmal in der Woche zu waschen schienen, das Geplapper von hunderten Schulkindern, das alles war eine tägliche Tortur, welche ich noch so lang über mich ergehen lassen musste, bis ich mit meinem Nebenjob genügend Geld angesammelt hatte um mir einen Führerschein leisten zu können. Oh, richtig, das hatte ich ja noch überhaupt nicht erwähnt.

Mein Nebenjob, zu dem ich mich noch drei Mal pro Woche schleppen durfte, um ein paar Euro extra zu verdienen. In einem Baumarkt Farbdosen zu sortieren oder Regale aufzufüllen war sicherlich nicht die schlechteste Art und Weise Geld zu verdienen, so fern man mich in Ruhe ließ. Ich stürmte über die Straße. Beinahe hätte ich vergessen nach rechts und links zu schauen, ob vielleicht ein Auto kommen und mich in voller Fahrt über den Haufen fegen konnte. Ich war vor einem weißen, hohen Haus am Rand von Gablenz angekommen, einem Stadtteil im Südosten der Stadt.

Es war ein sehr gepflegtes Haus in steriler, weißer Fassadenfarbe gestrichen und mit glänzend sauberen Fenstern, welche sich oval und mannshoch in die Vorderseite zur Straße hin in die Wand einsetzten. Der Haupteingang, zu dessen beiden Seiten kleine Blumenbeete in den Beton eingelassen waren, auf denen aber wegen der Abgase nicht sonderlich viel blühte, erstreckten sich zwei Granit graue Flügeltüren. Ein goldenes Messingschild an der Hauswand verriet: Herr Dr. Jan Andersen, Facharzt für Psychotherapie, 2.OG. Ich drückte auf die Klingel, welche sich unter der grauen Gegensprechanlage befand, wartete die üblichen fünf Sekunden, bis ein kratzendes Surren aus dem Lautsprecher die Eingangstür freigab. Im Inneren des Hauses war alles in grauer und weißer Farbe gestrichen, welche sich durch lange geometrisch perfekte Linien voneinander abgrenzten.

Das Geländer zierten polierte Holz-Griffschalen. Ich stürzte etwas hastig und unbeholfen nach oben in das zweite Obergeschoss. Im Inneren der Praxis empfing mich die Sekretärin von Dr. Andersen.

»Guten Tag.« ertönte eine hohe Frauenstimme aus dem Zimmer links von mir. Die zierliche Frau mit der großen Brille, welche ihrem Gesicht das Aussehen eines Insektes verlieh, blickte mit erhobener Nasenspitze über den Tresen.

»Guten Tag, ich habe einen Termin bei Dr. Andersen.« sagte ich und stellte mich auf den federnden Teppich im Raum.

»Name. Karte.« gab sie mir die knappen Anweisungen, während sie mit ihren langen, roten Fingernägeln auf die Tastatur ihres Computers einschlug. Ich kramte in meiner Tasche, während sie ungeduldigen Blickes und mit aufgesetztem Grinsen ihre Fingerspitzen aneinander reiben ließ. Kaum hatte ich ihr die Versicherungskarte entgegen gestreckt, schnappte die Sekretärin sie mir, schneller als ich schauen konnte, aus der Hand.

»Nehmen Sie bitte Platz, sie werden durch die Lautsprecher aufgerufen.«

Der Warteraum, welcher kaum größer als mein eigenes Zimmer und in einem trostlosen gelb gestrichen worden war, war menschenleer.

Wenigstens ein was gutes an diesem Tag, dachte ich und ließ mich auf einen dieser neumodisch geschwungenen Stühle sinken. Ich saß keine fünf Minuten, als die Tür der Praxis erneut aufging und ein fürchterlich kitschiges „Ding-Dong" neue Patienten ankündigte. Ich nahm mein Telefon aus der Tasche und bemerkte, dass Moni mir eine Nachricht geschrieben hatte. Vermutlich wollte sie mir nur mitteilen, wann sie mich heute Abend für ihre komische Feier abholen wollte. Entnervt steckte ich das Telefon wieder in meine Jackentasche.

»Entschuldige die Verspätung.« hörte ich eine mir vertraute Stimme. Ich blickte auf und sah in das vom Wind gezeichnete Gesicht meiner Mutter. Eine lange braune Strähne hing ihr mitten in das Gesicht, ihre Wangen waren vom kalten Wind rot gefärbt.

»Macht nichts. Wir waren sowieso noch nicht dran.« antwortete ich achselzuckend, als meine Mutter ihre schwarze Lederjacke an die Garderobe im Warteraum hing.

»Ich musste Toni noch zur Oma fahren und du weißt ja wie er ist, wenn er allein zu Oma muss.« Ich wusste wie ich meiner Mutter zu antworten hatte, wenn sie mir ihren stressigen Tag vortrug. Ich war eine gute Zuhörerin, nickte mit gefasstem Blick und spendete ihr eines meiner selteneren Lächeln.

»Aber da können wir wenigstens dann gleich sofort los. Ich hatte gedacht wir fahren wieder in die Therme nach Bad Schandau, dort wo wir früher immer waren.« die Worte ergossen sich aus dem Mund meiner Mutter wie ein Wasserfall.

»Ähm Mom.« grätschte ich dazwischen. »Ich dachte wir fahren morgen? Es ist so, dass ich vielleicht Moni versprochen habe mit zu ihr heute Abend etwas zu unternehmen.« sagte ich vorsichtig, als würde ich einen Zeitzünder an einer Sprengfalle entschärfen müssen. Zu meiner Überraschung war meine Mom jedoch nicht böse oder enttäuscht. Sie nickte und lächelte.

»Dann fahren wir morgen.« sagte sie sanft und strich mir mit ihren kühlen Fingern über meine Wange. Dann wurden wir auch schon aufgerufen.

Ich erspare euch jetzt mal den langatmigen Teil in dem ein praktizierender Gehirnklempner versucht herauszufinden, welche bleibenden Schäden bei mir durch den Tod meines Vaters zu erwarten waren. Eine allwöchentliche Qual, bei der ich mir vorkam wie ein Versuchskaninchen, an dem man diverse Tests ausführt um zu schauen auf was es reagiert. Einen Mann im fortgeschrittenen Alter mit wenig Haaren und dafür umso strengeren Geruch, der mich beäugt als könnte ich gleich explodieren, sowie meine Mutter, die in einer Endlosschleife schluchzte und dem Doc Anweisung zu geben schien, was sich doch alles bei mir verändert hatte. Jedenfalls war ich dann froh wieder zu Hause angekommen zu sein. Meine Mutter kümmerte sich im Untergeschoss um die Berge an Wäsche, welche sich, vor allem durch das tägliche Schlammbad im Kindergarten meines kleinen Bruders, bis unter die Zimmerdecke zu stapeln schienen. Das erste Mal am Tag wo ich einfach nur Zeit für mich hatte. Ein gutes Buch zur Hand nehmend und mich mit einem dreifachen Flick-Flack seitwärts aufs Bett schmeißend war ich nun endlich angekommen. Das war meine ganz persönliche Entspannung. Ich hatte gerade die erste Seite von „Blutrote Mitternacht" aufgeschlagen, als mein Handy wie von Sinnen auf dem kleinen Nachttisch zu vibrieren begann. Laut und knarzend schob sich das Gerät über das Holz.

»Ja?« ich klang genervter als ich es beabsichtigt hatte als ich den grünen Hörer drückte.

»Du hast mir nicht geantwortet. Was ist los?« fragte Moni am anderen Ende der Leitung mit vorwurfsvoller Stimme. Ich konnte ihren tadelnden Gesichtsausdruck quasi vor mir sehen.

»Hab ich vergessen... ´tschuldige.« versuchte ich die Situation zu entschärfen und rollte mich auf den Bauch.

»Bleibt das dabei? Bei heute Abend?« eigentlich hatte ich mich schon voll und ganz darauf eingestellt mich in meinem Buch zu vertiefen und mir nebenher mein schlechtes Gewissen damit zu beruhigen, dass ich Moni am Montag einfach sagen würde ich sei eingeschlafen. Doch ich Dussel musste ja auch so unverfroren dieses Telefonat annehmen. Jetzt musste ich da durch. Ob ich wollte oder nicht.

»Ja hör mal Moni...« versuchte ich die Situation zu erklären.

»Du sagst jetzt aber nicht ab oder was?« ihre Stimme klang immer vorwurfsvoller. In meinem Inneren regte sich mein schlechtes Gewissen. Am anderen Ende Stille.

»Kommt nicht in Frage.« sagte Moni nach einer Weile. »Ich werde in zwanzig Minuten an deiner Tür stehen. Zur Not wird mir deine Mutter schon helfen.« befehligte sie mir streng.

»Schon gut. Ich bin in zwanzig Minuten vor der Haustür.« sagte ich augenrollend, was Moni zum Glück nicht sehen konnte.

»Geht doch, wenn man möchte. Das man dir immer erst drohen muss.« ihre Laune hatte sich aufgehellt. Ich schmiss das Telefon über mein Bett. Plötzlich fühlte sich das gesamte Leben wieder so schwer an. Als wäre ich dem nicht gewachsen. Gott, wie ich solche Partys hasste. So viele Menschen würden dort sein und alles nur wegen diesem komischen Erik, auf den Moni so abfuhr.

Nach wehleidigen zwanzig Minuten, voller Selbstmitleid und einem eher lustlosen Versuch meine Haare zu einer Art annehmbaren Frisur zu stylen, stand ich schließlich in unserem winzigen Vorsaal. Misstrauisch beäugte ich mich im Spiegel zu meiner rechten Seite. Dafür, dass ich eigentlich wenig Talent im Styling besaß, hatte ich doch eine recht annehmbare Hochsteckfrisur aus meinen Haaren gezaubert. Einzelne feuerrote Strähnen hingen von meiner Stirn hinab und lockten, was die Frisur eleganter wirken ließ als ich es eigentlich beabsichtigt hatte. Aus den Zufällen resultierten wohl die besten meiner Frisuren, dachte ich mit einem zuversichtlichen Grinsen im Gesicht.

Mein Outfit für den Abend war zwar lässig, doch strahlte es eine Art „Sex and the City" Charme aus. Ich war nie der Typ Frau gewesen, bei der der Körper sich genau so schnell entwickelte wie der Verstand und doch hatte ich über die letzten Jahre gelernt meine Vorzüge besser zu verpacken als manch ein Model. Ich trug einen schwarzen, langärmlichen Pullover mit V-Ausschnitt, darunter meinen Lieblings-BH, welcher meinen Busen besser zur Geltung brachte. Dazu eine schlichte, schwarze Leggins und darüber einen schwarzen Rock, welcher früher mal meiner Mutter gehörte und ein Relikt aus der sagenumwobenen „wilden Zeit" ihrerseits war.

»Wooow.« ertönte hinter mir die Stimme meiner Mutter, gefolgt von einem langgezogenen Pfiff.

»Ach hör auf!« entgegnete ich, obwohl mir ihr Kompliment wirklich schmeichelte.

»Pass auf dich auf, hörst du?« sagte meine Mutter mit ruhiger Stimme, während sie mir eine meiner rot braunen Strähnen hinter das Ohr kämmte. »Mooooom, ich bin kein kleines Baby mehr.« stöhnte ich und versuchte mich einer ihrer klammernden Umarmungen zu entziehen. Sie drückte mir noch einen sanften Kuss auf die Stirn, dann entließ sie mich in die Abenddämmerung nach draußen. In schnellen Schritten, ohne den Blick noch einmal zurück zu wagen, durchquerte ich unseren kleinen Vorgarten, welcher von allen möglichen Arten Schlingpflanzen durch wuchert zu sein schien. Vor dem Holztor mit seinen niedrigen Pfählen wartete auch schon Moni in ihrem kleinen blauen Auto. Aus den spaltbreit geöffneten Fenstern hämmerte ein dumpfer Bass, dass das Blech des alten Autos im Takt vibrierte. Meine Mutter blieb noch kurz auf der Schwelle unserer Haustür stehen, dick eingewickelt in einen ihrer Morgenmäntel und schaute mir nach, bis ich eingestiegen war.

Auf dem Weg durch die nächtliche Chemnitzer Innenstadt versuchte ich im Spiegel der Sonnenblende etwas zu erkennen, um meinen Lidstrich noch einmal nach zu ziehen. Ich weiß, ich weiß. Ich hatte gesagt, dass es mich nicht großartig kümmerte, ob mich irgendwer attraktiv fand und nichts vom Schminken hielt, aber auf einer Party sollte man dennoch nicht zu individuell aussehen.

Am besten man versuchte in der Masse der anderen Gäste zu verschwinden und das gelang einem nun mal am Besten, indem man sich auch verhielt wie die Anderen. Die besagte Party lag im nordwestlichen Teil der Stadt, im Schlossviertel. Enge Straßen wandten sich den Schlossberg hinauf, welche durch den einsetzenden Nieselregen feucht im Scheinwerferkegel schimmerten. Monis Auto, welches mit Abstand älter zu sein schien als Moni oder ich, und dafür lege ich meine Hand ins Feuer, tat sich zunehmend schwerer die engen Windungen der schmalen Straßen zu erklimmen. Schließlich hielten wir, am höchsten Punkt des Berges, vor einem großen Herrenhaus, dessen düstere Mauern mit unzähligen Blumenranken besetzt war. Abgegrenzt war das Grundstück durch gesunde Metallstäbe, welche kunstvoll zu einem mannshohen Zaun verflochten worden waren. Zum Eingang hin, welcher von einer schweren, schwarzen Tür bewacht wurde, stieg eine kleine gewundene Steintreppe empor, an dessen Geländer sich ebenfalls viele Ranken schlängelten.

»Ganz schön cooles Haus.« sagte ich mäßig beeindruckt, als ich die Autotür hinter mir ins Schloss fallen ließ. »Hätte nicht gedacht, dass Eriks Eltern in so etwas wohnen.«

»Oh, wir sind nicht bei Erik.« sagte Moni und lief auf einmal puder-rot an. »Das Haus gehört einem seiner Kumpels.« Ich wirbelte auf der Stelle herum und sah Moni an, die es vermied mir in die Augen zu schauen.

»Lisa ich wusste, dass du nicht mitgehst, wenn ich dir sage, dass es bei einem Freund von Erik ist. Es sind schon nicht viele Leute da. Vertrau mir einfach!« sagte Moni schließlich augenrollend und stürmte an mir vorbei. »Komm schon! Das wird lustig.« fügte sie auf der Treppe stehend hinzu und krempelte sich ihren braunen Rock noch etwas nach oben. An der Tür angekommen drückte Moni auf den runden Knopf unterhalb eines Steinsims.

Ein vornehmer Glockenschlag ertönte, den man drinnen vermutlich nicht hören würde. Jetzt wo wir vor der Tür standen, hämmerten schon rhythmische Bässe gedämpft durch die Eingangspforte. Aus dem Nieselregen war indes ein unwirkliches Unwetter geworden. Schwere Regentropfen schlugen neben uns auf dem Boden ein, während wir versuchten uns ein wenig dichter unter den Vorstand zu drängen. Es dauerte mindestens eine Minute, ich war schon drauf und dran noch einmal auf die Klingel zu drücken, da schwang die schwere, schwarze Tür aus ihren Angeln und gab den Blick in einen langgezogenen Flur frei, der sich zu einer Treppe ins Obergeschoss erstreckte.

Vor uns stand Erik. Blondes, kurzes Haar, welches er mit einer Menge Haarwachs zu einer Tolle geformt hatte und sein breiter Kiefer zierte ein süffisantes Lächeln.

Sein hellblaues Hemd, welches bis auf die ersten beiden Knöpfe akkurat geknöpft worden war, schmiegte sich so elegant um seine breiten Schultern, dass ich nur einen Blick brauchte um zu verstehen, weshalb Moni unbedingt hier her wollte.

»Guten Abend, Mädels.« begrüßte er uns mit schmeichelnder Stimme. Er beugte sich vor um Moni zu umarmen, dann wandte er sich mir zu. Reflexartig trat ich einen Schritt nach Hinten und streckte meine Hand aus. Sein Grinsen wurde breiter, als er meine Hand nahm und mit dem Kopf eine Verbeugung andeutete. Er war schon ein ganz schöner Charmeur, dieser Erik.

»Hoffe, ihr habt gute Laune mitgebracht.« sagte er, als er uns den Eingang zum Haus freigab und wir uns an ihm vorbeischoben. Moni war natürlich darauf bedacht möglichst viel von Erik mit ihrem Körper zu erwischen, als sie sich an ihm vorbeischob.

»Wir haben immer gute Laune.« kicherte Moni. Was war bloß mit diesem Weib los, dachte ich mir.

»Und Durst.« fügte sie hinzu. Erik verstand den Wink mit dem Zaunpfahl natürlich sofort.

»Wenn mir die Ladys folgen würden? Es wird höchste Zeit für ihren Willkommensdrink.« sagte er hochtragend. Wir durchschritten die Eingangshalle, welche bis auf den roten Teppich am Boden und ein paar sehr abstrakt wirkender Gemälde an den Wänden doch recht kahl und leer erschien.

Direkt am Nachbarraum schloss sich die Küche an. Und was war das für eine Küche? In Mitten des Raumes, in den problemlos unser ganzes Wohnzimmer untergekommen wäre, stanzte sich eine Kochinsel aus schwarzem Granit aus dem gefliesten Boden. Die Schränke an der Seite waren allesamt aus gebürsteten Aluminium. Auf der kleinen Insel standen schon eine Menge roter Plastikbecher, welche entweder halbvoll waren oder lagen, nur um einen reißenden Strom aus scharf riechendem Alkohol zu bilden. In einer Ecke vor dem Kühlschrank stand ein Junge, nicht älter als Lisa selbst war. Vor ihm lehnte ein sehr freizügig bekleidetes Mädchen, mit langen, blonden Haaren. Die beiden waren so vertieft einander möglichst viel Speichel aus dem Mund des jeweils anderen auszutauschen, dass sie nicht einmal aufsahen, als wir den Raum betraten.

»Fort jetzt hier. Habt mal ein bisschen Respekt.« flötete Erik grinsend und schob das Mädchen einen guten Meter zur Seite, als er um die Kochinsel herum ging. Das Mädchen funkelte Erik empört an, sagte aber keinen Ton, dann packte sie den Jungen am Handgelenk und beide verließen die Küche.

»Partys« seufzte Erik mit gespielter Sorge in der Stimme, als er den Tisch vor ihm nach zwei brauchbaren Bechern absuchte. Der Bass aus den anderen Räumen drückte nun lauter. Erik öffnete mit seinem Feuerzeug zwei Flaschen irgendeines

Bieres und entleerte ihren Inhalt direkt in die Plastikbecher. Vorsichtig schob er uns die schäumenden Getränke über den Tisch zu, den Blick dabei wie ein mittelklassischer Kellner.

»Na dann Mädels.« er prostete uns mit einer halbvollen Flasche zu, in dessen Inneren eine chemisch rote Flüssigkeit schwappte und wir tranken. Als das lauwarme Bier meine Lippen berührte, hätte ich es am liebsten gleich wieder in den Becher gespuckt. Es war abscheulich bitter und hinterließ einen undefinierbaren Geschmack auf meiner Zunge. Wie konnte man nur freiwillig so ein Zeug trinken? Erik führte uns anschließend in das Wohnzimmer.

In der Mitte des Raumes waren lange, weiße Ledersofas auf einem teuer anmutenden Teppich gestellt worden. In der Mitte der Sofas thronte ein Glastisch, welcher von vielen Flüssigkeiten bereits verklebt war. Der Gastgeber tat mir jetzt schon Leid, wenn ich daran dachte, dass er diese ganze Sauerei am nächsten Tag beseitigen musste, vermutlich alles bevor seine Eltern wieder hier auftauchten. Hier drin saßen eine ganze Menge Leute. Ich erkannte kein einziges Gesicht. Keiner davon ging auf unsere Schule, soweit war ich mir sicher. Eine Gruppe aus Jugendlichen drehte eine leere Schnapsflasche auf dem gläsernen Tisch unter dem johlen und jubeln der anderen. Mein Blick schweifte über die Gesichter der Jungen und Mädchen, welche die Person, welche gerade dabei war die Flasche zu drehen, anfeuerten. Ich erkannte niemanden von denen, bis mein Blick auf dem Jungen hängen blieb, welcher nicht wie die anderen auf eines der Sofas platz genommen hatte, sondern in einem grauen, modernen Sessel saß. Die Finger leise auf die Lehnen des Sessels trommelnd, die Beine übereinander verschränkt. Er war der Einzige, der nicht wie von Sinnen diese Flasche anbrüllte. Seine tiefblauen Augen waren auf den wirbelnden Flaschenhals gerichtet. Sein pechschwarzes Haar stand in alle Himmelsrichtungen ab, auch wenn man ihm dieses Mal ansah, dass er zumindest versucht hatte es mit einem Kamm und einer ordentlichen Menge Haarwachs zu bändigen.

»Oh man.« entfuhr es mir, als uns Erik geradewegs zu der Gruppe führte. Ich stieß Moni leicht und unmissverständlich in die Rippen. Doch Moni schien mich nicht zu bemerken. Als wir uns auf einem kleinen weißen Zipfel des Ledersofas niederließen, schaute der Junge auf. Sein Blick war durchdringend, als würde er versuchen uns auf dieser Couch festzunageln. Erik ging rhythmisch im Takt wippend um den Glastisch herum und klatsche mit Noah ein.

»Ladys, dass ist Noah.« sagte er feixend. »Unser großzügiger Gastgeber für den heutigen Abend.« Moni prostete mit einem anbiedernden Lächeln auf den Lippen Noah zu.

»Wollt ihr mitspielen?« fragte ein großgewachsener junger Mann mit tiefer Stimme in einem grau blauen Sweatshirt zu meiner linken Seite.

»Klar, was spielt ihr?« fragte Moni und tat einen weiteren tiefen Schluck aus ihrem roten Plastikbecher. Wenn das so weiterging, dann konnte ich nach Hause laufen.

»Wahrheit oder Pflicht.« sagte ein Mädchen ihm gegenüber mit braunen Locken, welche ihr weißes Top so weit Richtung Bauchnabel gezogen hatte, dass man das Gefühl hatte, ihre Brüste würden sich jeden Augenblick aus ihrem BH befreien und auf den erstbesten Kerl stürzen. »Kennt ihr doch?« ihre Stimme klang kühl und hochnäsig.

»Klar kennen wir das.« sagte Moni angriffsbereit. »Wer ist am Zug?«

»Marcus.« antwortete der Junge neben ihr mit viereckiger Brille und gegeltem Scheitel. Der Junge mit den blau grauen Sweatshirt nahm die Flasche an sich und versetzte sie mit einem gekonnten Schwung aus seinem Handgelenk in Drehung. Der Flaschenhals rotierte eine Weile wackelnd und knarzend auf dem Glastisch, bis der Schwung nachließ und das Ende des Flaschenhalses auf das Mädchen mit den braunen Locken zeigte.

»Nancy.« meinte Marcus schräg grinsend. »Wahrheit oder Pflicht?«

»Pflicht!« flötete Nancy und fixierte diesen Marcus mit ihren Blicken.

»Mmh, mal überlegen.« begann Marcus. »Wie wäre es, wenn du diese Flasche Saure Kirsche austrinkst.« er deutete auf eine stark verklebte Flasche auf dem Tisch, deren Etikett sich schon von der Glaswandung schälte. Der Inhalt beschränkte sich auf höchstens drei Finger breit.

»Warum nicht.« Nancy zuckte mit den Schultern. Sie setzte die Flasche an und ließ das rote Gesöff in ihren Mund fließen. Wenige Tropfen schwappten aus ihrem Mundwinkel und liefen über ihren Hals an ihren Brüsten hinab. Marcus beobachtete mit bösartigen Grinsen das Schauspiel und folgte dem Tropfen auf seinem Weg nach Unten.

»Wieso nicht mal eine ordentliche Aufgabe?« empörte sich Nancy und wischte sich ungeniert mit dem Handrücken über ihren Mund. »Ich bin dran.« sagte sie und schnappte nun ebenfalls nach der Flasche vor Marcus. Dumpf klimpernd schlug die Flasche auf dem Tisch als Nancy ihr eine satte Drehung verpasste. Der Flaschenhals blieb vor Moni stehen, die sich blöd grinsend wie ein Kind darüber zu freuen schien, während sie »Pflicht« hervor hauchte.

»Moni« schaltete sich Erik ein, bevor Nancy auch nur ein Wort sagen konnte. »Wie wäre es wenn du deinen ganzen Becher Bier auf Ex trinkst?« fragte er augenzwinkernd.

»Langweilig.« fuhr Nancy dazwischen. »Außerdem bin ich an der Reihe, dass heißt ich stelle die Anweisung!« Sie überlegte einen Augenblick, was bei ihr wie körperlicher Hochleistungssport

wirkte, dann sprach sie mit ihrer fiesen Stimme.
»Ich will….dass du deine Freundin küsst. Wie war gleich ihr Name?« sie bedachte mich mit einer hochgezogenen Augenbraue, welche für ihr schmales Gesicht viel zu dunkel und dick aufgetragen waren.

»Lisa.« sagte ich angespannt und versuchte ihren eisernen Blicken stand zu halten. Aus dem Augenwinkel beobachtete ich Noah, der mich mit einem Blick ansah, welcher auszusagen schien, dass ich wohl etwas ganz widerwärtiges sein musste.

»Lisa, wie schön.« antwortete Nancy mit aufgesetzter, freundlicher Miene. Wenn es einen Zeitpunkt geben sollte, an dem man merkt, dass man so eben seinen erklärten Todfeind gefunden hatte, dann war das wohl exakt dieser Zeitpunkt. Nancy bedeutete uns mit einem Winken ihrer Krallen besetzten Hand fortzufahren. Ich hätte mich am liebsten gesträubt. Nicht, weil ich ein Problem damit gehabt hätte Moni einen Kuss zu geben, sondern viel mehr aus der Tatsache heraus, dass es diese Nancy war, welche uns durch ihr kindisches Spiel vor den Augen aller anderen dazu zwingen wollte. Doch ich hatte den Gedanken noch nicht zu Ende gedacht, da spürte ich auch schon die feuchten, weichen Lippen von Moni auf den meinen. Ihr Atem roch säuerlich nach abgestanden Bier, was es mir schwer machte nicht in Tränen auszubrechen.

»Wuuuuoh.« bedachte uns Erik nach dem Kuss und klatschte in die Hände.

»Weiter gehts. Moni, Du bist dran.« sagte Marcus sanft und schob Moni die verklebte Flasche über den Tisch hinweg zu. Moni gab der Flasche einen kleinen Klaps und schon rotierte sie wieder über den Tisch. Das Ende des Flaschenhalses blieb dieses Mal auf dem Jungen mit der eckigen Brille stehen.

»Joooohny.« lachte Erik laut und klatschte wieder in die Hände. Johnny, der Junge mit der Brille richtete sich nervös seinen Hemdkragen und rutschte nervös mit dem Hintern auf der Couch hin und her.

»Wahrheit oder Pflicht?« fragte Moni lächelnd.

»Wahrheit.« antwortete Johnny leicht stotternd.

Moni überlegte eine Weile.

»Wie viele Freundinnen hattest du schon?« Nancy neben dem Jungen verfiel in brüllendes Gelächter, was sie noch um einiges dümmer wirken ließ als sie so schon wirkte.

»Keine.« antwortete Nancy schadenfroh und nahm einen weiteren Schluck schalen Bieres.

»Ich denke, Johnny kann für sich selbst sprechen.« sagte ich, lauter als ich es beabsichtigt hatte. Im ersten Moment schien Nancy geschockt zu sein, doch dann verzog sich ihr überschminktes Gesicht zu einer bösartigen Fratze.

»Wenn du dich ran hältst, dann ist das deine erste.« sagte sie an Johnny gewandt.

Kichern machte sich am Tisch breit, selbst Johnny lächelte nervös. Unsicher fasste dieser nach der Flasche, ließ sie auf dem Tisch rotieren und es kam wie es kommen musste. Der Flaschenhals deutete auf mich.

»Wahrheit.« sagte ich, bevor Nancy ihren Mund auch nur öffnen konnte.

»Mach Noah einen Lapdance.« flüsterte sie und ihre Augen erfüllte ein bösartiges Glimmen. Noah starrte mich durchdringend an, als wolle er mich mit seinen Blicken zu Asche verwandeln.

»Nein!« sagte ich entschieden. »Ich habe Wahrheit genommen.«

»Regeländerung.« flötete Nancy. Es kam mir vor, als wäre dies der ultimative Showdown zwischen mir und ihr geworden. Keiner am Tisch wagte zu sprechen, oder auch nur zu lachen. Alle umklammerten steif ihre Getränke in der Hand.

»So ein Quatsch!« sagte ich. In dem Augenblick regte sich etwas in Noah. Er stand mit einer geübten Bewegung freihändig aus seinem Sessel auf und stürmte an mir vorbei. Im Vorbeigehen warf er mir einen vernichtenden Blick zu, den ich so schnell nicht vergessen würde. Es schien, als wären alle Radios mit einem Schlag verstummt. Keine Musik schien mehr zu spielen, als ich diesen Noah noch eine Weile hinterher sah.

»Tja. Ein Spieler weniger.« meinte Nancy achselzuckend. Ich verstand die Welt nicht mehr. Ich erhob mich nun ebenfalls von der Couch.

»Wo willst du hin?« Moni packte mich am Handgelenk, wollte mich zurück halten. Doch ich riss mich von ihr los. Nancys Mundwinkel spannten sich nun schon fast über beide Ohren. Wutentbrannt stürmte ich zur Tür hinaus. Ich weiß nicht ob es das Bier war, welches mir den Antrieb gab diesem Noah zu folgen, oder ob einfach in mir eine gewisse Grenze überschritten wurde. Dieses Mal würde ich ihn ansprechen. Ich wusste es. So leicht sollte er mir nicht davon kommen. Nicht bevor ich eine Antwort von ihm hätte. Im Eingangsbereich schließlich sah ich seinen zerzausten schwarzen Kopf vor mir auftauchen, während ich mich durch eine kleine Gruppe Jugendlicher schlängelte.

»Noah!« brüllte ich quer durch den Eingangsbereich. Ich war weiß Gott nicht das Mädchen für eine große Szene, doch die Wut in mir schien beinahe überzukochen. Noah blieb stehen. Er drehte sich nicht zu mir um. Er wagte keinen Blickkontakt.

»Was stimmt denn nicht mit dir?« herrschte ich ihn an, als ich bei ihm angekommen war. Langsam drehte er mir seinen Kopf zu. Seine tiefblauen Augen strahlten im schwachen Licht der Eingangshalle. Als würde ein blaues Feuer in ihnen lodern. Ich stand kaum einen Meter von ihm entfernt. Er war mindestens einen halben Kopf größer als ich. Von Nahem erkannte ich erst jetzt, wie glatt seine Haut war.

Kein einziges krummes Haar sträubte sich auf seiner hellen Haut. Unter seinem schwarzen Hemd zeichneten sich bei jeder seiner Bewegung kräftige Muskelpartien ab, spannte er gerade wirklich seine Muskeln an? Ich sah ihm direkt in seine Augen. Meine Blicke wanderten nach unten zu seinen Lippen. Seinen roten, weichen Lippen. Ich fragte mich wie sie wohl schmecken würden, verwarf aber so gleich diesen Gedanken. Seine Augen wirkten kühl.

»Halt dich fern von mir!« knurrte er mich an und seine Augen verengten sich, das Feuer aus ihnen schien zu erlöschen. Dann ließ er mich dort stehen, zwischen all den anderen Jugendlichen, die fröhlich quatschten und deren Stimmen sich wie ein Summen über meine Gedanken legten. Dann war er verschwunden. Wut brannte in mir auf. Für wen zum Teufel hielt dieser Typ sich?

KAPITEL 3

DONNERSCHLAG UND WOLFSGEBISS

»Lisa, jetzt mach bitte keine Szene.« flehte Moni mich an, als sie versuchte mich aufzuhalten. »Ich sollte auf deine dämliche Party mitkommen, jetzt war ich auf deiner dämlichen Party.« sagte ich, als ich mich aus ihrem Klammergriff gelöst hatte. »Geh wieder zu deinem Erik.« ich nickte mit dem Kopf zurück zum Wohnzimmer, in dem Erik, unter dem Johlen der anderen, gerade jemanden nachäffte. Er würde mich meinen, ich hatte es im Gefühl. Nancy kaute sich verträumt auf der Unterlippe herum, als sie ihm zuhörte. Ich marschierte einfach weiter. Ich wollte nur noch nach Hause.

»Ist es O.K, wenn ich hier bleibe?« fragte Moni mit schüchterner Stimme.

»Was?« sagte ich etwas unwirsch und fuhr wieder herum.

»Erik hat mir angeboten mich später zu fahren. Ich kann sowieso nicht mehr fahren.

Das ist mein zweites Bier.«

»Schon gut.« sagte ich nach einer Weile. Ich hoffte, Moni würde meinen vorwurfsvollen Tonfall heraushören, doch ihr Gesicht klarte wieder auf.

»Super.« sagte sie. »Ich schreib dir Morgen, ja?«

»Natürlich.« sagte ich. Ich war den Streit leid und nach allem was passiert war, hatte ich keine Lust auf eine weitere Diskussion. Moni umarmte mich, wobei sie mir zum Abschied einen recht feuchten Kuss auf die Wange drückte.

Rückblickend war es vielleicht keine allzu gute Idee gewesen die Party allein zu verlassen. Die Digitalanzeige meines Telefons zeigte 22:56Uhr an, als ich mich, die steinernen Stufen hinab und durch das stählerne Tor, auf den Heimweg machte. Der Schlossberg lag ruhig unter mir. Ein paar Straßenlaternen spendeten ihr gelbliches Licht auf die Bürgersteige. Tiefe Pfützen füllten die Kuhlen und Risse in dem mürben Asphalt der Straßen. Meine Turnschuhe gaben bei jedem Schritt den ich tat ein ächzendes Geräusch von sich. Ich spürte, wie kaltes Regenwasser langsam die Innenseite meiner Schuhe flutete und meine Socken tränkte. Na toll, vermutlich war ich Morgen todkrank. Ich wusste noch nicht wie ich es meiner Mutter erklären sollte, dass ich um diese Uhrzeit allein nach Hause kam, ohne, dass sie Monis Eltern sofort anrufen würde. Doch ich hatte schließlich noch einen ganzen Marsch Zeit mir einen Ausrede einfallen zu lassen. Unten am Café-Häuschen bog ich nach Rechts ab. Links von mir lag der Schlossteich ruhig da. Die Schwärze seiner Oberfläche spiegelte müde das Licht von ein paar wenigen Sternen am Himmel. Leichte Wellen brausten über seine Oberfläche und durchschnitten das Wasser. Über mir regte sich etwas am Himmel.

Ich überquerte die Straße, nachdem ich mich vergewissert hatte, dass kein Auto kam und nahm schließlich den einladenden Kiesweg am Ufer des Teichrandes. Der Uferweg war wirklich schön bepflanzt. Viele Büsche und Sträucher wellten sich leicht im Wind und trotz, dass es Mitte November war, grünten sie immer noch wie im Spätsommer. Langsam tröpfelte ein sanfter Nieselregen auf die Schulter meiner schwarzen Lederjacke, welche ich für den Fall der Fälle mitgenommen hatte. Zuerst nur ganz leicht, doch schon Augenblicke später seilten sich lange, schwere Fäden vom Himmel hinab. Was für ein Sauwetter!

Ich beschleunigte nun meine Schritte, die Jacke zum Schutz über meinen Kopf gezogen. Donnerrollen durchzog den rabenschwarzen Himmel über mir. Ein Grollen, welches sich in ein gefährliches Knurren verwandelte. Ich blickte mir über die Schulter. Langsam stellten sich die feinen Härchen in meinem Nacken auf.

Ich hatte das Gefühl, als würde ich beobachtet werden. Noch einmal beschleunigte ich meine Schritte. Halb gehend, halb rennend hastete ich durch den immer noch grünen Park des Schlossteiches. Wieder durchzog ein Donnerrollen den nächtlichen Himmel. Ich schaute auf. Sämtliche Sterne waren verschwunden, vielleicht aber auch nur, weil ich meine Augen gegen den Regen zukneifen musste. Dann kam der dritte Donner. Ich fing wieder an zu rennen. Über meinem Kopf zuckte ein Blitz über das Himmelszelt. Klar und hell und von einer erschreckenden lila-blauen Farbe.

Dann noch einer, so als würden tausende Kanonen in die Nacht hinaus feuern. Der Himmel über mir erhellte sich und dunkelte wieder ab. Konnte ich von einem Blitz getroffen werden? Langsam überkam mich Panik. Ich spürte, wie ein Gewicht meine enge Hosentasche verließ. Ich blieb stehen. Langsam drehte ich mich im strömenden Regen um. Meine Haare hingen patschnass in meinem Gesicht. Mein Blick flog über den Kiesboden, bis zum erleuchteten Display meines Handys. Dicke Regentropfen schwappten über das Kunstoff Glas des Smartphones, was die Gesichter der Personen auf dem Hintergrund spottend in die breite zog.

Dann blickte ich am Telefon entlang. Mein Blick fiel auf den blühenden Strauch. Er wackelte. Oder hatte ich mir das nur eingebildet? Nein! Ich war mir ganz sicher, dass sich dieser Strauch bewegt hatte. Langsam, mit winzigen Schritten ging ich auf das am Boden liegende Telefon zu. Meine Augen immer noch starr auf das Gebüsch neben der ramponierten Parkbank geheftet. Ich hatte es gleich erreicht. Nur noch wenige Meter trennten mich von meinem Telefon.

Dann sah ich sie. Zwei Teller große, rot glühende Augen! Sie starrten blind gegen die Dunkelheit auf den Weg hinaus. Oder starten sie mich an? Wieder ein Donnergrollen, doch dieses Mal war der Himmel nicht mit Blitzen überseht und das Knurren kam eindeutig aus dem Gebüsch. Ich beobachtete, wie sich die roten Augen langsam auf mich zu bewegten. An ihnen hing ein pelziger Körper aus schwarze, verfilzten Haaren. Zuerst dachte ich an einen Hund, aber als das Wesen in voller Größe aus dem Gebüsch geklettert war, erkannte ich, dass dieses Ungetüm mindestens zwei-, vielleicht dreimal so groß wie ein ausgewachsener Pitbull sein musste. Sein hässlicher Kopf blinzelte in meine Richtung. Ich sah die Fingerlangen Fangzähne, welche sich blutend in die Unterlippe des Ungetüms gegraben hatten. Seine Mundwinkel waren nur zwei tiefe Furchen, bevor das Maul sich direkt zu zwei großen, spitzen Ohren hin öffnete. Seine Klauen besetzten Pfoten trotten leise über den Kiesboden hinweg, jede seiner Krallen schimmerte schwarz im Licht der lautlos zuckenden Blitze über uns. Ich hörte ein Knacken.

Dieses Wesen hatte eine seiner Krallen direkt in das Display meines Handys gegraben. Silberne Funken knisterten an seinen Krallen entlang, ganz als würde er den Strom aus dem Gerät ziehen. Ich war schon viel zu lange hier. Ohne einen weiteren Gedanken zu fassen setzte ich zum Sprint an. Wieder ein Donnerrollen, welches den nächtlichen Himmel erleuchtete. Ich spürte wie der Hund hinter mir ebenfalls zum Sprint angesetzt hatte. Dieses Mistvieh hatte meine Verfolgung aufgenommen. Ich stolperte den unebenen Boden entlang. In einem Tunnelblick vertieft, welcher nur noch eine Richtung kannte. Gerade aus!

Meine Beine wurden immer schneller. Ich schmeckte den metallischen Geschmack von Blut tief hinten in meinem Rachen. Meine Beine wurden schneller. Zu schnell. Ich spürte, wie ich vorn überkippte und das Gleichgewicht verlor. Hart war der Boden auf dem ich der Länge nach aufkam. Meine Handballen federten schmerzhaft den durchnässten Untergrund ab. Ich spürte, wie sich ein warmer Fleck auf meinem rechten Hosenbein breit machte. Ich stemmte meinen Oberkörper mit der letzten Kraft, welche ich aufbringen konnte nach oben. Benommen blickte ich durch einen Schleier aus undurchdringlichem Nebel. Meine Sinne waren vernebelt. Die Tiefen Schürfwunden auf meinen Handflächen brannten schmerzhaft. Der Schmerz machte mich halb blind.

Tief röchelnd spürte ich den heißen Atem des Tieres in meinem Nacken. Der Wolf musste nun direkt über mich gebeugt sein. Ich drehte mich langsam auf den Rücken. Kleine Kieselsteine gruben sich schmerzhaft in die nässende Wunde meiner Hand. Die großen roten Augen, weit aufgerissen, waren nur noch wenige Zentimeter von meinem Gesicht entfernt. Der Atem des Tieres stank fürchterlich. Ein süßlicher, Übelkeit erregender Gestank von Verwesung umspielte meine Nase. Mein letzter Ausweg war abgeschnitten. Langsam setzte das Tier eine Klauen besetze Pranke vor die andere. Seine geschundene Nase schnüffelte in der nächtlichen Luft. Es war kalt. Ich wusste nicht, ob die Kälte vom bald nahenden Tod kam, welcher mir auferlegt zu sein schien, oder von der Umgebung. Langsam schloss ich die Augen.

Dann….Ein weiterer greller Lichtblitz, welcher durch meine geschlossene Augenlider hindurch leuchtete, durchzog den Himmel. Das Untier winselte, als würde es den Mond an heulen. Lautes Knurren ließ mir einen Schauer über den Rücken laufen. Als ich meine Augen wieder öffnete stand er vor mir. Es war ein Mann. Er trug nichts außer einer schwarzen, engen Hose. Seine nackten Füße gruben sich leicht in den durchnässten Schotterweg. Seine rabenschwarzen Haare peitschten im Wind. Er hatte sich direkt zwischen mir und diesem Untier gestellt und versperrte der Bestie den

Weg.

»Verschwinde Höllenhund der unsterblichen Seelen. Bewache dein Reich und lasse die Lebenden zurück!« Die Stimme des Mannes war ein tiefes, dunkles Grollen. Der Hund knurrte und fletschte seine triefenden Zähne. Die Stimme kam mir bekannt vor. Ich blickte an der schwarzen Hose hinauf, bis auf seine breiten Schultern, welche sich kantig unter seiner Haut erhoben. Ich konnte sein Gesicht nicht sehen. Und doch klang dieser Mann wie... Noah? Noah beugte sich nun nach vorn. Der Hund bäumte seinen Rücken auf, dass er im gehockten Zustand beinahe so groß wie Noah war. Ein weiterer Blitz jagte über den Himmel, dann setzte das Untier zum Sprung an.

Wie zwei Felsen, welche gegeneinander schlugen, prallten die beiden Körper aufeinander. Der Wolf riss seinen triefenden Kiefer weit auseinander und schnappte nach Noahs Arm. Noah parierte den Angriff sofort und drehte sich nach hinten um. Das Untier rollte über seinen Körper hinweg. Scharfe, lange Krallen verlangten nach Noahs Fleisch, als der Wolf mit seinen Pranken durch die Luft strich.

Langsam versuchte ich auf meine Ellenbogen gestützt nach hinten weg zu kriechen. Ich konnte die Augen nicht von diesem Schauspiel lösen. Noah schleuderte eine seiner Fäuste direkt auf die pelzige Brust des Wolfes. Ein Knacken, ein Winseln, als er gut drei Meter über den Boden geschleudert wurde, dann knurrte die Bestie wieder. Mit einer pfeilschnellen Bewegung wirbelte sie herum und stürzte nun wieder auf Noah zu. Mit einem weiteren Donnerschlag stürzten sich die Finger langen Krallen auf Noahs Arm und versenkten sich tief in seinem Muskel. Er stöhnte, kniff die Augen fest zusammen. Als er sie wieder öffnete leuchteten sie blauer, als ich es je zuvor bei ihm gesehen hatte. Ganz als würde das Feuer, welches ich in ihnen gesehen hatte nun nach außen brechen. Mit dem anderen Arm schlug er auf den Schädel des Wolfs ein. Der Köter schnappte und versuchte seine Fangzähne tief in Noahs Fleisch zu rammen. Dann packte er mit seinen starken Händen den Wolf am Kopf.

»STIRB.« seine Stimme war unter der Anstrengung nicht mehr als ein Gurgeln. Dann gelang es Noah die Schnauze des Wolfs zu erwischen. Panisch schlug dieser mit seinen Krallen weiter nach Noah aus, verfehlte ihn nur um Zentimeter. Mit einem Ruck zog Noah die Kiefer des Ungetüms auseinander. Knackend brachen die Kiefergelenke des Untieres, Blut spritzte über sein Gesicht. Dann sank der haarige Körper schlaff zu Boden. Ein dünner Rinnsal schlängelte sich über den Boden, direkt auf mich zu. Langsam wurde mir schwarz vor Augen.

Als ich wieder zu mir kam schaukelte die Welt unter mir. Zaghaft öffnete ich mein linkes Auge, schloss es aber so gleich wieder, als mir Regen ins Gesicht lief. Mein Körper fühlte sich nun nicht mehr kalt an. Ich hatte das Gefühl als wärmte mich eine Heizung. Ein sehr harte, kantige Heizung.

»Ruh dich aus.« flüsterte Noah mir zu. Ich öffnete nun die Augen. Ich sah sein spitzes Kinn direkt über meinem Gesicht. Auf seiner glatten Haut zeichnete sich ein dunkler, roter Krater ab. Ich spürte seine starke weiche Brust an meinem linken Arm. Er trug mich.

»Wa-Was ist passiert?« fragte ich mit heißerer Stimme.

»Ich bring dich von hier weg.« antwortete Noah ruhig. Obwohl er mich wie ein Kleinkind gebettet auf seinen Armen trug zeigte seine Stimme keinen Anflug von Anstrengung. Ich lehnte meinen Kopf an seine warme Brust. Seine starken Arme umschlossen behütend meinen Körper. Ich schloss abermals die Augen. Ich hörte das metallische Klicken einer Autotür. Als ich die Augen einen Spalt breit öffnete merkte ich, dass ich auf einem kalten Ledersitz abgelegt worden war. Die Tür öffnete sich ein zweites Mal. Ich hatte nicht genügend Kraft meine Augen lange offen zu halten. Also beschloss ich mich wirklich eine Weile auszuruhen. Fast lautlos und weich wie auf einer schwebenden Wolke lenkte Noah den Wagen durch die nächtliche Innenstadt. Die Lichter der Straßenlaternen flogen orange glimmend vor meinen geschlossenen Lidern vorbei. Nach kurzer Zeit antwortete Noah wieder mit seiner rauen Stimme.

»Pass das nächste Mal besser auf.« etwas unsanft wurde ich von ihm auf die Beine gezogen. Meine Knie waren so weich, dass ich kaum stehen bleiben konnte. Die Klingel an der Tür lautete. Das nächste was ich hörte war:

»Wo um Himmels willen bist du gewesen?« ich blickte in das wütende Gesicht meiner Mutter, welche sich eine dicke Quark Maske auf ihrer Haut verteilt hatte. Ihre Haare waren noch immer feucht vom Duschen.

»Ich... « begann ich schwach.

»Und wie sehen deine Kleider aus?« herrschte sie mich an und bugsierte mich unsanft über die Türschwelle. »Ich wäre fast gestorben vor Sorgen!« hörte ich die Vorwürfe meiner Mutter. »Und was ist mit deinem Knie passiert?« Dies alles war zu viel für mich. Nervös blickte ich mich im Vorgarten um. Er war verschwunden.

»Noah...« flüsterte ich leise.

»Noah? Ein Junge?« fragte meine Mutter mit hochgezogenen Augenbrauen.

»Er war hier...« meinte ich unsicher und suchte akribischen Blickes den Rasen ab, ganz als würde er sich nur verstecken und gleich hervor springen und meiner Mutter alles erklären. Der Wolf, der Donner.

»Wir gehen dich erst einmal waschen. Deine Hose ist ja ganz dreckig.« ihre Stimme war nun wieder sanft. Widerstandslos ließ ich mich die Treppe hinauf bringen. Was war eben geschehen?

KAPITEL 4

DAS LEUCHTEN

Das Wochenende verging schneller als ich es beabsichtigt hatte. So wie eigentlich immer. Ich hatte das Gefühl, dass in meiner Freizeit die Stunden wie Sekunden verstrichen, nur dass der bittere Alltag mit so großen Schritten näher kam, dass es einem schon einen entsetzlichen Schrecken einjagen konnte. Mom hatte mich am Samstag versucht wieder so zu behandeln, als hätte ich keinen Fehler gemacht, wofür ich ihr auch ziemlich dankbar war. Doch irgendwas störte unsere gemütliche Ruhe dennoch. Immer noch war ich in Gedanken versunken, dass diese ganze Geschichte mit dem Wolf vielleicht doch realer war, als sie sein konnte. Gegen Mittag am Folgetag hatte ich mich trotz allem einfach dazu durchgerungen, dass ich wohl doch ein wenig zu viel am Bier genippt hatte und dass dieser Noah mich einfach vor einem grausigen Alkoholunfall bewahrt hatte.

Ich würde ihn einfach am Montag in der Schule darauf ansprechen müssen und mich bei ihm bedanken. Ich und meine Mom verbrachten anderthalb erholsame Tage in der Elbresidenz. Die Auszeit war für uns beide das pure Gold. Meine Mom hatte ohnehin schon genug Stress mit ihrem Job in einer großen Kanzelei und mein nicht wirklich pflegeleichter Bruder tat dann noch sein Übriges. Meine Mom hatte sich zwar um mich gesorgt, dass ich vermutlich jetzt meine rebellische Zeit hatte, doch hatte sie es eigentlich ganz gut heruntergespielt, wofür ich ihr wirklich dankbar war. Immerhin konnte ich es kaum selbst glauben, dass ich ab jetzt ein Alkohol-Trinker war. Als wir nach dem Wochenende voller Hot-Stone Massagen, Gesichtspediküren und Saunen wieder in unserem vertrauten Heim aufschlugen, fühlten wir beide uns wieder ein ganzes Stück näher.

In der Schule hingegen traf mich der gesammelte Stress der letzten Wochen. Es vergingen zwei unglaublich nervtötende Tage. Zuerst überraschte uns Herr Heimrich in Physik mit einer unangekündigten Kontrolle, bei der ich mein Hirn derart zermartern musste, um überhaupt etwas brauchbares aus ihm hervor zu quetschen, dass ich nach der Doppelstunde das Gefühl hatte es würde mir aus dem linken Ohr auf den Tisch fließen. Am Dienstag ging es mit Frau Meyer ans Eingemachte. Die Mathe Kontrollen von ihr hasste jeder Schüler.

Es war, als würde sie uns absichtlich nur die Hälfte beibringen wollen. Nur, damit wir in einem ihrer Tests feststellen mussten, dass wir wohl alle einfach nur zu minderwertig für ihren Unterricht waren. In meiner Freizeit las ich viel. Ich hatte es sehr lange sehr vernachlässigt. An vielen Tagen lag ich einfach nur träge in meinem Bett und holte den Schlaf nach, welcher mir augenscheinlich zu fehlen schien. Nicht nur die Schule schien einen ganzen Zahn zuzulegen, was mich unglaublich stresste, auch war Noah nicht mehr da. Nachdenklich starrte ich den leeren Stuhl neben mir an und fragte mich, ob vielleicht ich der Grund war, weshalb er nicht mehr zur Schule kam. Immerhin hatte er mich ja halbnackt mitten in der Nacht vor meinem Alkoholbedingten Absturz gerettet.

Es war Mittwoch in der großen Pause, die Hälfte des Tages lag schon wieder hinter uns, als ich mit Moni auf dem Schulhof über das vergangene Wochenende philosophierte.

»Du bist mir aber jetzt nicht böse oder so?« wollte Moni betreten von mir wissen.

»Ach, Schwamm drüber.« seufzte ich. Ich hielt es für stressfreier einfach wieder klein bei zu geben. Ich zuckte mit den Schultern und kramte in meiner Schultasche nach einem Apfel, den ich mir heute morgen mitgenommen hatte, nachdem meine Mutter mich dieses Mal nicht geweckt hatte und ich innerhalb von zehn Minuten das Haus verlassen musste, um noch in einer halbwegs annehmbaren Zeit zum Unterricht zu erscheinen.

»Du hast noch ganz schön was verpasst, sag ich dir.« sagte Moni, deren Gesicht sich nun wieder aufgehellt hatte.

»Ist das so?« entgegnete ich mit mäßigem Interesse.

»Ja! Erik und Nancy hatten mich noch eingeladen eine Runde Bierpong mit einigen Abgängern aus dem letzten Jahr zu spielen. Du glaubst nicht, wie cool die sind. Einer davon, Justin, studiert in Dresden irgendwas mit Mediendesign oder so. Ich glaube er ist ein wahrer Künstler. Er hat Nancy voll fertig gemacht. Die konnte kaum noch stehen.« verfiel Moni in einen ausschweifenden Monolog.

Das Glänzen in ihren Augen war das typische Moni-Glänzen, welches immer ihr Gesicht schmückte, wenn sie von vergangenen Partys sprach. »Und Erik…« ihr Gesicht zierte nun ein träumerisches Lächeln, ihre Augen schienen ins Leere zu starren. Erik, Monis neuster Schwarm. Ein Thema, bei dem ich eine Minute mal abschalten konnte, ohne wirklich etwas nennenswertes zu verpassen. So fern ich nur daran dachte an der richtigen Stelle »*WIRKLICH?*« und »*NEIN!*« zu sagen und dabei möglichst interessiert klang, würde es Moni sowieso nicht auffallen. Ihr denkt jetzt vielleicht, dass ich eine sehr schlechte Freundin sein musste und wahrscheinlich nur irgendwie neidisch war, doch ich kann euch beruhigen.

Wir hatten diese Gespräche schon seit der Mittelstufe. Anfänglich war ich auch noch wirklich interessiert. Ich glaube es fing alles mit Jonatan aus der 7b an. Moni war echt lang in ihn verknallt gewesen. Bis sie ihn, nach unglaublichen zwei Monaten des Händchenhaltens, mit Susanne Wachsmuth unter der Tischtennisplatte dabei erwischt hatte, wie sie etwas unbeholfen versuchten sich aufzuessen, oder zu küssen. Was schwer für einen außenstehenden Beobachter zu erkennen war. Danach folgten Justin in der achten, Piere ebenfalls in der achten Klasse, Alexander in der neunten und etliche andere auf die Moni stand. Dadurch, dass ich eine Klasse unter Moni war, fiel mir das mit dem Folgen ihrer Geschichten ohnehin immer etwas schwerer, da ich die Jungs von denen Moni sprach sowieso nur aus ihren Berichten kannte.

Also verurteilt mich nicht, wenn mein Kopf mal schlapp macht, bei Informationen über den dritten Jungen im Halbjahr. Mein Blick schweifte über den Schulhof. Hinten an der neugebauten Turnhalle spielten einige Siebtklässler Fußball, wobei der Ball jedes Mal deutlich hörbar gegen die Hallenwand klatschte, was die Jungs zu einem fiesen Gelächter verleitete. Als der Hausmeister wie eine V1-Rakete zu der Gruppe gerannt kam, hatte auch dieses Schauspiel ein schnelles Ende gefunden und der Ball einen neuen Besitzer. An den Tischtennisplatten hörten einige Zehner laut Musik, welche kratzend aus den Mini-Lautsprechern der

Telefone plärrte. Mein Blick fiel auf den Eingangsbereich des Schulhofes. Da erkannte ich die mir so vertrauten schwarzen Haare, welche wie gewohnt wieder in alle Himmelsrichtungen abzustehen schienen. Noah war wieder in der Schule. Unwillkürlich machte mein Herz einen kleinen Hüpfer, was es zuvor eigentlich noch nie getan hatte. Er stand in seiner üblichen lässigen Pose an der Wand gelehnt. Seine tiefblaue Jeanshose zierten wieder die länglichen Risse und über der Schulter seiner Lederjacke hing lässig sein Rucksack hinab. Er unterhielt sich mit einer Gruppe Zwölfer, die anscheinend herzlich über das lachten was Noah von sich gab.

»Hast du gehört Lisa?« Monis Worte holten mich aus meinen Gedanken zurück. Unwirsch fuchtelte sie mit einer Hand vor meinen Augen herum. Mir war gar nicht aufgefallen, dass ich starrte.

»Äh-was?« sagte ich ein wenig perplex und versuchte ihre Fuchtelei mit einer Hand abzuwehren, während ich meine Augen zusammenkniff.

»Na findest du, dass ich seine Einladung annehmen sollte?«

»Einladung? Ähm. Von wem? Sorry Moni.« sagte ich. Mein Blick fiel wieder über den Schulhof auf Noah.

»ERIK!« sagte Moni ungeduldig. »Hast du mir überhaupt zugehört?«

»Warte mal hier.« sagte ich und erhob mich von der Bank am Rande des Basketballplatzes.

Dann ließ ich Moni ein wenig durcheinander zurück. Schnellen Schrittes marschierte ich über den Schulhof. Jetzt war endlich der Zeitpunkt da, mich bei Noah zu bedanken. Auf dem Weg zu ihm und den Zwölftklässern richtete ich mir etwas ungeschickt meine rotbraunen Haare. Das Rot war zwar schon wieder sehr stark ausgewaschen, was ihnen eher das Aussehen von braunen und blonden Haaren gab, aber ich hoffte ihm würde es nicht auffallen. Mein Herz klopfte nun etwas lauter und schneller. Ich wusste nicht was mit mir los war. Ok, Lisa, nicht die Nerven verlieren. Du gehst einfach rüber und bedankst dich für das was am Freitag war, redete ich mir auf den Weg ein. Unbeholfen zupfte ich an meinen schwarzen Leggins, dann an meinem weißen Pullover, der knapp oberhalb meiner Knie endete.

Ich hatte die Hälfte des Hofes hinter mich gebracht. Noah blickte auf. Unsere Blicke trafen sich. Ich hob die Hand und bedachte ihn mit einem echt peinlichen Gefuchtel, keine Ahnung wieso ich das tat. Ich hatte ein breites Grinsen aufgesetzt. Nur noch wenige Meter trennten uns voneinander. Doch dann... Noahs Blick verfinsterte sich wieder. Ganz so wie an seinen ersten Schultagen. Er schnappte sich die zweite Schlaufe seines Schulrucksacks, verabschiedete sich bei seinen Kumpels mit einem steifen Nicken und schob sich durch die halboffene Tür in das Schulhaus. Ich blieb wie angewurzelt stehen.

Was zum Teufel? Hatte es vielleicht gerade zum Ende der Pause geläutet? Ich schaute mich auf dem Schulhof um. Keiner der Schüler die draußen standen machte irgendwelche Anstalten wieder hinein zugehen.

»Lisa!« hörte ich Monis tadelnde Stimme hinter mir.

»Was?« sagte ich gereizter als ich es geplant hatte und wirbelte zu Moni herum, welche eilends ihre Tasche über die Schulter geworfen hatte um mir zu folgen.

»Was ist denn heute los mit dir?« fragte sie mich, ein wenig außer Atem. Dann ertönte die Schulglocke und eine Traube aus Menschen drängte sich um den Eingang der Schule.

Im Unterrichtsraum von Herrn Hendriksen, Geschichte, herrschte, obwohl es Mitte November war, ein warmer Dunst über unseren Köpfen, welcher es mir beinahe unmöglich machte mich auf das zu konzentrieren, was er vor der Klasse von sich gab. Ich ließ mich auf meinem Platz nieder und wieder starrte ich auf den immer noch leeren Stuhl neben mir. Als sich schließlich alle anderen gesetzt hatten und ich beinahe jede Hoffnung darauf verloren hatte, dass Noah doch noch zum Unterricht erschien, ging die Tür abermals auf.

»Nun aber schnell, Herr…« sagte Herr Hendriksen und blickte Noah um Mitthilfe bittend an.

»Ellingsen.« murmelte Noah gleichgültig.

»Ah, ja. Herr Ellingsen. Noah, in der Tat.« sagte der Geschichtslehrer etwas unwirsch und sortierte einige Akten auf seinem Schreibtisch. Noah schlängelte sich in die letzte Reihe zu mir hindurch und ließ sich neben mir auf den Platz fallen. Er bedachte mich mit einem kurzen Blick aus den Augenwinkeln, dann rutschte er mit seinem Stuhl ein wenig weiter von mir weg.

»Hi.« sagte ich ein wenig schüchtern. Noah antwortete nicht. Vielleicht hatte er mich nicht verstanden? Herr Hendriksen schwafelte gerade irgendetwas über germanische Mythologie und einem gewissen Tacitus, welcher irgendetwas darüber geschrieben haben musste. Ich räusperte mich.

»Hey.« versuchte ich es noch einmal.

»Ja Lisa?« kam es von Herrn Hendriksen. Ich blickte erschrocken auf. Sämtliche Gesichter der Klasse waren mir zugewandt.

»Nichts.« sagte ich mit spitzer Stimme und blätterte wild und mit unbeholfenen Fingern durch das Geschichtsbuch.

»Das Buch können Sie geschlossen lassen, Lisa.« sagte Herr Hendriks ungeduldig. Dann fuhr er in seiner langweiligen monotonen Stimme fort. Ich wagte es kein weiteres Mal in Geschichte Noah anzusprechen. Wieso stellte sich dieser Typ so taub? Als die Schulglocke schließlich Hendriksen langatmigen Vortrag von Wanen und Asen unterbrach, raschelten schon hunderte Seiten Papier der ungeduldigen Schüler.

»Ich beende den Unterricht!« versuchte sich Herr Hendriksen mit seiner Stimme über das Rauschen zu erheben.

Ich packte in Windeseile meine Sachen zusammen und stopfte sie ohne große Sorgfalt in meinen Rucksack. Ich wollte gerade Noah ansprechen, doch dieser war schon verschwunden. Ich sah gerade noch eine seiner schwarzen Strähnen durch die hölzernen Türpfosten der Klassenzimmertür verschwinden, als ich versuchte, die Verfolgung aufzunehmen. Er war sicher schon auf den Weg zum Kunstunterricht, welchen wir im Keller gegenüber der Spinde hatten. Gott sei dank unseren letzten beiden Stunden an diesem Tag. Eilends hastete ich selbst aus dem Klassenzimmer, doch Herr Hendriksen Stimme hielt mich gerade noch auf, bevor ich die Tür erreicht hatte.

»Lisa, kommen Sie mal bitte zu mir.« ich musste eine Vollbremsung einlegen, dass beinahe Cindy Merz mit ihren gepushten A-Körbchen in meinen Rücken geknallt wäre. Mit finsteren Blick und irgendwelche Flüche vor sich hinmurmelnd umkreiste sie mich. Andere Schüler drängten sich mit ihren klobigen Rucksäcken an mir vorbei.

»Ja Herr Hendriksen?« sagte ich etwas ungeduldig und tippelte von einem Fuß auf den anderen. Mein Blick suchte indes den Schulgang vor dem Klassenzimmer ab.

»Hast du es eilig Lisa?« fragte er nun mit sanfter Stimme, ganz als würde er sich Sorgen machen.

»Im Grunde genommen schon.« sagte ich und blickte zu ihm auf. »Kunst.« fügte ich erklärend hinzu. Herr Hendriksen zog die buschigen Augenbrauen nach oben unter seinen ausgedünnten Haaransatz. Er wusste, dass wir eine zehnminütige Pause hatten, bevor es für uns weiterging, sage aber nichts darauf.

»Ich habe das Gefühl, dass du besser in Geschichte sein könntest, als du es bist. Du wirkst in letzter Zeit ein wenig durcheinander. Ist alles in Ordnung mit dir?« nicht schon wieder die Leier.

»Es ist alles gut Herr Hendriksen.« versuchte ich das Gespräch schnell zu beenden.

»Wenn du irgendwelche Probleme hast, dann scheu dich nicht mit mir zu reden. Wir wollen doch nicht, dass du die Klasse wiederholen musst. Nicht wegen Geschichte.« Ich bedankte mich anschließend und versprach mich demnächst mehr reinzuhängen, dann endlich, als letzte, verließ auch ich das stickige Klassenzimmer in Richtung Keller. Auf den Gängen drängten sich wieder dutzende, wenn nicht hunderte Schüler durch die engen Gänge. Hier und da rempelten sich ein paar Unterstufler an und kleine Jungs schubsten sich gegenseitig in meine Richtung. Wobei der Geschuppste peinlich berührt, mit hochrotem Kopf zu mir aufblickte und dann schnell den Blick senkte.

Die anderen feixten und kringelten sich indes vor lachen. Ich war dieses Schauspiel gewohnt und war mit Sicherheit nicht die Einzige, der es so ging. Nach fünf Minuten des Schieben und Drückens durch die undurchdringliche Menschentraube auf den Gängen war ich schließlich auch im Keller vor dem Kunstzimmer angelangt. Als ich die Tür öffnete war Frau Wimmer schon damit zu Gange ihre hunderten Schals und Perlenketten zu richten, welche fröhlich von ihrem dicken, faltigen Hals klimperten. Durch ihre kreisrunde Brille, deren Gläser aus Flaschenböden zu bestehen schien und sich perfekt auf ihrer krummen Nasenspitze ausbalancierte, schaute sie freudig in die Schwatzende Menge der Schüler. Der Kunstunterricht war einer der wenigen, welcher einen ganz anderen Glanz hatte, als der übrige Unterricht.

Das Zimmer war, trotz, dass es im Keller lag, Licht durchflutet. Hohe Fenster spendeten eine Menge Sonnenstrahlen in das Innere. Die Bänke waren nicht mehr ordentlich in Reih und Glied positioniert, sondern bildeten kleine Grüppchen und wurden so zusammengeschoben, dass an jeder Gruppe mindestens sechs Schüler Platz fanden. An den Wänden hingen einige Werke ehemaliger Schüler, welche komplett verschiedene Stile aufwiesen und so nicht wirklich zusammen passten. Alle davon waren mit persönlichen Gruß an Frau Wimmer versehen worden.

Graffitis hingen zwischen Waldlandschaften und Bergen, Selbstporträts zwischen Karikaturen und brennenden Städten. Es waren unzählige, dass einige der Älteren schon von neueren Werken verdeckt wurden. Die Tafel zierten hunderte Plakate über expressionistische Maler, oder große Künstler der Neuzeit. Frau Wimmer erhob ihre Stimme, als auch ich mich an einem fensternahen Sitzplatz niedergelassen hatte. Einen festen Sitzplan gab es sowieso nicht im Kunstunterricht. »Holt bitte eure Werke bei mir vorn am Tisch ab, meine Lieben.« schallte ihre rauchige Stimme über das Geschnatter der Schüler hinweg. Frau Wimmer war die einzige Lehrerin, welche offenbar kein Problem hatte, wenn gequasselt wurde. Sie unterband es nicht. Für sie diene der rege Austausch der Schöpfung und Kreativität, hatte sie einmal gesagt. Meine Mitschüler folgten ihrer Aufforderung und drängten sich um den überladenen Lehrertisch um mit zupfenden Fingern ihre vor getrockneter Farbe schweren Plakate an sich zu reißen.

»Vergesst nicht meine Lieben, lasst die Muse euch küssen!« sagte Frau Wimmers laute Stimme, während die mollige Frau sich ein wenig fester in ihre Regenbogen Farben Tunika hüllte. »Heute noch einmal diese beiden Stunden, dann gibt es Noten.« trällerte sie und tänzelte in langen schwingenden Bewegungen hinter ihren Tisch, als auch der Letzte sein Kunstwerk abgeholt hatte.

Ihre mit Klunkern bestückten langen, roten Krallen drückten auf die Play-Taste eines uralt Radios und schon schwafelte irgendeine Esoterik CD ihre Töne über unsere Köpfe. Ich fragte mich, ob diese Frau Wimmer wohl rauchen würde und musste über meinen eigenen Gedanken Glucksen. Ich breitete mein Bild vor mir aus. Ich war vielleicht keine begnadete Künstlerin, doch für meinen bescheidenen Geschmack war es mir wirklich gut gelungen. Ein Umriss meines Kopfes, in dessen Inneren eine Bergkette zu sehen war. Grau Braun und Schneebehangen. Gut, eigentlich hatte ich es in der gesamten letzten Stunde übermalt, denn mein erster Versuch eine Blumenwiese zu malen ist sang und klanglos gescheitert.

»Sehr schönes Bild Lisa.« hörte ich Frau Wimmers Stimme hinter mir, während ihre roten Klauen mich sanft an den Schulter packten.

»Danke Frau Wimmer.« entgegnete ich freundlich, dann setzte unsere Kunstlehrerin ihre Runde fort. Als ich die dicken Farbgläser aufschraubte, ließ ich meinen Blick durch den Raum schweifen. Noah erkannte ich nirgendwo. Dann sah ich zum Lehrertisch und da erblickte ich ihn. Noah stand, die Hände tief in seine Jeanstaschen vergraben vor Frau Wimmer. Seine Miene war genauso gleichgültig wie eh und je, was Frau Wimmer dennoch mit einem Lächeln bedachte, als sie ihm aus ihrem Schubfach ein frisches A3 Blatt reichte und er wieder zu seinem Sitzplatz nahe der Tür ging.

Er hatte seine Lederjacke abgelegt und unter seinem tief ausgeschnittenen, grauen Hemd spielten seine Muskeln im gleißenden Licht der hohen Zimmerfenster. Unbedacht kaute ich auf meiner Vorderlippe, als er sich auf seinem Stuhl niederließ. Er schnappte meinen Blick auf und seine Augen verfinsterten sich wieder. Ich wurde einfach nicht schlau aus ihm.

Die restliche Kunststunde verging dann relativ zügig. Farbflecken in den unterschiedlichsten Tönen zierten meine doch recht bleiche Haut vom Ellenbogen abwärts. Als die Schulglocke dann das Ende der Stunde verkündete und alle Mitschüler ihre Zeichnungen, mehr oder weniger sorgfältig, bei Frau Wimmer auf das Lehrerpult warfen, schnappte auch ich meine Jacke und meine Zeichnung und folgte den restlichen Mitschülern auf den Weg in die wohlverdiente Freizeit. Jetzt hieß es für mich aber nicht etwa sofort nach Hause zu gehen. Es war Mittwoch und mein Nebenjob wartete schon darauf, dass ich pünktlich zur Arbeit kam. Ob es den anderen auch so erging? Oder ließen die sich nur von ihren Eltern zu irgendeiner bedeutungslosen Freizeitaktivität fahren? Wie dem auch sei. Ich schnappte die frische Novemberluft vor dem Schulgebäude auf und machte mich auf den Weg in Richtung Stadtzentrum. Da unsere Schule durch einen Park am vorderen

Ende direkt von der Innenstadt getrennt lag waren es kaum fünfzehn Minuten, welche ich laufen musste. Auf dem Weg, die steinernen Stufen an der Hartmannhalle abwärts, vibrierte plötzlich das Telefon in meiner Jacke. Ich kramte etwas unwirsch in den Untiefen meiner Tasche und zog es zum Vorschein.

Moni: Hey, na was geht? Du warst aber schnell weg.

Ich tippte schnell eine Nachricht auf die Tasten am Display, bevor ich es wieder in meine Tasche stopfte.

Ich : Ja du weißt doch, dass ich heute arbeiten muss.

Kaum eine Minute später meldete sich mein Smartphone erneut. Leicht genervt nahm ich es wieder zu Hand.
Moni: Schon klar. Was machst du heute Abend?

Augenrolled tippte ich die Antwort ein:
Ins Bett gehen??? Vielleicht ein Buch lesen. Es ist Mittwoch Moni. Lass uns Morgen was machen.

Das Handy vibrierte erneut, dieses Mal als ich gerade die Tastensperre betätigt hatte.

Moni: Lass uns ins City-Pub gehen. Erik lädt ein.
Ich: Ich kann nicht. Hab meiner Mom versprochen,

dass ich heute lerne.

Monis Antworten wurden nun schneller und mir gelang es nicht mein Telefon rechtzeitig zu sperren, bevor auch schon die erneute Antwort von Moni auf meinem Display erschien.

Moni: Wozu lernen? Du bist doch gut.
Ich: Gut ist nicht perfekt.
Moni: Komm schon. Eine Cola, ich lade dich ein. Wir haben in letzter Zeit voll wenig miteinander gemacht.

Ich rollte erneut mit den Augen. Ich sah gerade noch rechtzeitig genug von meinem Mobiltelefon auf, denn beinahe wäre mein linker Fuß auf den schlammigen Abgrund geraten, welcher sich neben der Steintreppe in die Tiefe schlang. Ich ruderte ein wenig hilflos mit den Armen, dann fing ich mich wieder. Einen kurzen Augenblick schnaufte ich erst einmal durch, dann blieb ich mitten auf einer Stufe auf halben Weg nach unten stehen. Es war wohl besser nicht auf sein Display zu starren, wenn man wie ich ein Tollpatsch war und das Unglück magisch anzuziehen schien. Ich nahm mein Telefon erneut in die Hand und antwortete Moni.

Ich: Ok. Von mir aus. Eine Stunde. Nicht länger.

Monis Antwort ließ nicht lange auf sich warten. Ich fragte mich, ob ihr Handy schon mit ihrer

Hand verwachsen war, denn ich hielt es für unnatürlich, dass jemand der nicht den ganzen Tag darauf zu starren schien so schnell hintereinander antworten konnte.

Moni: Klasse wir treffen uns um halb sechs, gegenüber vom Nischel, da bei der Treppe.

Dann steckte ich das Telefon ein ohne noch einmal auf diese Nachricht einzugehen. Ich wusste, dass Moni sonst nicht wieder aufhören konnte mir zu schreiben und ich vermutlich dann doch noch irgendwann auf dem Hintern diesen Berg hinter mir lassen würde. Der Nischel, zur Erklärung für alle die nicht aus Chemnitz kommen, geschweige denn schon mal einen Fuß in diese triste Stadt gesetzt hatten, war der Spitzname des turmhohen Abbildes von Karl-Marx, welches, wie ich fand, die Stadt noch um einiges altbackener wirken ließ, als sie ohnehin schon war.

Ich werde euch jetzt einmal den langweiligen Teil meines normalen Mittwochs ersparen, an dem ich mich für vier volle Stunden zwischen tonnenschweren Paletten voller Farbkübel und Malerbedarf vergrub und meinen einstudierten Satz „Da müssen Sie bitte mal einen Mitarbeiter fragen. An der Rezeption dürften Sie einen finden" zum besten gab, immer dann wenn mich fälschlicher Weiße mal ein Kunde für einen gelernten Baumarktmitarbeiter hielt. Nach meiner Schicht, in der wieder einmal nichts passierte, außer dass ich beinahe in Gedanken vertieft über einen Stapel Malerrollen gestolpert wäre, verabschiedete ich mich auch schon von den anderen, welche mich immer mit neidischen Blicken bedachten, weil ich keine acht Stunden lang hier ausharren musste.

Ich nahm den erstbesten Bus zurück in die Innenstadt. Ich hatte weder geduscht, noch meine Haare gemacht. Meine Arme zierten immer noch die gleichen verkrusteten Farbflecken des Kunstunterrichts, doch als die Uhr auf dem Display meines Handys mir verriet, dass es schon kurz nach sechs war, verflogen all meine Hoffnungen darauf noch einmal nach Hause zu gehen. In stiller Hoffnung betete ich darauf, dass bis auf Moni und ihren komischen Erik niemand sonst in der Bar war den ich kennen konnte. Ich stieg vor dem Monument namens Nischel aus und blickte auf die erleuchteten Fassaden des „Terminal 3" einer winzigen Partymeile, von höchstens fünf Bars und Restaurants nebeneinander. Ich zog meinen seidenen Schal ein wenig tiefer in mein Gesicht, vergewisserte mich ob kein Auto zu sehen war, dann lief ich auch schon los. Auf der anderen Seite der Straße angekommen tippte ich noch hastig eine Nachricht in mein Telefon. Mom sollte sich keine Sorgen machen müssen, wenn ich nicht sofort nach der Arbeit wieder nach Hause kam.

In der Bar angekommen bestätigten sich hingegen meine schlimmsten Befürchtungen. Es schien, als hätte sich hier die halbe Schule des Andre Gymnasiums versammelt. Als ich den rauchig stickigen Dampf des Inneren der Bar einatmete, welcher mir wie eine Faust in das Gesicht schlug, musste ich heftig blinzeln. Viele kleine, runde Tische und ihre mit Leder bezogenen Barhocker schienen förmlich im Qualm unzähliger Zigaretten zu versinken. Stellt euch am besten eine Szene aus irgendeinem X-beliebigen Horrorfilm vor, bei dem die Protagonistin durch einen nebeligen Friedhof watet, dann habt ihr eine ungefähre Ahnung wo ich hier gelandet bin.

Auf einer kleinen Bühne neben der Bar griffen langhaarige und vollbärtige Männer beherzt in die Seiten ihrer Zupfinstrumente und eine kleine runde Frau mit rauchiger Stimme schmetterte irgendein inländisches Country-Lied in ihr kratziges Mikrofon. Es war ohnehin egal wer dort zu singen vorgab, denn kaum einer hörte wirklich auf die Live-Band, welche sich allem Anschein nach größte Mühe dabei zu geben schien die Massen in dem Lokal mit zu reißen.

Von einem etwas längeren Tisch, ohne Barhocker, dafür mit zwei karminroten Ledersofas, nahe der Fensterfront, winkte mir Moni lächelnd zu. Dort saß also die andere Hälfte des städtischen Gymnasiums. Moni, gekleidet in einen hautengen Einteiler, bei dem ich mich fragte, ob er für diese

Jahreszeit nicht doch ein wenig zu kalt gewählt war, saß dicht gedrängt an Erik, der auf seine Ellenbogen gestützt unauffällig seine kräftigen Arme anzuspannen schien und die Muskeln spielen ließ. Um sie herum saßen noch ein paar Leute, welche ich durch die dichte Nebelwand nicht so recht erkennen konnte und zu meinem Unglück… Nancy. Das perfekte Gesicht durch unzählige Tuben Make Up beinahe zum glänzen gebracht, erkannte ich dieses Mädchen unter tausend anderen sofort. Wieso tat Moni mir so etwas an, fragte ich mich, als ich mich durch das dichte Nebelfeld zu ihnen rüber drängte. Im Vorbeigehen verfolgten mich hier und da Augenpaare von Zwölftklässlern und munkelten heimlich Anspielungen zu ihren Sitznachbarn.

»Hey.« sagte ich, als ich den Tisch der Gruppe erreicht hatte. Moni sprang sofort von Erik weg und zwängte sich über die Beine einiger sitzender zu mir hindurch.

»Super, dass du gekommen bist.« begrüßte sie mich, als ich ihre warmen und geröteten Wangen an meiner kalten Haut spürte. »Setz dich. Erik hat einen Bierturm bestellt, der müsste gleich kommen.« Etwas schüchtern nickte ich den anderen am Tisch zu.

»Sieh einer an wer da ist.« es war die höhnische Stimme von Nancy, die mein Blut schon wieder in Wallung brachte. Angestrengt versuchte ich mich darauf zu konzentrieren meine Jacke auszuziehen und meine farbigen Arme zu verbergen.

»Hallo Lisa.« sagte Marcus, der mit seiner hünenhaften Größe alle anderen am Tisch locker Übermaß. Seine dunkle, vertraute Stimme klang freundlich und aufrichtig. Ich schenkte ihm ein Lächeln.

»Wir haben gerade über die letzte Party gesprochen.« sagte Moni grinsend und versuchte nun wieder Nähe zu Erik aufzubauen, der ein wenig nervös zu sein schien. Ich fragte mich wieso.

»Ja stimmt.« sagte Nancy und betrachtete geringschätzig meine Fingernägel unter dessen Spitzen sich immer noch kleinere Klümpchen an Farbe sammelten. »Wir überlegen die ganze Zeit wann die nächste steigen wird. Du kannst ja vermutlich nicht kommen?« wandte sie sich an mich.

»Wieso?« fragte ich angriffslustig.

»Nun ja, Noah hat mir gesagt, dass deine Mom dich wohl nicht mehr so schnell auf Partys lässt.« sagte sie mit ihrer üblichen Gleichgültigkeit in der Stimme und besah sich nun ihre eigenen perfekten Fingernägel. Was fällt diesem Noah eigentlich ein? Immerhin war er schon weg, als meine Mutter die Tür geöffnet hatte. Nicht mal den Anstand hatte er besessen, zu warten, ob auch wirklich jemand bei mir zu Hause war.

»Keine Ahnung wo Noah das aufgeschnappt haben will, aber ich würde sehr gern wieder mit auf die nächste Feier.« sagte ich herausfordernd. Eigentlich hasste ich die Aussicht darauf, dass ich schon bald wieder zu so einer Feier musste, aber diesen Punkt wollte ich dieser Nancy nicht überlassen. Markus lächelte mir aufmunternd zu. Ich fragte mich, was dieser Noah denen erzählt hatte.

»Wo ist er eigentlich?« fragte ich, wobei ich peinlichst genau darauf achtete, dass meine Stimme möglichst nebensächlich klang. »Also Noah.«

»Hat heute was vor.« sagte Nancy. Ihre Augen blitzten zu mir herüber, als hätte ich gerade ihr Territorium betreten und sie müsste mich auf der Stelle umbringen. »Vermutlich sind wir ihm zu unwichtig.« sagte sie und wandte sich wieder den anderen zu. Gab es eigentlich noch irgendjemand anderen, der mit mir sprechen konnte?

»Wir haben auf jeden Fall überlegt, ob wir nicht nächste Woche in Markus' Landhaus fahren wollen. Es liegt an einem sehr romantischen Teich in einem Wald irgendwo hier in der Gegend, war es nicht so Markus? Und wir hätten das ganze Wochenende für uns.« schwärmte Moni. Erik nickte zustimmend.

»Ist das so?« versuchte ich mich zu freuen.

»Naja ich glaub Moni übertreibt.« lachte Markus und kratzte sich an seinem Hinterkopf. »Es ist viel mehr ein Bungalow. Aber die Lage ist wirklich perfekt. Dort sind kaum andere Leute und wir haben unsere Ruhe. Wir würden uns freuen, wenn du auch vorbei kommen könntest.«

Ich wollte gerade antworten, da kam auch schon die untersetzte Wirtin auf unseren Tisch zu gestapft. Schwappend stellte sie den übergroßen Turm, gefüllt mit gold-gelben Bier in der Mitte unseres Tisches ab. Gläser klirrten und schließlich stand vor jedem von uns ein schäumend gefülltes Glas Bier. Wir unterhielten uns eine Weile über sämtliche Sachen. Moni schien an diesem Abend die Gesprächigste zu sein. Pausenlos schnatterte sie dazwischen, wenn Markus oder Johnny das Wort ergriffen, redete von Schulnoten und Plänen nach dem Abitur. Markus hatte nach seinem Abschluss, den er uns zwar nicht genau verraten wollte, eine sehr hochtrabend klingende Stelle bekommen, an deren genaue Bezeichnung ich mich später nicht mehr erinnern konnte.

Um so mehr ich vom bitteren Bier, welches zunehmend immer schaler wurde trank und um so mehr Rauch durch die dröhnende Gaststätte waberte, desto mehr schmerzte mir der Kopf. Die anderen lachten und tranken und schmiedeten irgendwelche Pläne für Gott weiß wie viele folgende Wochenenden. Ich entschuldigte mich bei Tisch, warf Moni einen vielsagenden Blick zu, dann verließ ich die Gaststätte mitten in der Innenstadt. Ich musste unbedingt frische Luft schnappen. Das Bier hatte sich allmählich zu meinen Beinen hin vorgearbeitet. Der klebrige Boden unter meinen Füßen schien fast nur aus Gummi zu bestehen. Mit zitternden Knien betrat ich die Außenwelt.

Ein kühler Luftstoß peitschte meine Haare fröhlich in mein Gesicht und erweckte sofort neue Lebensgeister in mir. Es war spät geworden. Die Uhr zeigte schon beinahe Neun. Mein Atem verwandelte sich in kleine, dampfende Rauchwölkchen, sobald er meine Lippen verließ. Es war knackend kalt geworden. Ich bewegte mich ein wenig auf der Terrasse oberhalb der Hauptstraße, um wieder etwas Gefühl in meine Beine zu bekommen. Ich war in Gedanken vertieft und dachte daran, dass Nancy, welche es sich heute wieder einmal nicht nehmen ließ ihre perfekten Brüste in einem Hautengen schwarzen Top der gesamten Kneipe zu präsentieren, mit mir, eingesperrt in einem winzigen Bungalow am Arsch der Welt ausharrte. Vielleicht ohne Strom und nur damit beschäftigt, mir möglichst viele Nerven zu rauben. Wohl eher keine gute Aussicht, dachte ich mir. Meine Gedanken kreisten auch um Noah. Noah, was fiel diesem Typen eigentlich ein? Ok, zugegeben meine Mutter würde mich vermutlich nicht mehr so schnell auf irgendeine Party lassen, es würde vermutlich sogar sehr viel Überzeugungsarbeit kosten, bevor sie sich auch nur eine Antwort überlegte, aber sei es drum. Plötzlich überkam mich Wut. Ich blickte vom Boden wieder auf die Umgebung. Ich war plötzlich in einem kleinen Park gelandet. Wie kam ich nur hier her? Ich hatte vermutlich nicht bemerkt wie meine Füße mich fortgetragen hatten.

Mit zusammen gekniffenen Augen schaute ich mich nach dem „Terminal 3" um. Vermutlich würden sich die anderen schon Sorgen machen, wo ich bleibe. Na gut, außer Moni und vielleicht noch Markus würde es vermutlich keinen interessieren. Weder Johnny, der sowieso nie wirklich ein Wort sagte und vor allem nicht Nancy. Mein Blick verfinsterte sich bei dem Gedanken an sie. Markus würde vielleicht sogar nach mir suchen gehen, dachte ich mir, schlug mir aber den Gedanken sofort wieder aus dem Kopf. Ich hatte keinen Nerv für einen Freund, also beschloss ich, dass es einfach keinen Sinn ergab mir auch nur annähernd so etwas vorzustellen. Obwohl er ja doch ganz süß war. Stark und groß.

Plötzlich hörte ich ein Knacken hinter mir. Erschrocken, dass mein Herz beinahe aus meiner Brust hervor gesprungen wäre, sah ich auf. Da war niemand. Ich beschleunigte meine Schritte. Die hell erleuchteten Buchstaben des „Terminal 3" glitzerten in der gefrorenen Luft vor mir. Die Kälte spürte ich auf meinen Wangen und blickte nach oben. Na klasse. Hatte es nun wirklich auch noch zu schneien begonnen? Gut ok, wir hatten schließlich Ende November, doch ich dachte daran, dass ich auch noch einen ganz schön langen Heimweg vor mir hatte und der bei Schneetreiben bestimmt nicht spaßiger wurde.

Wieder ein Knacken. Und wieder beschleunigte ich meine Schritte. Nun rannte ich fast. Hastig versuchte ich einen Blick zurück zu erhaschen. Das Bier stieg wieder erbarmungslos in meine Beine hinab. Ich torkelte und schwankte. Ich kam nicht weit. Wenige Meter später gab ich den Versuch auf zum Terminal zurück zu rennen. Ich hatte einen Entschluss gefasst. Ich wirbelte herum.

Drei dunkle Gestalten tauchten aus den nächtlichen Schatten rund um die kahlen Bäume des innerstädtischen Parks auf. Ich sah, wie sie langsam doch zielstrebig auf mich zu marschierten. Ich blieb wie angewurzelt stehen, traute mich nicht einen Mucks von mir zu geben. Ihre schwarzen Silhouetten krochen weiter in meine Richtung.

»Was wollt ihr?« ich hatte meine Stimme wieder gefunden. Mit zitternden Fingern umschloss ich das Telefon in meiner Jackentasche, bereit es als Waffe einsetzen zu können.

»Hallo junge Frau.« schnarrte eine dunkle Stimme eines Mannes, der nach ihrem Klang mindestens doppelt so alt sein musste wie ich selbst. Schon hatten die drei Gestalten auch den restlichen Weg zu mir hinter sich gebracht. Dunkel gekleidet und mit fiesem Grinsen auf den Gesichtern schlossen sie langsam ihren Kreis enger um mich.

»Hast du dich verlaufen?« wollte der Größte von ihnen wissen. Sein fieses Gesicht blickte aus kleinen, schwarzen Augen hervor, seine abstehenden Ohren gaben ihm das unangenehme Aussehen einer dressierten Ratte.

»Ich bin mit meinen Freunden hier.« quiekte ich, vermutlich ein paar Tonlagen zu hoch, denn der Kräftige kleine, der, welcher ganz rechts der Gruppe lief, kratzte sich blöd grinsend im Ohr.

»Oh, eine Quieckerin.« lachte er sein dümmliches Lachen. »Ich hoffe doch du bist ein braves Mädchen und weißt wann es für dich besser ist die Schnauze zu halten?« Sein Gesicht umspielte nun ein giftiges Grinsen, seine Augen verengten sich, als sein widerwärtiger Blick an meiner Kleidung hinab, bis auf meine Beine fiel. Er stupste den Dritten, der seine langen fettigen Haare an der Seite abrassiert hatte und den Rest zu einem ungepflegten Irokesenschnitt frisiert hatte, in die Rippen.

»Ich mag die mit den breiteren Schenkeln, die sind immer so feucht.« grunzte der Dicke.

»Meine Freunde suchen schon nach mir.« behauptete ich kühn und versuchte einen ernsten Blick zu wahren. Doch meine Panik in den Augen schien schier unüberwindlich zu sein. Die Gestalten schienen dies zu bemerken. Das fettige Gesicht des Kleinsten war nun nur noch eine Hand breit von meinem entfernt. Ich fuhr ohne weiter zu überlegen wieder herum. Lisa, du musst rennen, schrien die Gedanken in meinem Kopf. Die Panik hatte die Welt um mich herum in einen grauen Schleier gehüllt. Ich rannte wie ich noch nie in meinem Leben zuvor gerannt war.

Zumindest dachte ich das. Ich war kaum drei Meter vorwärts gestolpert, schon merkte ich, wie das Gewicht eines ausgewachsenen Mannes mich zu Boden riss. Dumpf kamen wir gemeinsam auf den harten, unnachgiebigen Boden des Parks auf. Mein Kopf schmerzte dort, wo ich auf den Boden aufgekommen war. Ich spürte das warme Tröpfeln eines dünnen Rinnsal der sich von meiner Stirn wand. Mein Atem ging schneller. Das Gewicht des Mannes lastete tonnenschwer auf meiner Brust. Ich hatte das Gefühl, dass mir sämtliche Rippen brechen würden. Sein unangenehmer Gestank nach abgestandenen Urin, bitteren Alkohol und eingetrockneten Schweiß in seiner Trainingsjacke stach mir schmerzhaft in der Nase. Ich würde ganz sicher hier ersticken, wenn ich jetzt nichts unternahm. Ich versuchte meine Arme, welche unter meinem Hinterteil am Boden klemmten zu befreien. Versuchte mich zu winden. Versuchte zu entkommen. Der Dicke war es, welcher auf mir gelandet ist. Seine gelben Zähne waren an einigen Stellen verfault. Es schien alles in Zeitlupe zu abzulaufen. Schon fast hatte ich mich mit der Situation abgefunden. Dann spürte ich seinen beharrten Arm der sich unerbittlich unter den Saum meiner Jacke schob. Seine groben zerschundenen Finger berührten meine Haut. Ich dachte, ich würde verbrennen. Dieses Brennen, welches einfach nicht aufzuhören schien, an jeder Stelle an der er mich berührte.

»Sie hat ja ganz weiche Haut.« raunte er erregt zu seinen Kumpel hinüber, welche neben uns angekommen waren. Warum war keiner hier? Warum spazierte hier niemand in diesem Park? Es musste doch einen Ausweg geben.

»Wollen wir mal sehen, ob deine Pflaume genau so weich ist.« flüsterte er mir in mein Ohr. Sein Mundgeruch brannte in meinen Augen. Ich versuchte jetzt zu treten, doch sein ganzes Gewicht lastete so stark auf meinem Unterleib, dass meine Beine taub wurden. Langsam glitten seine rauen stinkenden Finger an meinem Bauch hinab. Seine vergilbten Fingernägel kratzten tiefe Furchen in meine Haut, als er versuchte den widerspenstigen Bund meiner Hose bei Seite zu schieben. Dann drang ein Finger in meine Unterhose. Eine halbe Hand breit war er noch von mir entfernt. Von meiner intimsten Stelle. Meinem Körper. Ich drohte den Kampf gegen ihn zu verlieren. Aufbäumend versuchte ich mit meinem Becken seinen Fingern zu entweichen, doch seine Hand drang unerbittlich weiter vor. Ich wollte schreien, doch die Hand eines anderen packte mich schmerzlich am Kiefer.

Wie gelähmt lag ich da. Drapiert von drei Männern. Schutzlos ausgeliefert. Ich spürte, wie eine glasige kalte Träne mein linkes Auge verließ und zu Boden rollte, während ich versuchte durch seine stinkende Hand zu schreien und zu beißen.

Dann geschah vieles gleichzeitig. Ich spürte wie mein Körper leichter wurde. Meine Arme waren nun nicht mehr unter mir begraben. Ein seltsames Kribbeln durchströmte meinen gesamten Körper. Ich fragte mich, ob ich tot war. Ich sah in das Gesicht des Dicken auf mir. Erst war es noch schmierig und grinsend, doch dann, als würde er selbst nicht wissen was geschah, sprang er auf wie von einer Tarantel gestochen. Blickte mich an. Sein Blick verfinsterte sich. Ich kam wieder auf beide Beine, ohne dass ich wusste, wie ich das Gefühl in ihnen wieder erlangt hatte. Ich richtete mich zu voller Größe auf. Die Augen der Männer wurden größer. Ein Donnerhallen am klaren sternlosen Himmel, ein Blitz zuckte über ihre Köpfe und erleuchtete die gesamte Innenstadt.

»W-W-Was soll das?« quiekte der mit dem Rattengesicht und sah schockiert in meine Richtung. Ich wusste nicht was ich tat. Wusste nicht, was passierte. War ich wirklich tot? Nein! Ich spürte wie neue Lebensenergie durch meinen kalten Körper strömte. Mir wurde wärmer, mein Verstand schärfte sich. Es schien als schwebte ich einen Augenblick lang in der Luft. Meine Füße konnten unmöglich den Boden berühren. Als meine Füße wieder festen Boden berührten spürte ich einen leichten, blauen Schein der mich zu umgeben schien. Er war fremdartig, doch gut. Ich hatte keine Angst was passierte. Ganz so, als würde dieser Schein schon immer zu mir gehören, als wäre er nie weg gewesen. Mein Blick schärfte sich. Auf einen Schlag war der Park nicht mehr dunkel in der Nacht sondern lag beinahe taghell erleuchtet vor mir. Ich spürte wie neben mir eine zweite Person auftauchte. Es war... Noah. Doch auf sonderbare Weise war ich kaum überrascht ihn zu sehen, ganz als hätte ich nur darauf gewartet, dass er hier erscheint und wir uns vereinen können. Sein schwarzes Haar schien von der blauen Wolke um uns erfasst worden zu sein. Es fing beinahe an zu knistern, ganz als hätte man es mit elektrischen Strom aufgeladen. Seine grau blauen Augen, welche in seinem markanten Gesicht hervorstachen, leuchteten wohltuend, beruhigend. Er kam neben mir auf. Auf seinem Kopf thronte eine Art Helm. Ein mit spitzen Flügeln verzierter Helm aus leuchtenden Metall, welches im Licht des Scheins beinahe golden glitzerte.

»Was zum Teufel geht hier vor?« wimmerte der Dicke und deutete mit seinen ungewaschenen Wurstfingern auf Noah. Noah legte zuerst nur einen Arm um mich. Sofort spürte ich wieder die Schwerkraft der Welt. Ich kippte. Meine Knie sanken in den Boden unter mir ein. Ich spürte die Wärme seiner Haut, als seine starken Arme mich langsam auf dem Boden ablegten. Sein breiter Rücken war zerfurcht. Ganz als hätte er hundert und aberhunderte Striemen auf dem Rücken. Der dritte Mann hatte plötzlich die Flucht ergriffen. Ich musste geblinzelt haben, anders konnte ich es mir nicht erklären, doch mit einem Sprung war Noah ihm auf den Fersen. Er packte den schwarz gekleideten Gauner mitten im Sprung. Baute sich vor ihm auf. Dann geschah etwas sehr sonderbares. Da, wo Noahs Hand den Kragen des Mannes umklammert hielt, schiene kleine blaue Funken und Blitze hervor zuströmen. Sie wandten sich um den Körper des Gauners. Wie in einem Wirbel aus Gleisendem Licht. Das Einzige was von ihm aufkam waren seine Kleider. Ich beobachtete das Ganze mit ausdruckslosem Blick. Die anderen beiden sahen geschockt zu Noah hinüber. Aus dem Funkenstrom, welcher in der Luft vor Noah schwebte, formte sich nun eine Klinge. Ich musste zu erst an ein sehr großes und langes Messer denken. Ein goldener Griff mit einem Pferdekopf und Rubinen schmückten seine Augen. Das Glänzen des geschliffenen Stahls erstrahlte in Noahs Hand. Das Schwert durch seine Finger kreisend kam er auf die anderen beiden zugeschritten.

»Abschaum.« Noahs Stimme war wieder eine andere. Tief und kratzend, als käme sie von sämtlichen Bäumen und aus der Luft um ihn herum und wurde tausendfach wieder gehallt. Mit einem Schnitt durchzog er die Luft. Seine Augen glühten jetzt. Mit einem Sprung war er bei Rattengesicht angekommen und warf ihn zu Boden. Auf seiner Brust sitzend riss Noah das Messer in die Höhe, dann stieß er zu. Der Boden unter meinem Hintern vibrierte, die Luft tat es auch.

Da wo er Rattengesicht getroffen hatte war kein Blut. Kein Riss in seiner Brust, da wo die Schneide seine Haut verletzte. Nur ein dünner Strom aus den selben blauen, glitzernden Funken ergoss sich wie ein Springbrunnen aus dem Riss in seiner Brust und die Funken flogen in die Nacht davon. Erst wenige, dann mehr, bis sich schließlich der gesamte Körper aufgelöst hatte. Dann suchten die blauen Augen den Letzten. Der Dicke war kniend zu Boden gesunken. Die Hände aneinander gefaltet bettelte er und flehte.

»Verschone mich bitte.« krächzte er hervor.

»Du bekommst was du verdienst. Alles geht zurück, da wo es herkommt. Mancher früher, mancher später.« knurrte Noah mit der tiefen hallenden Stimme. Er packte den Dicken mit der linken Hand direkt an seiner Stirn. Unbarmherzig stieß er abermals die fein geschliffene Schneide hinab und traf den Halunken im Gesicht. Ein erstickter Schrei, kaum hatte er begonnen, war er wieder verklungen. Dann sanken wieder blaue Flammen und der blaue Schein in die Nachtluft. Mein Blick trübte sich. In der nächsten Sekunde schon war Noah an meiner Seite.

»Was...?« versuchte ich mit brüchiger Stimme. Ein weicher Zeigefinger legte sich auf meine weichen Lippen. Noahs Blick war nun nicht mehr hasserfüllt, sondern warm und beruhigend, obwohl sich seine Augen nicht verändert hatten. Er lächelte nicht. Sah immer noch ernst aus.

Ich merkte, wie er vorsichtig meine Hose wieder nach oben zog. Behände wickelte er mich in meine aufgerissene Jacke ein.

»Schon gut. Sie sind weg.« sagte er mit seiner normalen und ruhigen Stimme. Doch irgendwie sanfter, als ich sie je zuvor gehört hatte.

»Danke.« versuchte ich, doch nicht viel davon schien wirklich meinen Mund zu verlassen. So saßen wir eine Weile auf dem kalten, nassen Boden des Parks. Noah über mich gebeugt. Ich behütet von seinen breiten Armen.

KAPITEL 5

EIN TRAUM VON MEHR

In dem schwachen Dämmerlicht des Parks, welches von den künstlich gelben Lampen der Straßenlaternen auf uns herunter schien, sah ich Noah dieses Mal in einem ganz anderen Licht. Ich sah nicht mehr diesen groben, griesgrämigen Jungen, den Rebell, oder was auch immer ihn dazu gemacht hatte sich wie das letzte Arschloch zu benehmen. Ich sah dieses Mal nur seinen warmen, nackten Oberkörper. Seine breite Brust, welche durch Striemen und Kratzer leicht geschunden aussah. Seine starken, trainierten Arme, mit welchen er mich hielt, mich beschützte. Es war, als wäre all dieser Schmerz für eine Weile vergessen und das mysteriöse Licht schimmerte über uns, wie wir hier draußen saßen. Sein Duft umspielte meine Nase, seine Haare auf den Armen, welche nicht kratzig waren, sondern mir den unnatürlich weichen Hauch eines scheinbaren Friedens gaben. Ich lag mit dem Kopf in seinem Schoß und beobachtete ihn von unten her. Ich tat so, als könnte ich meine Augen kaum öffnen, in der Angst, dass wenn sie offen wären er mich wieder los lassen würde. Im Grunde genommen habe ich mich noch nie so geborgen gefühlt. Bei jeder Bewegung, jedes kleinen Zuckens seiner Muskeln in den Armen ergab ich mich vollkommen diesem Moment, in der Hoffnung, seine doch recht weiche Haut an jedem Zentimeter meines Gesichtes zu spüren. Wir mussten stundenlang so da gesessen haben, ich fragte mich gerade wann wohl die ersten Sonnenstrahlen hinter der grauen Fassade des Hochhauses eines naheliegenden Hotels aufzugehen schienen, da regte sich Noah. Ich betrachtete seinen breiten Kiefer und seine strahlend blauen Augen, welche in dem Licht ein grauen ausdruckslosen Ton anzunehmen schienen.

»Geht es dir wieder gut?« fragte er mich. Seine Stimme war nicht viel mehr als ein leises Flüstern, ein Raunen, welches gerade laut genug zu mir wehte, dass ich es verstehen konnte. Als würde diese Welt in diesem Augenblick nur aus uns beiden bestehen. Keine bösen Männer in dunklen Parks, keine Party die nach Alkohol und Erbrochenem stank, kein reges Treiben in der belebten Innenstadt, kein Hausarrest, weil ich wiederholt meiner Mutter zum Trotz lange nach dem ich zu Hause hätte ankommen sollen mit diesem Jungen hier im Park verweilte. Ich wünschte dieser Augenblick würde ein ganzes Leben andauern. Ich brauche nicht viel mehr als hier zu liegen.

»Ich… ich denke schon.« hauchte ich zurück. Seine Arme schwanden von meinem Gesicht und sofort kroch wieder die Kälte des Novembers in mein Herz.

»Wir sollten dich ins Warme bringen, Lisa.« sagte er ernsthaft. Ich wollte ihm widersprechen und darauf beharren mit ihm hier zu bleiben, doch ich schaffte es nicht. Ich nickte langsam und schwerfällig, dann wurde ich von ihm auf beide Beine gezogen. Sie zitterten leicht, als hätten sie mein Gewicht vergessen, als könnten sie mich nicht mehr tragen.

»Ich bringe dich am Besten nachhause.« sagte er sanft. »Es ist schon nach zehn, und du solltest jetzt nicht alleine sein.« Ich merkte, wie eine glasige Träne meine Augen verließ und sich ihren Weg über meine Wange bahnte. Erst jetzt wurde mir bewusst, vor was oder besser wem mich Noah gerettet hatte.

»Danke... Noah.« flüsterte ich schwach. Noah strich mir sanft eine meiner roten Haarsträhnen aus dem Gesicht.

»Lass uns jetzt gehen.« sagte er ernst und ich folgte seiner Aufforderung. Noah ging neben mir, streifte sich sein schwarzes, feines Hemd über den Körper und knöpfte es wieder zu. Ich verzehrte mich nach seiner Nähe, welche jetzt unglaublich fern zu sein schien, obwohl wir nur wenige Meter nebeneinander her liefen.

Plötzlich klingelte mein Telefon. „Moni" erschien da auf dem leuchtenden Display. Noah nickte mir aufmunternd zu »Geh am Besten ran, sie soll sich keine Sorgen machen.« sagte er mit ruhiger Stimme und ich tat es.

»Lis? Hallo? Wo bist du? Ist alles gut?« hörte ich die Stimme meiner besten Freundin in das Handy plärren.

»Ja... alles gut. Hab bisschen zu viel getrunken und werde jetzt heim machen.« war meine knappe Antwort. Es viel mir schwer mit ihr zu reden, so als wäre meine Zunge schwer wie Blei.

»Ich habe mir schon Sorgen gemacht.« lallte Moni in die Sprechschale. Tolle Freundin dachte ich mir. Hätte sie sich wirklich um mich gesorgt, weshalb war sie dann bei den anderen geblieben? Doch ich sagte nichts, denn der Moment von eben schien mich immer noch zu beflügeln und gleichzeitig zu ängstigen. Es hatte begonnen zu regnen, schwer und nass fielen die dicken Tropfen auf meinen Kopf und wuschen mir das Haarspray aus meinen Haaren, verklebte meine Stirn.

»Wie gesagt, ich gehe jetzt nachhause.« unterbrach ich die Stille.

»Lisa es ist doch gerade mal zehn.« tadelte mich Moni, als würde sie einem kleinen Kind etwas erklären, was es falsch verstanden hatte.

»Ich weiß. Ich hab es meiner Mom versprochen.«

»Oh, muss unser Mamakind schon nach Hause? Naja, Reisende soll man bekanntlich nicht aufhalten.« hörte ich Nancy im Hintergrund schnattern. Unentdeckt ballte ich meine freie Hand zu einer Faust, Noah beobachtete mich aus den Augenwinkeln, sagte jedoch nichts.

»Soll ich dich nach Hause bringen?« hörte ich Markus plötzlich sprechen. Ich lehnte dankend ab.

»Ich fahre Bus.« log ich.

»Alles Ok mit dir Lisa?« fragte Moni und ihre Stimme klang sorgend. Hatte sie mich etwa auf Lautsprecher? Ich schluckte meinen Ärger über diese Kleinigkeit und seufzte. Ich wollte ihr so gern alles erzählen. Angefangen von dem Hund der mich verfolgte, den Typen im Park, aber vor allem von Noah und wie er sich um mich gesorgt hatte, doch ich brachte es nicht zu Stande.

»Alles gut. Wir sehen uns morgen?« fragte ich erschöpft.

»Hör mal Lisa.« sie stoppte verlegen, das leise Knarren der Leitung belegte die Stille. »Ich hab mich morgen schon mit Erik verabredet. Ich dachte du wolltest vielleicht mal wieder etwas lesen und was du sonst noch immer so machst?« Ich widerstand dem inneren Drang in mir theatralisch mit den Augen zu rollen.

»Schon gut. Wir schreiben einfach.« sagte ich

verständnisvoll.
»Klar. Komm gut nachhause, Lis. Bye.« verabschiedete sich Moni von mir und ich hörte, wie im Hintergrund die Gläser klirrten.

Als Noah mich vorsichtig in sein Auto bugsierte, zitterten meine Beine und mein Kopf wurde schwer. Behutsam beugte er seinen Oberkörper über mich und schnallte mir den Sicherheitsgurt um die Hüften. Ich wehrte mich nicht, nicht dass ich es etwa gekonnt hätte. Dann fuhren wir los. Die Lichter flogen an den getönten Fensterscheiben vorüber, als Noah den Wagen durch die nächtliche Stadt lenkte. Sie wirkten wie geheimnisvolle Lichter einer anderen Welt. Mein Kopf wurde schwerer und ich versuchte mich zu erinnern wie viel ich getrunken hatte, doch ich kam zu keinem Schluss. Ich blickte verstohlen auf die Digitalanzeige des Autoradios: „22.30 Uhr" zeigte das Digitaldisplay an. Leichtsinnig und leichtfüßig, als wäre ich nur bloße Gedanken in einem fremden Traum, glitt ich aus der Tür hinaus in die nächtliche Welt, bemerkte kaum wie mich Noah verabschiedete. Als ich in unseren Flur trat roch es eigenartiger Weise im gesamten Haus nach einer Mischung aus Zimt und frischen Blüten. Auch sah es hier aufgeräumter als sonst auf. Nicht, dass wir in einer Müllhalde von Haus gelebt hätten, aber so penibel gründlich aufgeräumt war es hier selten gewesen.

»Mom, ich bin zurück.« sagte ich laut, während ich die Tür hinter mir schloss und meine Jacke auf einen der freien Haken an der weißen Kommode hing. Fußgetippel kam von der linken Hand aus unserer großzügigen Küche, kurz darauf erschien meine Mutter im Türrahmen.

»Wow.« sagte ich etwas überrascht als ich meine Mutter sah. Die typischen ausgewaschenen Sachen, die fusseligen Pullover hatte sie gegen ein elegantes Oberteil mit V-Ausschnitt getauscht.

»Hey mein Schatz.« sagte meine Mutter. Ihre braunen Haare hatte sie elegant zu einer Hochsteck-Frisur gebändigt. Einzelne, fein gedrehte Locken hingen ihr in das runde Gesicht. Sie drückte mir einen warmen Kuss auf die Wange und schloss aufgeregt die Tür zur Küche hinter sich. War das etwa Schminke in ihrem Gesicht? Nicht, dass meine Mutter dies wirklich nötig hatte, sie war eine bildhübsche Frau, doch wirkte es als hätte sie heute extra versucht noch umwerfender auszusehen.

»Ok, was ist hier los?« sagte ich ein wenig skeptisch und versuchte einen Blick über ihre Schulter in die Küche zu erhaschen, welche nur noch einen Spalt aufstand. Ich hatte schon mit einer Standpauke gerechnet, dass ich ganz schön spät zurück bin, doch meine Mutter wirkte mit ihren Gedanken sehr weit weg.

»Wie war es mit Moni? Wollen wir dann mal reden? Ich habe nur eben noch Besuch. Toni schläft schon, sei also bitte leise, wenn du hochgehst.« meine Mutter wirkte irgendwie freudiger Weise ein wenig aufgeregt.

»Ist das Schminke, Mom?« fragte ich und zog eine Augenbraue nach oben.

»Darf ich das nicht?« fragte sie zurück.

»Wer ist dein Besuch?« ich wollte nicht locker lassen, wollte ihr auf den Zahn fühlen.

»Ein Freund. Joachim, ich habe glaube ich schon mal über ihn gesprochen.« sagte meine Mutter etwas hektisch, doch mit warmer Stimme. Ich entschloss mich meiner Mutter den Freiraum zu gönnen, da ich auch nicht zu aufdringlich wirken wollte.

»Wir reden dann.« sagte ich mit einem Lächeln.

»Magst du ihn begrüßen?«

»Klar.« sagte ich und zuckte mit den Schultern. Dann öffnete meine Mutter die Küchentür. Neben der kleinen Kochinsel mit den stählernen Abzugshauben saß, auf einen unserer hölzernen Barhocker, ein Mann. Für sein Alter wirkte er, so weit ich das beurteilen konnte, noch recht attraktiv. Er hatte keinen Bierbauch, zumindest hatte er ihn so gut unter seinem mitternachtsblauen Sakko kaschiert, dass er nicht weiter auffiel. Seine wenigen Haare hatte er mit Hilfe von Haarwachs zu einem Scheitel gekämmt. Zwar durchzogen eine Menge Falten sein Gesicht, doch wirkte er freundlich und lächelte mir quer durch die Küche zu.

Er erhob sich sofort und ohne Umschweife vom Barhocker und stellte sich förmlich neben die Küchenzeile, wartete darauf vorgestellt zu werden. »Joachim mein Lieber, dass ist mein ältestes Kind, meine liebe Lisa.« Er lächelte mich freundlich an, als er mir seine gepflegte Hand reichte.

»Hi.« sagte ich.

»Joachim ist ein Freund von mir. Er ist ein Mandant unserer Kanzlei und hat öfters beruflich in Chemnitz zu tun.« erklärte meine Mutter völlig überflüssiger Weise die Situation, als würde ich ihr je irgendwelche Vorwürfe machen.

»Hallo Lisa. Und du kommst sicher von einer Party?« sagte Joachim freundlich. Er wollte wahrscheinlich lässig klingen. Ich zuckte mit den Schultern und sagte:

»Klar, war mit Freunden unterwegs« Um das anschließende Schweigen zu durchbrechen, schob mich meine Mutter auch schon wieder aus der Küche hinaus, was mir das Gefühl gab eine Art Vorführobjekt zu sein und nun war die Show vorbei, doch ich war dankbar, dass ich in mein Zimmer durfte.

Ich nahm nach Oben gleich immer zwei Stufen auf einmal, wobei ich mich geschickt mit den Händen an der Wand abstützte. Unten in der Küche hörte ich das Klingen zweier gut gefüllter Weingläser. Ich gönnte meiner Mutter diesen Augenblick. Als ich die Tür zu meinem Zimmer hinter mir geschlossen hatte und mich auf mein Bett warf, kamen plötzlich die Emotionen hoch. Zuviel war in den letzten zwei Stunden passiert. Ich fühlte mich irgendwie ausgelaugt, so leer, als hätte man mir meinen gesamten Lebenswillen aus dem Körper gesogen und nur lag ich hier, starrte die Decke an, wie die leere, verblichene Hülle meiner selbst. Noah hatte mich vor dem schlimmsten bewahrt, was einer Frau bei Nacht allein passieren konnte.

Ich musste in Zukunft wirklich vorsichtiger sein und der Gedanke an meine so verfluchte Naivität drückte mir eine leise Träne in die Augenwinkel. Mein Herz pochte unangenehm laut gegen meine Rippen. Nein! Ich brauchte Ablenkung! Ich würde nicht hier liegen bleiben und warten bis mich Angst und Verzweiflung aufzehren würden. Eine Dusche! Das war genau das, was ich jetzt brauchte. Vorsichtig rollte ich mich aus meinem Bett, lugte durch den Türspalt meines Zimmers, meine Mutter war immer noch unten mit diesem Joachim zugange, und schlüpfte ins Bad. Ich schloss den Riegel vor die Badtür, stieg unter die Dusche und drehte das dampfende, prickelnde Nass auf. Ich wusch all die schlechten Gedanken von mir ab, schloss die Augen und genoss das warme, klare Wasser, welches an meiner Haut hinab perlte.

Lange stand ich in unserer Dusche, viel zu lange, dass ich fast schon jedes Gefühl für Ort und Zeit verloren zu haben schien. Ich stand einfach nur da und starrte mit leerem Blick an die grauen

Badezimmerfliesen mit den braunen Schnörkel. Ich schreckte erst auf, als der Boiler im Erdgeschoss gluckernd verkündete, dass das heiße Wasser aufgebraucht war, wie ich es auch an meiner schrumpeligen Haut merkte.

Abwesend schwang ich mir ein Handtuch um die Hüften und legte mich wieder in mein Bett. Es musste mittlerweile schon enorm spät sein und ich würde morgen Früh sicherlich nicht so einfach aus dem Bett kommen. Meine Augen starrten die spärlich beleuchtete Decke meines Zimmers an. Dabei kreisten meine Gedanken plötzlich um meinen Vater. Es war nun zwei Jahre her, nachdem er von uns gegangen war. Ich erinnerte mich an die Zeit zurück, die Zeit vor seiner schweren Krankheit. Wie wir beide durch die Innenstadt schlenderten. Das Eis, welches wir an heißen Sommertagen verdrückten und auch die Besuche beim Schützenverein, als mein Vater in seiner ruhigen Stimme zu mir sagte »Aber sag deiner Mom nichts davon.« Meine Mutter wusste es natürlich.

Es war immer nur ein Spaß gewesen, doch in der Vergangenheit war ich zu klein das zu verstehen. Ich hatte mich als Geheimniswahrerin gefühlt, die ein wichtiges Staatsgeheimnis für sich behalten musste. Wie er mich damals immer angelächelt hatte. Dieses breite Lachen meines Vaters. Die Freude in den selben blauen Augen, welche ich von ihm hatte, sie strahlten damals immer so hell wenn er mich ansah.

Wenn ich beim Abfeuern einer Waffe auf ein Ziel in sein Gesicht blickte und diese Ruhe in seinen Augen sah, wenn er dann immer sagte »Das ist mein Mädchen. Seht ihr das? Das ist mein Mädchen.« Er war immer so stolz auf mich, obwohl ich dachte, dem nie gerecht zu werden. Eine Träne verließ meine Augenwinkel und kullerte leise und heimlich in das Kopfkissen unter meinem Haarschopf. Er fehlte mir. Natürlich würde ich nicht grundsätzlich gegen jeden Mann sein, den meine Mutter kennenlernte. Immerhin hatte auch sie es nicht einfach gehabt mit meinem Vater, als seine Krankheit sich bemerkbar machte. Ich kannte bis heute nicht den Namen der Krankheit, welche mir meinen Vater so unbarmherzig genommen hatte. Sie, meine Mutter, hat sich bis zur letzten Sekunde um ihren Mann gekümmert, selbst dann als Dad zunehmend vergaß wer er war, wie er hieß und wo er war. Sie war stark geblieben. Selbst bei seiner Beerdigung hatte sie ihre Stärke nicht verloren. Sie hatte mich in ihre Arme geschlossen und mich getröstet. Ich habe geheult wie ein Schlosshund. Mein Bruder war damals noch zu klein um zu verstehen was passiert war.

Ich rollte mich auf die Seite. Immer mehr Tränen stiegen nun in meine Augen. Als ich mich wieder beruhigte, schaute ich auf das Display meines Telefons. Keine Nachricht, kein irgendwas. Ich öffnete den Messenger Dienst und starrte eine Weile

auf meine Kontakte. Ich öffnete den Chat-Verlauf mit Moni und sah auf die kleinen roten Herzchen, welche wir nie vergaßen hinter jede Nachricht von uns zu setzten. Ich überlegt nicht lang, ich schrieb einfach drauf los. Immer bevor ich die Nachricht absenden wollte, überkamen mich wieder die Zweifel und ich löschte den Text den ich in das Bedienfeld des Telefons gehämmert hatte. Schließlich schrieb ich:
Hey. Bist du zu Hause?

Ich musste nicht lang warten, hatte das Telefon noch nicht wieder entsperrt, hatte den Messenger noch immer geöffnet, als Monis Antwort auf meinem Display erschien.

Moni: Klar und du? Bist du wieder gut zuhause angekommen?
Ich: Ja. Meine Mom hat gerade Besuch.

Schrieb ich zurück und hängte einen lachenden Smiley an die Nachricht an.

Moni: Ok, wer ist es?

Auch hinter ihrer Nachricht war ein solcher Smiley.

Ich: Irgend so ein Joachim. Scheint ganz nett zu sein.

Nach einem kurzem Plausch legte ich das Telefon wieder weg. Wenigstens Moni wollte ich von meinen Gefühlen erzählen. Eigentlich hatte ich auf etwas ganz anderes abgezielt, doch meine Finger wollten diese Nachricht einfach nicht schreiben. „Was hältst du von Noah" wollte ich sie fragen. Ich wusste nicht wieso, doch irgendwie wollte ich mit jemanden darüber reden. Ich sperrte das Display und legte mich wieder auf die Seite. Unten im Flur war das Rascheln von Jacken zuhören. Die Tür ging auf, dann hörte ich Schritte auf der Treppe vor meinem Zimmer. Dieses Mal klopfte meine Mom auch an das Zimmer, was mich zugegebener Maßen doch ein wenig überraschte.

»Herein.« antwortete ich. Meine Mutter betrat das Zimmer. Sie hatte ein freundliches Lächeln auf den Lippen. Ihre runden Wangen waren leicht gerötet und ich wusste nicht, ob es an dem Wein oder doch an diesem Joachim lag. Langsam kam sie zu mir und setzte sich an das Bettende.

»Hattest du einen schönen Abend?« fragte ich und achtete peinlichst genau darauf nicht patzig zu klingen. Ich ließ mich zu einem Lächeln hinreisen.

»Ja, Joachim ist wirklich nett und witzig. Wir haben ein wenig gequatscht. Hör mal mein Schatz…«ich wusste genau was meine Mutter mir sagen wollte.»Niemand wird je… also dein Vater… es ist schon so lange.«ich legte meine Hand auf ihren Unterarm.

Ihre Augen sahen von der geblümten Bettdecke auf und suchten meine.

»Schon gut Mom, alles ok.« sagte ich. Meine Mutter lächelte mich an, erleichtert und zufrieden. »Nun erzähl aber mal. Wie war es heute so in der Schule? Warst du wieder im Baumarkt?« Ich erzählte ihr einem langweiligen Auszug von den Dingen die heute geschehen waren, bis mich der Bus in der Stadt abgesetzt hatte. Ich achtete darauf, dass ich Noah nicht erwähnte.

»Wie geht es Moni? Ich hab ihre Mutter letztens im Supermarkt getroffen. Sie wollen in den Februar Ferien nach Griechenland.« sagte meine Mom, als wir bei meiner Geschichte in der Stadt und im Terminal 3 im City-Pub angelangt waren.

»Ja gut. Sie steht jetzt auf so einen Erik.« meine Mom kannte diese Hin und Hers in Monis Liebesleben von meinen Beschreibungen gut genug. Ich erzählte ihr von Erik und von Markus und dann noch von Nancy...

»Und dieser Noah ist neu in eurer Klasse? Wieso erfahr ich das eigentlich jetzt erst?« regte sich meine Mom gekünstelt auf.

»Jaah.« sagte ich und suchte mit meinen Augen irgendeinen Punkt in meinem Zimmer, da ich in Gefahr lief rot anzulaufen.

»Naja es wird schon spät. Denk dran, dass du Morgen früh wieder den Bus nimmst, ich muss mit Toni zur Impfung.« sagte meine Mom nach einer Weile des verlegenen Schweigens und erhob sich von meinem Bettende.

»Schlaf gut.« zwinkerte sie mir zu, als sie an der Tür angekommen war. Dann ließ sie mich zurück.

In der Nacht träumte ich von Noah. Wieder war ich in diesem Park, wieder war die Nacht über die Stadt gezogen und hinterließ ihren schwarzen, undurchsichtigen Schleier über den Gebäuden der Innenstadt. Ich stand einfach da, beobachtete das Gras, wie es sich sanft im Wind wog. Mir war kalt. Ich schloss meine klammen Finger fest um meine nackten Arme. Nackt? Ich blickte an mir hinab. Meine Weiblichkeit bedeckt von einer ledernen Hose, wie ich sie sonst nie trug.

Das kühle Leder schmiegte sich anmutig an meinen Körper, ließ keinen kleinen Windhauch zwischen den Stoff und meiner Haut. Mein Oberkörper war nackt. Doch schien es mir, als würde es mir keine Probleme bereiten, dass ich so entblößt mitten in der Stadt stand. Es war ohnehin keiner hier. Es fühlte sich fast so an, als wäre ich in diesem Augenblick der einzige Mensch auf der Welt. Doch war ich überhaupt ein Mensch? Die Kälte wich augenblicklich dem wohlig warmen Gefühl eines Sommertages.

Der Schnee fiel in dichten, weißen Flocken vom Himmel und benetzte den Boden unter mir. Langsam ließ ich meine Arme sinken. Ich spürte einen warmen Hauch, direkt hinter meinem Ohr.

Zaghaft drehte ich mich um, eigentlich bewegten sich nur meine Augen. Ich spürte die straffen Muskeln unter der bleichen Haut, welche ich nur zu gut glaubte zu kennen. Ich blickte auf und sah in die stahlblauen Augen, welche mich hier fixierten. Schwarzes widerspenstiges Haar, welches in alle Himmelsrichtungen abzustehen schien. Die weichen, tiefroten Lippen. Es war Noah. Oh, Noah. Aber ich hatte nichts an mir, außer eine leichte Gänsehaut, welche sich rasend schnell über meinem entblößten Oberkörper ausbreitete. Schnell versuchte ich meine Brustwarzen zu bedeckten, welche sich nun fest unter meinen Fingerspitzen erhoben. Doch Noah schaute nicht hin. Tief blickte er mit seinen hypnotisierenden Augen in die meinen.

»Ich… « begann ich verlegen und schloss die Hände noch ein wenig fester um meine Brüste. Ich blickte zu Boden. Plötzlich spürte ich seine warmen Hände an meinem Gesicht. Bestimmend hob er mein Kinn an.

»Lisa, was machst du nur immer wieder für Sachen.« hauchte er mir entgegen, gerade noch laut genug, dass ich es hören konnte. Ich konnte nicht anders als mich dem Moment vollkommen zu ergeben. Bedacht, doch mit Nachdruck, zog er mein Kinn näher zu sich heran. Dann trafen sich unsere Lippen. Seine weichen, vollen Lippen, welche sich perfekt an die meinen schmiegten. Mit der anderen Hand zog er mich ein Stück näher an sich heran. Das Gefühl, als meine kalten, festen Brüste seine warme Haut berührten, hinterließ in mir ein angenehmes Brennen. Seine Zunge schob sich zwischen meine Lippen und ich versuchte es zu erwidern. Ich hatte noch nie zuvor einen Jungen geküsst und obwohl mir vollkommen bewusst war, dass dies ein Traum sein musste, hoffte ich er würde es nicht bemerken. In meinen Augenwinkeln züngelten die blauen Flammen an uns empor, wärmten uns, spendeten uns die Kraft. Vorsichtig berührten sich unsere Beine. Ich war nun nah genug an ihm, wie er befand, denn sein Griff um meiner Hüfte lockerte sich. Seine rauen Hände glitten an meinem Hinterteil hinab, hinterließen eine Spur aus Feuer. Eine Mischung aus einem angenehmen Brennen und einem nicht enden wollenden Kribbeln. Fester presste ich meine Unterlippe auf seinen Mund und er erwiderte meinen Kuss. Zärtlich streichelte seine Zunge über meine. Seine Hand wanderte an meinem Beckenknochen entlang. Ich war gefangen in Trance, hypnotisiert von seinen Fingern auf meiner Haut, neugierig auf das Brennen tief in meinem Unterleib.

»Lisa.« die Art wie er meinen Namen aussprach gab mir den Rest. Ich presste meinen Körper ganz nah an seinen. Seine Lippen wanderten meinen Hals hinab, seine kundigen Finger fanden den Weg zu meinen Brüsten. Als sich seine große Hand über sie legten entfuhr mir ein leises Stöhnen.

Strom, welcher unkontrolliert durch meine Brust zuckte und nur ein angenehm taubes Gefühl zurückließ. Der Flammenstoß aus blauem Licht wurde heller. Ich musste meine Augen schließen, um nicht von ihm geblendet zu werden. Plötzlich schlug ich die Augen wieder auf. Ich war nicht mehr im Park. Das Licht kam geradewegs aus meinem Handy auf dem Nachttisch, welches sein blaues Licht wie einen Suchscheinwerfer im Raum verteilte. Noah war fort. Tief atmend versuchte ich mich ein wenig aufzurichten. Ich warf einen Blick auf den Handywecker des erleuchteten Display. Es war fünf Minuten nach um Sechs. Verträumt versuchte ich mich aufzusetzen und meinen Oberkörper an das metallene Ende meines Bettes zu lehnen. Erschrocken stellte ich fest, dass sich etwas anders anfühlte als an anderen Tagen. Ein warmes, feuchtes Kribbeln breitete sich zwischen meinen Schenkeln aus. Zaghaft schob ich meine Bettdecke ein paar Zentimeter zur Seite. Ich spürte den vibrierenden Puls direkt zwischen meinen Beinen.

»Was zum… « murmelte ich, etwas überfordert mit der mir vollkommen neuen Situation. Noch nie zuvor hatte ich einen so intensiven Traum geträumt, noch nie zuvor war ich mit so einem Gefühl aufwacht. War ich etwa… gekommen? Neugierig und zugleich vorsichtig legte ich meine Hand auf die pochende Stelle zwischen meinen Schenkeln und ein leichtes Stöhnen entfuhr mir.

Es war so intensiv und fühlte sich so gut an, dass meine Hand kurz auf der pochenden Stelle verweilte. Langsam rutschte ich wieder tiefer in mein Kissen zurück. Jede Bewegung, jedes kleine Zucken meines Zeigefingers löste wieder dieses besondere Gefühl in mir aus. Ich konnte nicht genug davon haben. Mit sanften, tastenden Bewegungen massierte ich die Stelle, die wohl den Mittelpunkt meiner inneren Göttin darstellte. Ich schloss wieder die Augen und schon erschien Noah vor mir, oberkörperfrei und er sah mich mit diesem besonderen Blick an, dem ich einfach nicht widerstehen konnte.

Gierig leckte ich mir über meine Lippen, meine Finger suchten nur gezielter nach dem einen Punkt, welcher immer heftiger unter meinen Fingerspitzen zu pochen begann. Es geschah wie von selbst. Ein brennendes Gefühl, sanft wie die Lust, stieg an meinen Innenschenkeln auf und ich verlor mich immer tiefer in den Augen Noahs in meinen Gedanken.

Dann passierte etwas, was ich noch nie zuvor gespürt hatte. Ich fühlte nun jeden Zentimeter meiner Haut, welche sich um meine angespannten Muskeln schloss. Dieses Gefühl wurde so intensiv, dass ich von innen her zu explodieren schien. Eine langsame Explosion, welche jede Faser meines Körpers entlang schoss. Leise stöhnte ich auf. Ein tiefes, kehliges Stöhnen, welches meine Lippen verließ, während ich die Lippen zwischen meinen Beinen mit der Hand umschlossen hielt. Das Pochen war bis ins Unermessliche gestiegen. Ich berührte mich nun schneller. Noch zwei kleine Stöße gab ich diesem einen Punkt, bevor ich mich umdrehte und meinen Kopf im Kissen versenkte. Erstickt versuchte ich meine Lust zu dämpfen, doch ich konnte nicht anders. Das angenehme Gefühl war einem entspannten Pulsieren gewichen. Ich blickte an die Zimmerdecke, welche noch immer im Dunkel der Nacht lag. Was zum Teufel war das? Gespannt lauschte ich in die Stille unseres Hauses, fragte mich wie laut ich wohl gewesen sein musste. Eine Mischung aus Scham und Angst, dass ich womöglich das gesamte Haus geweckt hatte, verwischte die letzte Spur der widerspenstigen schwarzen Haare vor meinem inneren Auge.

An diesem Morgen war ich die erste in unserer dunklen Küche. Da ich in den letzten Monaten zunehmend ein Problem damit hatte mich rechtzeitig aus der warmen, weichen Umklammerung meiner Kissen zu lösen fühlte es sich so anders an, vor einem Schultag, auf einem der Holzhocker an der Kochinsel zu sitzen.

»Na nu… « hörte ich die Stimme meiner Mutter, als sie, gehüllt in einen weißen Frottee-Badeanzug in der Küchentür erschien. »So zeitig schon wach heute?«

»Konnte nicht mehr schlafen.« gab ich abwesend zurück und es stimmte. Mom ließ ein herzhaftes Gähnen ertönen, als sie den leise blubbernden Wasserkocher anwarf.

»Hast du heute etwas besonderes vor?« fragte sie mich und sah höchst interessiert in mein Gesicht. Ich konnte es verstehen, bedurfte es bei mir doch sonst mindestens zwei Anläufe bevor ich auch nur ein Auge öffnen konnte.

»Nein… Nur Schule.« sagte ich. Einen kurzen Moment lang überlegte ich, ob ich Mom von meiner Erfahrung berichten sollte. Immerhin vertrauten wir uns auch sonst so ziemlich alles an. Doch ich verwarf den Gedanken schnell wieder. »Sag mal Mom… « begann ich. »Hättest du etwas dagegen, wenn ich am Wochenende mit Moni einen Ausflug mache?« Meine Mom schaute mich durchdringend an, lächelte aber dann breit.

»Ich dachte du hast erst einmal genug von Partys?« neckte sie mich, während sie eine Wagenladung Butter auf zwei Toast verstrich.

»Das ist ja keine Party. Wir sitzen nur in einem Haus von irgend so einem Kumpel rum.« sagte ich ausweichend. Meine Mom zog eine Augenbraue nach oben.

»Sind da auch Jungs?« wollte sie wissen.

»Moooom!« stöhnte ich und verdrehte die Augen. »Ich bin siebzehn, Mom.«

»War ja nur eine Frage.« verteidigte sie sich. »Ich werd mal deinen Bruder wecken. Soll ich dich fahren?« sagte sie im hinaus gehen. »Nein, schon gut.« rief ich ihr hinterher. »Ich fahre heute mal mit dem Bus.«

Keine dreißig Minuten später war es auch schon so weit. Das Glücksgefühl in meinem Bauch, welches ich aus irgendeinem Grund nicht mehr los zu werden schien, überredete mich schließlich mir einen ausgedehnten Aufenthalt im Badezimmer zu gönnen. Ich hatte ja bereits erwähnt, dass ich nicht der größte Fan von Make-Up und Co war, doch irgendeine Eingebung schien mir zu befehlen, heute etwas mehr als sonst für mein Äußeres zu tun. Die letzten Zehn Minuten, bevor meine Mom aus der Küche nach oben brüllte, ich würde den Bus verpassen, wenn ich weiterhin so trödeln würde, verbrachte ich damit den gesamten Inhalt meines Kleiderschranks auf meinem Bett zu verteilen. Ich entschied mich schließlich für den schwarzen Push-up BH unter meiner schwarzen Bluse und obwohl ich es vorher eigentlich besser wusste, suchte ich nach einer Hose, welche meinem Traum-Ich wohl am nächsten kam. Schnell hastete ich die Treppe hinab, gab meiner Mom förmlich im vorbei rennen einen Kuss auf ihre Wange und entließ mich in die morgendliche Welt der Stadt. Der Wind blies stärker als angenommen, dass ich meine Augen zu kleinen Schlitzen verengen musste, um überhaupt etwas zu sehen. Nieselregen sprühte mir in mein Gesicht und hinterließ ein kaltes, taubes Gefühl auf meinen Wangen. Ich war gerade auf dem Weg zur Haltestelle, da schweifte mein Blick von den sauberen Autos in unserer Straße ab. Ich bemerkte einen jungen Mann, vielleicht fünfzig Meter vor mir auf der anderen Straßenseite. Ich erkannte das schwarze Haar sofort, welches ungezähmt im Wind peitschte. Was machte denn Noah hier? Hier in meiner Straße?

Sofort schoss wieder dieses Kribbeln in meinen Magen, so als würde sich das Müsli von heute Morgen selbstständig machen. Kalter Schweiß rann über meine Handflächen, nervös blickte ich mich nach einem geeigneten Versteck um. Ich beschleunigte meine Schritte. Abwechselnd blickte ich von dem Jungen, welcher Noah so zum verwechseln ähnlich sah, auf meine Füße um ja nicht zu stolpern, um ja nicht erkannt zu werden. Ich hatte eine ausgesprochen gute Fähigkeit mich eben in solchen Situationen zu blamieren. Ich war nur noch wenige Meter von dem Jungen entfernt. Die stahlblauen Augen funkelten im schwachen Licht des Morgens. Das da war Noah! Jetzt erst erkannte ich, dass er nicht allein war. Ein großer Typ stand direkt neben ihm, seinen Rucksack an einer Schlaufe über seine Schulter geschwungen. War das Markus? Ich blieb abrupt stehen. Ich weiß nicht, ob es die Neugier war die mich getrieben hatte, oder ob mich dieser Junge magisch anzuziehen schien.

Ich beobachtete die beiden ganz genau, in der Hoffnung, dass sie mich vielleicht doch noch nicht bemerkt hatten.

»Sie könnte deine Bestimmung sein. Ein Teil deines Schicksals. Njörðr« Noah schaute ernst. Als würde er Löcher in die Luft starren. Dann schien er sich wieder zu fassen.

»Nein.« war seine kurze Antwort und sein Gesicht verfinsterte sich.

»Es gibt nur eine Möglichkeit das heraus zu finden.« redete Markus eindringlich auf ihn ein. Das Gesicht in tiefe Falten gelegt, als wäre es das Gesicht eines Hundertjährigen. Langsam schlich ich mich heran, um besser sehen zu können. Die Worte waberten langsam durch die warme Morgenluft zu mir herüber. Ich musste die Ohren spitzen um zu verstehen über was sie redeten, doch der aufkommende Sturm machte es mir schier unmöglich mehr als nur ein paar Wortfetzen aufzuschnappen.

»Was ist mit Nancy?« fragte Noah nach einer Weile und blickte sich dabei um, als würde er ein Schwerverbrechen planen. Ich konnte gerade noch hinter einer großen, blauen Mülltonne in Deckung gehen. Verstohlen schielte ich an dem ausgebeulten Container vorbei. Die Neugier hatte also wieder einmal gesiegt. Ich spähte vorsichtig aus meinem Versteck hervor. Hatte Noah gerade wirklich Nancy ins Spiel gebracht?

Was war nur mit dieser Nancy. Angestrengt spitzte ich die Ohren, drückte nun meine Wange gegen den stinkenden Müllkübel hinter dem ich Zuflucht gesucht hatte, doch es nützte nichts. Ich verstand kein weiteres Wort. Quietschend kam der Bus zur Schule neben mir zum Stehen, doch ich konnte mich nicht bewegen. Wie würde es auch aussehen, wenn Noah mich dabei beobachten würde, wie ich hinter einem Mülleimer hervor gekrochen kam. Ich wartetet also langsam ab. Die Sekunden in meinem Kopf rannten um die Wette, doch Noah und Markus machten keinerlei Anstalten in diesen Bus einzusteigen. Nervös blickte ich aus meinen Augenwinkeln dem großen Gefährt entgegen.

»Kommt schon…« flüsterte ich. »Worauf wartet ihr eigentlich?« Wieder suchten meine Blicke die sich schließenden Türen des Busses. Die Hydraulik hob die großen Räder besetzten Achsen sachte vom Asphalt an. Doch Noah und Markus standen weiterhin unbeeindruckt da, würdigten den Bus nicht mal eines Blickes. Ich konnte es eigentlich nicht riskieren, heute wieder zu spät zur Schule zu kommen. Ich hatte so langsam aber sicher keine Ausreden mehr parat um nur annähernd eine weitere Fehlstunde zu erklären. Jetzt also, oder nie. Mit einem geschickten Sprung, bei dem ich zu tun hatte nicht das Gleichgewicht zu verlieren, verließ ich mein stinkendes Versteck und landete neben dem Schild der Bushaltestelle. Beherzt drückte ich den kreisrunden Knopf neben der Tür, meine Augen flackerten zwischen Bus und Noah hin und her, der scheinbar aber nichts von all dem mitbekommen hatte. Doch es war zu spät. Quietschend setzten sich die Räder meiner morgendlichen Mitfahrgelegenheit in Bewegung und ließen mich staunend zurück. Nicht schon wieder, dachte ich und schloss langsam die Augen, um nicht vor Wut über meinen eigenen Leichtsinn sofort zu explodieren und in die Luft zu gehen. Missmutig blickte ich der Silhouette des Busses hinterher, wie er langsam immer weiter an Fahrt aufnahm und mit röhrenden Auspuffrohren in Richtung Kaßberg davon donnerte.

»Lisa? Was machst du denn hier?« ich wirbelte erschrocken herum und blickte in diese so hypnotisierenden stahlblauen Augen von denen ich geträumt hatte.

KAPITEL 6

VERSPROCHEN IST VERSPROCHEN

»Hey, Hi, Noah!« quiekte ich mit viel zu spitzer und überdrehter Stimme, dass ich mir am Liebsten selbst auf die Zunge gebissen hätte. Noah musterte mich eindringlich und hob eine seiner geschwungene Augenbrauen nach oben. Wieso wurde ich plötzlich so nervös, wenn ich in seiner Nähe war?

»Alles O.K bei dir?« fragte er mich.

»Bus verpasst.« sagte ich mit der lässigsten Stimme die ich im Stande war aufzubringen und doch wusste ich, dass ich mich vollkommen lächerlich anhörte. Zum Glück fiel Noah das nicht weiter auf.

»Ja, also ich denke ich werde laufen müssen.« ich kratzte mir nervös am Hinterkopf und schaute schief grinsend in dieses strenge, kantige Gesicht.

»Soll ich dich fahren?« fragte Noah nach einer Weile.

Mein ganzer Körper schien „*Ja*" schreien zu wollen, dass mir vom reinen Gedanken daran schon die Ohren klingelten.

»Nein, schon gut.« sagte ich. *Nein?* War das mein Ernst? Was tat ich bloß. Ich hatte überhaupt keine Lust zu laufen, oder nur daran zu denken. Noah schaute mich verblüfft an.

»Nein?« fragte er noch einmal.

»Nein.« sagte ich, doch klang ich weit weniger überzeugend, als ich es beabsichtigt hatte.

»Na gut… « sagte er langsam. »Dann sehen wir uns wohl in der Schule?«

»Richtig!« lachte ich wiederum mein nervöses Lachen. *Halt einfach die Klappe Lisa*, ermahnte ich mich in meinen Gedanken. Ich hob die Hand kurz zum Abschied und fuchtelte mit ihr, wie mit einem losen Stück Fleisch, in der Luft herum. Was zum Teufel tat ich eigentlich hier? Bevor die Situation mir weiter entgleiten würde, nicht dass das irgendwie möglich gewesen wäre, drehte ich mich auch schon auf dem Absatz um und lief eilends davon.

»Lisa?« fragte Noah in seiner ruhigen, gelassenen Stimme.

»Ja?« sagte ich und wirbelte wild um meine eigene Achse herum.

»Zur Schule geht es dort entlang.« auf seinem schmalen Mund war ein breites Grinsen zu erkennen. Ich blickte in die Richtung in die er deutete und sah in einiger Entfernung die mir so bekannte Ampelkreuzung neben dem Parkplatz der Bushaltestelle, in die der Bus vor wenigen Augenblicken davongefahren war.

»Ja. Richtig.« sagte ich und ärgerte mich über meine eigene Dummheit gewaltig. »Ich hab daheim noch etwas vergessen.« log ich schnell, um nicht aufzufallen. Dann stiefelte ich weiter den Weg zurück zu unserem Haus. Nun gut, also ich ging nicht wirklich den gesamten Weg zurück zum Haus. Als ich aus dem Sichtfeld von Noah verschwunden war, krachte ich meine viel zu schwere Tasche auf den Boden und ließ mich auf einer halbhohen, alten Steinmauer nieder. Ich beschloss einfach hier auf dem kühlen Stein auszuharren, bis ich mir sicher sein konnte, dass Noah und Markus weg waren. Ich kramte mein Smartphone aus der Jackentasche und entsperrte mit einem Wisch das dunkle Display. Eine Nachricht von Moni war das erste, was mir ins Auge fiel. Ich schloss kurz angespannt die Augen, dann überwand ich mich und klickte auf den kleinen, grünen Button.

Moni: Wo warst du? Bist du eher gefahren? Oder hast du es wieder mal verschlafen Lisa?

Ich überlegte kurz was ich antworten sollte, dann tippten auch schon meine flinken Finger auf dem Display eine Antwort.

Ich: Hab den Bus verpasst, blöde Geschichte. Kannst du irgendjemanden sagen, dass ich heute später komme?

Die Antwort von Moni ließ nicht lange auf sich warten. Manchmal hatte ich einfach das Gefühl, als ob dieses Telefon mit ihrer Hand verschmolzen wäre.

Moni: Klar kann ich das machen. Ich sag es einfach Noah, der steht gerade hier im Bus, der geht doch in deine Klasse. Lass dir nicht so viel Zeit!

Ich blickte auf das Handydisplay und las die letzte Nachricht von Moni erneut durch, in fester Überzeugung, dass ich mich verlesen haben musste. Doch es stimmte, was dort stand. Noah war in ihrem Bus? Wie um Himmelswillen sollte das bitte gehen. Mit einem Ruck sprang ich von der kalten Mauer auf, was mir meine eingeschlafenen Füße mit einem unangenehmen Kribbeln sofort heimzahlten. Doch ich hatte keine Zeit. Eilends schulterte ich meine Tasche, welche drohte mich unter ihrem eigenen Gewicht von den Beinen zu ziehen, dann spurtete ich los. Es dauerte nur wenige Augenblicke und ich erreichte den kleinen Hügel, welcher direkt hoch zur Bushaltestelle führte. Hektisch drehte ich mich um. Noah war verschwunden, aber wie sollte er das geschafft haben?

Hatte er sich in sein Auto geschwungen und war zur nächsten Haltestelle gefahren? Der Sinn in diesem Gedankengang ergab sich mir nicht, weshalb ich ihn wider verwarf. Ich ließ meine schwere Tasche auf die metallenen Sitzschalen des Haltehäuschens sinken und tippte schnell eine Nachricht in mein Handy.

Ich: Klar, sag Noah Bescheid. Ich denke ich bin dann auch in zwanzig Minuten in der Schule.

Dann ließ ich das Smartphone wieder in meine Jackentasche sinken. Zu meinem absoluten Glück hatte sich der aufbrausende Wind ein wenig gelegt und nun, da ich hier geschützt in diesem Wartehaus hockte, war es auch bei weitem nicht mehr so kühl. Ich rieb meine klammen Fingerspitzen in meinem Handballen und schaute den vorbeifahrenden Autos zu, wie deren Insassen mit stressigen Gesichtsausdrücken über die Fahrbahn heizten.

Nach gut einer halben Stunde kam ich schließlich an der verschlossenen Eichentür des Raumes 2.003 an. Zögerlich hob ich meine Hand und machte mich innerlich bereit zu klopfen, legte mir die richtigen Worte schon auf meiner Zungenspitze zurecht, ein Prozedere, welches ich schon so oft einstudiert und vorgetragen hatte.

Doch ich konnte mich nicht überwinden. Wie versteinert stand ich in diesem ausgestorbenen Flur, welcher nur von den gebogenen Fenstern erleuchtet wurde und vor dessen schützenden Glas sich die Himmelsdecke allmählich zuzog. Vielleicht war es aber auch gerade das. Dieser Anblick des Himmels, welcher seine Wolken wie kleinen Schäfchen um sich herum versammelte und darauf wartete aus vollen Toren die Fluten zur Erde stürzten zu lassen. Ein Wirbel aus grauen und schwarzen Farben, welche sich über unseren Köpfen auftat, als wolle er seine gigantischen Pforten öffnen. Ich bemerkte nicht, dass ich nun nicht mehr allein vor der Zimmertür stand. Meine Nackenhaare richteten sich prickelnd auf, als ich den Windhauch an meinem Hals vorbeistreifen spürte. Ich zog den Kragen meiner Winterjacke ein wenig fester um meinen Hals, meine Schneidezähne fühlten nach meiner Unterlippe, doch wendete ich den Blick nicht von dem düsteren Himmel draußen vor den Toren der Schule ab.

»Ich habe den Bus verpasst.« hauchte ich atemlos, den Blick starr gerade aus. Ich wusste nicht zu wem ich sprach, wusste nicht einmal ob ich nicht zu mir selbst sprach um mir vielleicht Mut zuzusprechen, bevor ich in das überfüllte Klassenzimmer stolpern würde. Ich wartete ab, wagte keinen Blick zurück. Es war als würden sich die Zeiger der Uhren um ein vielfaches schneller drehen. Ja, es war fast so als würde ich Stunde um Stunde

140

in diesem kargen Flur ausharren. Mir wurde allmählich kalt. Wie konnte das sein? Waren nicht zu diesen Jahreszeiten, Ende November, die Heizkörper im gesamten Schulhaus aufgedreht? »Ich weiß.« hörte ich die mir so vertraute, tiefe Stimme hinter mir. Direkt neben meinem Ohr, als würde er nur wenige Finger breit hinter mir stehen. Ich blinzelte und wendete den Blick von dem Wolkenspektakel draußen ab.

»Sind sie nicht schön? Die Wolken?« fragte Noah und ich hörte seine Sohlen quietschend über den gebohnerten Boden auf mich zugehen. Ich nickte, doch es kam mir vor, als hätte eine entfernte Kraft die Gewalt über meinen Körper erlangt und ich sah nur zu was hier geschah. Langsam drehte ich mich herum, der Flur vor dem Klassenzimmer lag in schweren grau Farben, fast wie hinter einem alten Schleier verborgen vor mir. Ich erkannte das markante Gesicht von Noah, sah seine starken Arme unter seinem pastellblauen Pullover hervorstechen und bemerkte seinen anmutigen Schritt, als er langsam auf mich zu kam. Wie eine große und gefährliche Raubkatze, ja ein Löwe, majestätisch, die Krone auf dem Haupt balancierend, wie er sich seinem Opfer näherte.

»Hat Moni dir gesagt…?« begann ich zögerlich, meine Stimme war nicht mehr als ein Flüstern, unsicher darüber ob nur ich selbst mich hören konnte, oder ob ich diese Worte tatsächlich sagte. Noah nickte nicht und zeigte auch sonst keine Regung, ob er es verstanden hatte. Auf seinem schmalen Mund deutete sich das lässige Grinsen ab, bei dem er gekonnt die vordere Reihe seiner schneeweißen Zähne durchblitzen ließ. Ich räusperte mich und überlegte, ob ich die Frage noch einmal stellen sollte, doch schon hatte Noah die letzten Meter auf mich zu getan und stand nun in seiner vollen Größe vor mir. Ich blickte auf und sah ihm tief in seine stählernen, blauen Augen.

Mein Herz begann in meiner Brust Purzelbäume zu vollführen, dass mir der Puls schmerzhaft die Luft nahm. Seicht atmete ich seinen Duft ein. Er trug keines dieser schweren, männlichen Parfums an sich. Um genau zu sein konnte ich nicht sagen woher dieser Duft stammte, doch er raubte mir die Sinne. Von jetzt auf gleich war ich wieder gefangen in meinem Traum, doch was sollte jetzt passieren? Die Vorstellung, dass sich alles genau so abspielen würde wie heute Morgen machte mich nervös. Mein Unterleib zog sich zusammen und das Kribbeln kehrte zurück.

»Was soll Moni mir gesagt haben?« fragte er, seine Stimme war gerade noch mehr als ein Flüstern, dass nur ich ihn verstehen konnte.

»Nicht so wichtig.« sagte ich und versuchte schnell das Thema zu wechseln. »Sollten wir nicht langsam zum Unterricht gehen? Du wirst sicher schon vermisst.«

»Oh, ich war noch nicht beim Unterricht.« sagte Noah schalkhaft.

»Warst du nicht? Wo warst du?« fragte ich verblüfft und meine Augen weiteten sich vor Überraschung.

»Nein… ich hatte noch etwas zu tun.« wich er meiner Frage gekonnt aus. »Ich habe dich eben hier gesehen und dachte vielleicht wollen wir lieber zusammen zu spät kommen, wenn Frau Meyer wieder meckert, bekommst du es nicht allein ab.« Ich musste lächeln. Hatte Noah hier etwa extra auf mich gewartet? Dass wäre wohl zu schön um wahr zu sein.

»Danke.« hauchte ich und das Kribbeln in meinem Bauch wandelte sich in ein angenehmes Brennen. »Das hättest du nicht machen müssen.«

»Du kannst es ja wieder gut machen.« neckte er mich und seine Augen blitzen unter den schmalen Augenbrauen auf. »Bei einem Kaffee vielleicht?« Dann schritt er an mir vorbei zur Zimmertür und klopfte beherzt an die Pforten.

»Gern.« war das einzige was ich im Stande war zu sagen, bevor sich die Tür auch schon öffnete und Noah sich mit einer Entschuldigung ins Innere schob. Ich stand noch einen kurzen Augenblick wie angewurzelt da. Frau Meyer schob ihr krötenartiges Gesicht durch den Türspalt um mich zu ermahnen, doch ich hörte sie nicht. Auf dem Weg an meinem Platz überschlugen sich meine Gedanken. War das hier wirklich gerade geschehen?

Der Rest des Tages war anders als jeder andere Schultag davor. Im Grunde genommen bekam ich nicht wirklich mit, was um mich herum geschah. Sobald eine Stunde endete ließ ich mich von den Wogen aus schnatternden Schülern zur Tür hinaus und durch das Schulgebäude treiben, wie in einem Meer aus Köpfen und Schultaschen, ohne wirklich darauf zu achten, wohin sie mich trugen. Auch das monotone Brummen der Lehrer, wenn sie uns Aufgaben reichten drängte sich in den Hintergrund. Meine Gedanken kreisten allein um Noah und um unser erstes Treffen. Ich ertappte mich indes immer wieder dabei, wie ich ihm verstohlenen Blicke aus meinen Augenwinkeln zuwarf und ihn von der Seite her beobachtete. Verträumt mahlte ich die kleinen Kästchen meines Schulblockes aus und überlegte was ich wohl anziehen würde. Ob Noah auch darüber nachdachte? Wir sprachen den Rest des Tages nicht mehr sonderbar viel, denn jeder Lehrer schien sich damit überbieten zu wollen unserer Klasse die meisten Aufgaben aufzubürden. Als die Schulglocke das Ende des Tages ankündigte und das gewohnte Treiben zusammensuchender Hände, knarzender Stühle und Geschnatter entbrannte, herrschte das übliche Durcheinander. Schnell verstaute ich die Zettel und Bücher in meine viel zu überladene Tasche, quetschte den Rest ungeschickt hinein und wandte mich ebenfalls zum Gehen. Ich würde sofort nach Hause gehen, ohne Umwege und mir überlegen was ich wohl anziehen wollte, wenn ich mit Noah ausging. Doch wann war das eigentlich? Fieberhaft überlegte ich, ob Noah gesagt hatte wann er mich abholen würde. Würde er mich überhaupt abholen? Die Gedanken rasten in meinem Kopf hin und her. Ich musste ihn noch fragen, auch wenn es vermutlich aufdringlich klingen würde, doch ich musste es wissen. Schneller als ich es jedoch mitbekommen hatte war Noah verschwunden. Ich sah gerade noch die Spitzen seiner dunklen Haare als einer der Ersten durch die Tür gehen. Ich musste ihm nachrennen! Ungeschickt stopfte und zog ich an den Innereien meiner Tasche, die Federmappe, welche nur noch von zwei arg in Mitleidenschaft gezogener Heftklammern zusammengehalten wurde öffnete sich und entbehrte ihren Inhalt auf Tisch und Boden.

Den Blick auf die vielen Stifte in jeder Ecke, gut fünf Meter um meinen Platz herum, machten die Enttäuschung perfekt. Noah war verschwunden. Verschwunden, ohne mir zu sagen, wann wir uns treffen wollten. Nachdem ich auch den letzten Stift vom Boden eingesammelt hatte und das Zimmer als Letzte, gut Zehn Minuten nach Unterrichtsschluss verlassen hatte, machte ich mich selbst auf den Weg.

Die gesamte Busfahrt, sowie mein anschließender Marsch durch die gepflegte Neubausiedlung mit ihren zusammengedrängten Reihenhäusern, machte sich in mir ein Gedanken breit. Hatte Noah das mit dem Kaffee überhaupt ernst gemeint? Hatte er es vielleicht nur als Spaß gesagt? Schließlich hatte er weder Uhrzeit, noch Datum, noch sonst irgendetwas gesagt. Mit jedem Schritt wurde mir klarer was ich doch für eine Idiotin sein musste. Natürlich war es nur ein Spaß von ihm gewesen! Wie konnte es auch anders sein? Hatte ich wirklich geglaubt ein Junge wie Noah würde mich zu einem Date einladen? Ich weiß nicht wieso, doch als ich die Haustür öffnete drängte sich das Bild von Nancy vor mein geistiges Auge. Das war vermutlich eher der Typ Frau, der bei Jungs eine Chance hatte. Ihr überschminktes Gesicht und ihre nahezu perfekten Brüste, mit denen sie die Blicke der Männer magisch anzuziehen schien, lösten in mir das Gefühl unsäglicher Wut aus.

»Hey Lisa Schatz.« hörte ich meine Mutter aus der Küche flöten. Ich schob die Haustür mit mehr Kraft in das Schloss als ich erwartet hatte. Das Knallen hallte von den Wänden wieder und ließ den Spiegel im Flur erzittern.

»Jetzt nicht, Mom!« entfuhr es mir gereizt und ich nahm eilig die Stufen nach Oben. Ich vergaß selbst über die letzte Stufe zu springen und das anschließende Knarzen klingelte dumpf in meinen Ohren wieder. Ich schmiss die Tasche in eine entfernte Ecke, wo sie gegen eine Wand flog und abermals ihren gesamten Inhalt im Zimmer verstreute.

»Großartig!« ärgerte ich mich über mich selbst und schmiss mich erschöpft auf mein weiches Bett und vergrub mein Gesicht in den Kissen. Ich war nicht wirklich traurig, eher wütend auf mich selbst und doch spürte ich die salzigen Tränen mein Kopfkissen tränken. Bei dem Versuch mich selbst zu beruhigen flossen sie nur um so schneller und heftiger. Ein leises Klopfen am meiner Zimmertür erklang und leise knarrend schob sich die Tür auf.

»Hey mein Schatz.« sagte Mom sanft. »Alles ok bei dir?«

»Lass mich.« fauchte ich in mein Kissen.

»Lisa, was ist denn passiert?« versuchte es meine Mutter noch einmal und war schon mit halben Schritt in meinem Zimmer, als ich mich wutentbrannt auf den Rücken drehte.

»Hast du mich nicht gehört?« ging ich meine Mutter an. Erschrocken, doch nicht im Stande dazu etwas zu sagen öffnete meine Mutter den Mund, schloss ihn jedoch gleich wieder und ging nach draußen. Ich wollte nicht so hart zu meiner Mom sein, schließlich konnte sie ja nichts dafür, dass ich selbst so dumm war und mir Hoffnungen auf etwas gemacht hatte, was jenseits meiner Träume wohl nie stattfinden würde. Ich schämte mich schrecklich und vergrub wieder mein Gesicht in die Kissen. Die beschützende Wärme meines Bettes schien mich zu beruhigen und zu trösten.

Ich merkte nicht wie ich einschlief, nur schaffte ich es nicht einmal meine Sachen auszuziehen, oder mich zuzudecken.

„*Brrrrr Brrrr*" das Vibrieren meines Telefons weckte mich wieder unsanft. Mein Mund fühlte sich extrem trocken an, ganz so als hätte ich tagelang nichts getrunken. Verwirrt und nicht so recht wissend welcher Tag heute war versuchte ich mich aufzusetzen und einen klaren Gedanken zu fassen. Der Himmel draußen vor meinem Zimmerfenster war nicht mehr zu erkennen. Draußen schien tiefste Nacht zu herrschen. Ich zog das Handy aus meiner Hosentasche, welches ein warmes Gefühl des überhitzten Gerätes an meiner Haut zurückließ. Still und heimlich betend schaltet ich mit einem Wisch das Handydisplay an. Die Digitalanzeige sagte mir, dass es 20.15 Uhr war und immer noch Donnerstag. Erleichterung machte sich in mir breit. Ich hatte als nur den halben restlichen Tag verschlafen, damit konnte ich gut leben.

Doch sofort kamen die Erinnerungen an den Tag in mir zurück und das selbe leere Gefühl machte sich wieder in meiner Brust breit. Ich schaute weiter runter auf dem Display und sah eine Nachricht von Moni. Gekonnt ignorierte ich sie und war schon fast dabei das Handy wieder auf meinem Nachttisch abzulegen, da fiel mir eine weitere Nachricht ins Auge. Neugierig öffnete ich sie. Wer sollte mir sonst noch schreiben? Als Absender stand nur eine Nummer, welche ich nicht kannte. Ich besah mir das Profilbild des Kontaktes, konnte es aber nicht öffnen. Der Schlaf hatte sich noch in meinen Augen eingenistet, so dass alles vor ihnen zu verschwimmen drohte, dann las ich die Nachricht.

»Hey Lisa. Sorry, dass ich so schnell weg war in der Schule. Ich hab deine Freundin Moni nach deiner Nummer gefragt, ich hoffe es war ok, dass sie sie mir gegeben hat. Sei nicht böse auf sie. Ich wollte nur fragen was wegen unserm Treffen ist. Noah«

Ich blickte fassungslos auf den Bildschirm. Ich las die Nachricht noch drei Mal durch, um mir wirklich sicher zu sein und mein Herzschlag beschleunigte sich. Ich legte sachte das Telefon auf meinen Nachtisch und vergrub mein Gesicht in das Kissen, doch dieses Mal aus Freude. Mein erstickter Freudenschrei drang gedämpft durch das Federbettzeug, dann fingerte ich nach dem Handy auf dem Nachtisch und überlegte, was ich schreiben sollte. Mein Herzschlag hallte vor Aufregung so laut in meinen Ohren wieder, dass es beinahe unmöglich war mich zu konzentrieren. Langsam begann ich damit die Nachricht ins Handy zu tippen.

Ich: Stimmt, ganz vergessen…

Begann ich zu tippen, doch das hörte sich irgendwie nicht richtig an. Ich löschte die Nachricht und überlegte. Dann sah ich das Online Zeichen über der Nummer des Kontaktes aufleuchten, welches sich sofort in „schreibt…" verwandelte. Mit klopfenden Herzen wartetet ich ab. Dann, nach einer gefühlten Ewigkeit des Ausharrens erschien eine neue Nachricht.

Noah: Wie wäre es mit Morgen, irgendwann nach der Schule? Hoffe du hast noch Nichts vor.

Die Glücksgefühle, welche sich wie ein wirbelnder Strudel in meinem Bauch aufstauten machten mich fast verrückt. Ich tippte und sendete die Nachricht ab.

Ich: Klar gern. Wann und wo?

Dann sperrte ich das Display und legte das Smartphone neben mir im Bett. Flach atmend wartete ich auf eine neue Nachricht, nicht im Stande dazu irgendetwas anderes zu machen. Das Handy vibrierte wieder und schnell zuckte meine Hand hervor. Aufgeregt las ich seine Antwort.

Noah: Ich hol dich zu Hause ab. Sagen wir 17:30Uhr? Ich freu mich.

Mein Herz schien nun vollkommen den Kontakt zu meinem Körper verloren zu haben und fühlte sich an, als würde es wildes Loopings und Überschläge in meiner Brust vollführen. Ich tippte eine Bestätigung des Treffens in mein Handy und schon war ich mit einem Satz vor mein Bett gesprungen.

Freudestrahlend übersprang ich die erste Treppenstufe von oben und tänzelte die Treppe hinab. Aus dem Wohnzimmer drang das gedämpfte Geräusch des Fernseher und das Flimmern erhellte künstlich den dunklen Flur. Dort auf dem Sofa saß meine Mom, gehüllt in ihren Frotteebademantel und ein überdimensionales Glas Wein ruhte in ihrer Hand. Ihr Gesicht war weiß und grün, mit einer dicken Schicht von irgendeiner Pflegemaske bestrichen. Ich schob mich durch den Spalt in der Tür, doch meine Mom würdigte mich keines Blickes. Angestrengt versuchte sie dem Film zu folgen, irgendeinem Klassiker in seinen Pastellfarben, welche so anstrengend für die Augen waren.

»Hey Mom.« sagte ich mit flacher Stimme und darauf bedacht, meine gute Laune noch etwas in Grenzen zu halten. Ich musste mich bei ihr entschuldigen, doch wollte ich gleichzeitig von meinen wunderbaren Neuigkeiten erzählen. Keine Regung auf ihrem Gesicht zeigte, dass sie mich hören konnte.

»Tut mir leid wegen Vorhin. Ich hätte dich nicht so anschreien dürfen.« sagte ich leise, den Blick gesenkt und die Stimme reumütig verstellt. Meine Mutter schwenkte ihren Kopf langsam zum mir und nahm einen Schluck aus ihrem Weinglas, wobei etwas von ihrer Maske daran kleben blieb.

»Ich höre?« sagte sie langsam und hob eine ihrer gezupften Augenbrauen. Die Haut um die Stelle wo sie mit der Pinzette die kleinen Härchen entfernt hatte war immer noch rot und leicht geschwollen.

»Es tut mir leid, ich bin eine schlechte Tochter?« fragte ich mehr als dass es eine Aussage war. »Ich mach es wieder gut!« versprach ich. »Küche putzen?« fragte ich Unsicher, ob das Maß meiner Bestrafung auch meinem Verhalten gerecht werden würde. Ich sah meine Mom eine Weile an. Ihre Mundwinkel zuckten leicht nach oben, dann lachten wir beide. Ich stürmte eiligen Schrittes durch den Raum und schon schloss sie mich in eine ihrer innigen, warmen Umarmungen. Sanft drückte sie mir einen Kuss auf meine Stirn und schaute mich mit ihren wunderschönen, großen Augen an, welche so viel Nähe und Geborgenheit spendeten.

»Ich werde es mir merken!« sagte sie nun wieder in ihrer liebevollen Stimme und lächelte mich an.

»Bist du jetzt noch böse auf mich?« fragte ich mit belegter Stimme, während ich mich an ihre Brust schmiegte.

»Ich bin nicht böse auf dich Lisa!« versprach sie mir und hob mein Kinn mit ihrem Zeigefinger an.

»Du bist nur schwer.« sagte sie mit Nachdruck. Ich begriff sofort und stand wieder auf.

»Oh ja, sorry.« lachte ich und Mom atmete gekünstelt schwer durch, als hätte sie sich gerade aus einer tödlichen Falle befreit.

»Was wolltest du mir sagen?« fragte sie sanft, als ich mich neben ihr nieder gelassen hatte. Und dann fing ich an ihr alles zu erzählen, von Noah und von unserem Treffen. Sie hörte mir einfach zu und strich mir mit ihren warmen, weichen Fingern durch die Haare.

KAPITEL 7

AUF EINEN KAFFEE MIT DIR

An diesem Morgen wachte ich entspannt in meinem Bett auf. Der gleiche Traum über Noah schien mich zu verfolgen und ich genoss jede einzelne Sekunde, ganz gleich dass mir bewusst war, dass ich nur träumte. Ich wiederholte mein morgendliches Ritual, leicht zitternd und nervös, ob es wohl das gleiche Gefühl in mir auslösen würde wie zuvor. Und es war überwältigend. Das kribbelige Gefühl ließ mich einfach nicht mehr los. Es schien womöglich damit zusammenzuhängen, dass ich diesem Traum auf mysteriöse Art und Weiße um einiges näher gerückt war. Dieses gute Gefühl konnte durch nichts mehr getrübt werden. Das dachte ich zumindest, bis ich mich, dieses Mal noch um einiges pünktlicher als die Lieblinge der Lehrer, auf meinen Stuhl am Ende der Reihe sinken ließ und mit klopfenden Herzen darauf wartete, dass Noah endlich im Türrahmen erscheinen würde. Doch er kam nicht! Still und heimlich bauten sich die altbekannten Zweifel wieder in mir auf, so dass ich mich des Öfteren an diesem Tag dabei erwischte, wie ich mein Telefon aus meiner Tasche hervorkramte und wie gebannt die Nachrichten des letzten Abends überflog. Ich bemerkte wie meine Augen immer wieder zur Statusanzeige des Kontaktes huschten, welchen ich als Noah, mit einem kleinen Smiley dahinter, eingespeichert hatte. Das Gefühl wurde von Stunde zu Stunde fast immer erdrückender, dass ich schon drauf und dran war eine Nachricht in das Bedienfeld des Messengers zu tippen, sie jedoch gleich darauf wieder löschte. Ich bemerkte diesen kleinen fiesen Stich in meiner Brust, wenn sich mitten im Unterricht mein Smartphone meldete und ich es mit flinken Fingern zückte, es sich dann aber als ein „falscher Alarm" herausstelle. Wie sehr man sich doch Dinge einbilden konnte, wenn man bis in die Haarspitzen gespannt war auf das, was einem noch so passieren sollte. Die einzigen Nachrichten die ich an diesem Tag bekam waren die von Moni. Nichts wildes und viel zu uninteressant als sie jetzt hier bis ins Detail erklären zu wollen. Und eine Nachricht von Mom. Aufmerksam las ich die Nachricht auf dem Telefon durch und mein Herz bekam erneut einen kleinen Dämpfer.

MOM: Hey Lisa Schatz. Denkst du bitte heute daran, dass du deinen Verpflichtungen nachgehen musst? Ich kann dich sehr gern von Arbeit abholen, wenn du möchtest.

Tief atmend vergrub ich mein Gesicht auf der Schulbank. KACKE! Den Job im Baumarkt hatte ich beinahe vollkommen vergessen, doch war es mir wirklich vor zu halten? Schließlich ist so viel wichtigeres in den letzten Tagen geschehen. Ich brauchte beinahe noch den gesamten restlichen Tag, wobei ich mir immer und immer wieder zuredete und mir ein gutes Gewissen machen wollte, bis ich schließlich den Mut fand und Herr Thomas aus dem Baumarkt eine knappe Mail schrieb in der stand, dass ich wohl heute nicht zur Arbeit kommen konnte. Zu meiner positiven Überraschung versuchte Herr Thomas jedoch nicht mich vom Gegenteil überzeugen zu wollen. Schien also, als sollte wenigstens heute einmal alles nach Plan laufen.

Als der Tag sich schließlich, zu meiner Überraschung schneller als gedacht, dem Abend neigte, stand ich auch schon allein und irgendwie zitternd vor Anspannung im Bad in der oberen Etage unseres Hauses. Mom hatte unten damit begonnen wieder eines ihrer gesunden Abendessen zu zaubern und schaute irgendwie sichtlich enttäuscht

157

als ich dankend ablehnte, sagte aber nichts weiter dazu. Da ich eher der pragmatische Typ Frau war und mich maximal vor den Spiegel quälte um den anderen Menschen in meinem Umfeld keinen bleibenden Schaden zuzufügen, war es schon eine gewisse Herausforderung für mich, dieses eine Mal ganz anders an die Sache heranzugehen. Nicht, dass ich nie zuvor in meinem Leben die Zeit aufgewendet hatte meine Haare zu glätten, doch war ich beinahe schon begeistert von dem Ergebnis, welches ich fast vollkommen ohne Erfahrung zu Stande gebracht hatte. Nachdem ich zum wiederholten Mal den nahezu perfekten Lidstrich versucht hatte gab ich schließlich auf, als meine Mutter ins Badezimmer kam.

»Wow.« pfiff sie ein langgezogenen Ton und besah sich mein Gesicht unter der wellenden, roten Mähne durch den Spiegel.

»Ach hör auf.« gab ich zurück, auch wenn es kaum ernst gemeint war, denn ich war wirklich zufrieden mit meiner Arbeit.

»Wer sind Sie und was haben Sie mit meiner Tochter gemacht?« neckte mich meine Mutter und folgte mir in mein Zimmer, als ich mich augenrollend an ihr vorbeischob. Wieder einmal kramte ich sämtliche Kleidungsstücke die ich besaß auf einen großen Haufen vor meinem Bett und entschied mich schließlich für ein trägerloses, schwarzes Top und die verwaschenen blauen Jeans mit den Rissen, welche meinen Po so gekonnt zur Geltung bringen konnten.

»Wann bist du wieder da?« versuchte Mom ernst zu werden.

»Ich weiß nicht.« zuckte ich mit den Schultern und warf meine schwarz Lederjacke über, welche ich aus irgendeinem Grund wohl ganz hinten im Kleiderschrank verscharrt haben musste.

»Lisa.« ermahnte mich meine Mutter.

»Ich weiß, ich weiß.« gab ich leicht entnervt zurück. »Es wird schon nicht so spät werden Mom, wir gehen nur Kaffee trinken. Außerdem habe ich ja auch ein Handy dabei, wenn irgendetwas ist.«

»Und wenn er dich sitzen lässt?« fragte sie nebenher.

»MOM!« abermals rollte ich mit den Augen und stiefelte an ihr vorbei nach Unten in den Flur, um mir meine Schuhe anzuziehen.

»Entschuldige.« lachte meine Mutter.

»Außerdem Mom.« ich drehte mich um und bemühte mich zu einem unschuldigen Gesichtsausdruck. »Du kannst ja noch Auto fahren, wenn ich aus irgendeinem Grund eher nach Hause möchte.« Meine Mutter ließ stoßhaft Luft durch ihre Schneidezähne pfeifen.

»So siehst du aus.« antwortete sie mir. Dann klingelte es auch schon an unserer Tür. Es war, als hätte ich vergessen wie unsere Türglocke sich anhörte, denn als der kräftige Klang die Stille des Flurs durchbrach hätte ich am Liebsten einen Satz in die Luft gemacht.

Und plötzlich fiel die Lässigkeit wie mit einem Schlag von mir ab und mein Mund wurde augenblicklich staubtrocken.

»Das muss er wohl sein.« sagte ich mit belegter Stimme. Mom grinste mich breit an, legte ihre Hände auf meine Schultern und bugsierte mich zur Tür, da ich das Gefühl hatte meine Beine wären taub und leblos geworden. Neugierig versuchte sie zwischen die mit Rüschen besetzten Gardinen in den Vorgarten zu spähen, wer dort draußen wohl auf mich wartete. Eine Unternehmung von der ich sie nur schwer abhalten konnte.

»Na dann.« sagte Mom, als sie es endlich aufgegeben hatte zu erspähen.

»Na dann. Bis heute Abend.« sagte ich und war durch die halb offene Tür verschwunden.

Ich lief den knirschenden Kiesbelag des kleinen Gartenweges entlang bis zum halbhohen Holzzaun neben dem Briefkasten und da stand er auch schon, Noah. Er trug eine dicke schwarze Lederjacke mit allerlei Nieten und metallenen Knöpfen, welche ihn noch um einiges breiter erscheinen ließen als er ohnehin schon war. Ich merkte, wie meine Blicke von seinen breiten Schultern unter dem ledernen Kragen angezogen wurden. Er grinste mich mit seinem breiten, strahlenden Lächeln an und er sah fast aus wie ein Gott, welcher vom Himmel gestiegen war um mich abzuholen. Ich schwebte den Weg zu ihm förmlich herüber, welcher auf einmal so unendlich lang schien, doch genug Zeit bot ihn vollkommen ausgiebig zu betrachten. Eine schwarze Sonnenbrille spiegelte meine Silhouette, als ich auf ihn zu geschritten kam. Unter seiner schwarzen Lederjacke trug er seine übliche zerschlissene, dunkelblaue Jeans, welche ihm diesen rebellischen Look gab, welcher mich so verrückt machte.

»Na.« sagte er lässig und kaute auf einem Pfefferminz Kaugummi, dessen Duft mir entgegen wehte und mir die Sinne betäubte.

»Hey.« sagte ich überschwänglich. »Was... ist das?« jetzt erst erkannte ich wovor Noah gelehnt hatte. Lässig den Fuß nach hinten gestützt lehnte er auf einem schwarzen, riesigen Motorrad, dessen silberne, breite Auspuffrohre das Licht spiegelten. Noah nahm die Brille von seinem Gesicht und offenbarte mir seine stählernen, blauen Augen. Skeptisch stellte er sich neben mich und besah sich nun ebenfalls das Motorrad.

»Ich bin kein Experte.« sagte er und kratzte sich an seinem spitzen Kinn. »Doch ich glaube, es ist ein Motorrad.« Wow, hatte er gerade versucht witzig zu sein? Im Ernst Noah? Und doch musste ich kichern.

»Ja, schon gut.« winkte ich ab und Noah trat einen Schritt auf mich zu, in seiner linken Hand hielt er etwas, was auf den ersten Blick aussah wie eine rosafarbene Bowlingkugel.

»Sorry, hatte auf die Schnelle keinen anderen

gefunden.« sagte er verteidigend und drückte mir den runden Helm mit Halbvisier in die Hand. Ich schnappte ihm die rosa Kugel aus der Hand und setzte sie, so vorsichtig ich konnte, auf meine gemachten Haare. Ich wollte keinen Falls wie eines dieser Modepüppchen wirken, welche ihre Frisur wie einen Schatz zu behüten wussten.

»Ja, tut mir Leid.« entschuldigte sich Noah abermals, doch immer noch breit grinsend. »Hätte dir vielleicht sagen sollen, dass ich dich mit dem Motorrad abhole... Also wegen deinen Haaren.« er deutete auf meine eleganten Lockenpracht, welche mich fast stundenlange Arbeit gekostet hatte. Ich zuckte einfach mit den Schultern und setzte den Helm schließlich auf meinen Kopf, auch wenn ein Teil von mir, irgendwo weit hinten in meinem Kopf, in Tränen auszubrechen drohte.

»Schon gut, macht doch Nichts.« log ich. »Na dann, wollen wir los?« ermutigte ich ihn und stellte mich an das hintere Ende des Motorrads.

»Bist du denn schon einmal gefahren?« fragte mich Noah Stirnrunzelnd.

»Wird schon nicht so schwer sein.« entgegnete ich lässig und besah mir mit fachmännischen Blick das Gefährt in seiner vollen Größe. Noah lächelte ein wenig nervös, dann trat er ganz dicht neben mich und schwang sein Bein über den Sattel. Danach ließ er sich auf das Zweirad fallen und löste mit einem lässigen Kick den Seitenständer.

»Na komm steig auf.« sagte er, setzte nun ebenfalls einen Schalenförmigen Helm auf seinen Kopf und zog ein Tuch aus dem Kragen seiner Lederjacke, welches er vor sein Gesicht spannte und mich über seine breiten Schultern hin ansah. Meine Schneidezähne suchten meine Unterlippe und ich konnte nicht bestreiten, dass mich sein Aussehen ziemlich anmachte. Vorsichtig schwang ich ein Bein über den Sitz, wobei ich mich schon fast auf die Zehenspitzen stellen musste, da ich sonst in meiner engen Jeans das Bein nicht weit genug nach oben bekam. Wippend nahm ich nun ebenfalls auf dem Sitz hinter Noah platz.

»Du musst weiter nach vorn rutschen.« befahl mir Noah mit seiner tiefen Stimme. »Sonst fällst du mir nach hinten runter.« und ich gehorchte. Ich rutschte den glatten Ledersitz noch ein wenig nach Unten und saß nun ganz nah hinter Noah. Das Gefühl, meine Beine soweit nach außen zu spreizen, fühlte sich erst ungewohnt und eigenartig an, doch als Noah richtig in seinem Sattel Platz nahm und der Saum seiner Jeans mich zwischen den Beinen berührte, kam das Kribbeln in meinen Bauch zurück. Mein Herz fing wieder wild an Loopings zu schlagen, mein Atem wurde flacher.

»Wo soll ich mich festhalten?« fragte ich mit schwacher Stimme und Noah lehnte sich ein wenig zurück um mich unter seinem Helm zu verstehen, so dass ich ihm beinahe ins Ohr flüsterte.

»Na an mir.« sagte er mit einem tiefen Brummen.

Vorsichtig hob ich meine zarten Finger und krallte sie vorsichtig in den Stoff seiner Lederjacke. Meine Fingerspitzen suchten Halt, doch wollten ihn nicht so richtig finden.

»Du kannst mich schon richtig anfassen. Ich bin nicht aus Zucker.« neckte er mich und ich gehorchte abermals. Als ich meine Arme ausstreckte, um mich um seine Hüften zu schlingen, rutschte mein Hintern noch ein wenig weiter nach vorn. Kein Blatt Papier hätte jetzt noch zwischen meinen Schoß und seinen Hintern gepasst. Den sanften Druck, welcher sein Jeansstoff mir zwischen den Beinen bescherte ließ mich fast wahnsinnig werden. Ich spürte wie mir die Wärme in die Wangen kroch und war froh einen Helm zu tragen.

»Kann losgehen?« erkundigte sich Noah noch einmal und schaute mich über seine Schulter hinweg an.

»Ja.« hauchte ich, denn zu mehr war ich nicht mehr im Stande. Die Wärme seines Körpers schien durch seine und meine Jacke hindurch zu strahlen, als ich mich fest an seinen Rücken schmiegte.

»Na dann.« sagte Noah. Mit einem Kick seines linken Fußes warf er den brüllenden Motor seiner Maschine an. Die glühenden Auspuffrohre dröhnten tief und satt, so dass sie selbst unter dem Helm noch laut wider zu schallen schienen. Mit einem Blick über seine Schulter vergewissere sich Noah, ob die Straße frei war, dann brausten wir auch schon los.

Es war eine wilde Fahrt durch die abendliche Luft. Meine klammen Finger krallten sich beherzt in das Futter von Noahs Jacke hinein, doch auf eigenartige Weise genoss ich diesen Fahrtwind. Wie wendig man doch auf einem Motorrad durch den feierabendlichen Verkehr kam. Immer wenn sich eine Lücke in den hupenden Autos auftat, zog Noah mit einem beherzten Schwung das schwere Gefährt herum, sodass wir kaum bremsen mussten. Ich sah über seine breite Schulter und schmiegte meinen Kopf ganz nah an seinen Rücken, versuchte den Duft von Noah einzuatmen, was mir jedoch der klobige Helm nicht gestattete. Ich merkte an meinem linken Schenkel die geübten Tritte auf dem kleinen Pedal an der Fußraste, wenn Noah einen anderen Gang in das Getriebe einlegte. Der dumpfe Auspuff dröhnte durch die Luft und ich bemerkte, wie uns die Blicke der vielen Menschen in der Innenstadt folgten. Ganz nah schob ich meinen Körper nun an Noahs heran, mich verzweifelt festklammernd, um ja nicht nach hinten runter zu rutschen. Währenddessen peitschten meine Locken, welche unter dem Helm hervorlugten, wild im Wind. Als wir schließlich aus der Innenstadt herauskamen und Noah das Bike noch einmal beherzt durch beschleunigte, kamen wir auch schon an dem steinernen, hohen Parkhaus der Sachsenallee an.

Ich spürte das Wippen der Federn unter meinem Sitz, als das Motorrad dumpf polternd in das Parkhaus einbog. Hier drinnen schalte der Klang der metallenen Auspuffrohre noch einmal um ein vielfaches lauter und wieder folgten uns dutzende Blicke verschiedener Menschen. Ich versuchte in den gläsernen Eingangspforten auf den Stockwerken unser Spiegelbild einzufangen und fragte mich, ob ich wohl genau so cool auf dieser Maschine aussah wie ich mich in eben diesem Moment fühlte. Als Noah schließlich das Bike mit einem eleganten Schlenker in eine der Parklücken bugsiert hatte und ich, etwas unbeholfen und mit steifen Gliedern, vom Rücksitz hinabgeklettert war, bot er mir seinen in Leder gewunden Arm an. Gern nahm ich die Aufforderung an und henkelte mich bei ihm unter. Wir mussten wie ein richtiges Pärchen gewirkt haben, als wir die einladende Rolltreppe nach unten nahmen.

»Einen Kaffee bitte.« bestellte Noah bei der Kassiererin vor der übergroßen Glasfront des Kaufhauses und wandte seinen Blick schließlich an mich. »Und…?« er schaute mich tief und lange mit seinen blauen Augen an, bis ich endlich begriff.

»Oh ja. Einen Cappuccino bitte.« sagte ich eilig und kramte etwas unbeholfen nach meinem Portmonee in der Innentasche meiner Jacke, doch Noah war schneller als ich.

»Ihre Getränke kommen dann gleich.« sagte

die mollige Kassiererin freundlich und bedeutete uns auf den einladenden schwarzen Sesseln
im Café Platz zu nehmen. Es dauerte keine fünf
Minuten und schon hatten wir beide zwei Eimer
große dampfende Tassen vor uns stehen. Noah
öffnete seine Lederjacke und warf sie lässig über
die Lehne seines Sessels. Er trug ein schwarzes
Hemd unter der Jacke, was mich doch schon ein
wenig beeindruckte. Durch die Jacke war es dicht
an seinen schlanken Körper gepresst worden und
ich erkannte die kantigen Umrisse seiner Muskelpartien unter der Kleidung.

»Schön, dass wir es geschafft haben.« sagte
Noah schließlich und nahm einen Schluck von
seinem Kaffee. Er ließ sich nach hinten in die Polster fallen und schaute mich durchdringend an.

»Stimmt.« lachte ich ein wenig nervös auf. »Hätte nicht gedacht, dass du mich fragst.« sagte ich.

»Wieso denn das?« wollte Noah wissen. Ich
überlegte einen kurzen Augenblick.

»Naja, ich hatte gedacht du kannst mich nicht
leiden.« sagte ich schulterzuckend und beobachtete seinen Gesichtsausdruck.

»Wieso das?« fragte er knapp, doch seine Stimme war weich.

»Naja keine Ahnung, war eben nur so ein Gefühl. Besonders viel gesprochen haben wir ja
nicht.«

»Stimmt.« pflichtete mir Noah bei. »Vielleicht
war ich einfach zu schüchtern mit dir zu spre-

chen.« Ich war erstaunt über seine Aussage. Ich konnte mir beim besten Willen nicht vorstellen, wieso ausgerechnet Noah zu schüchtern sein sollte mich anzusprechen.

»Und du kennst also Erik und Markus schon länger?« versuchte ich das Thema zu wechseln. Noah schaute mich einen Augenblick mit unergründlichem Gesichtsausdruck an.

»Schon eine Weile, ja.« musste ich ihm wirklich alles aus der Nase ziehen? Doch ich beschloss nicht aufzugeben. Ich nippte noch einmal an meinem brühheißen Getränk vor mir und lehnte mich nun ebenfalls zurück in die Polster des Sofas.

»Du kommst aus Norwegen?« fragte ich gespannt. Noah nickte langsam.

»So gesehen schon.« sagte er langsam.

»So gesehen schon?« fragte ich nach und versuchte seinen Gesichtsausdruck zu ergründen.

»Meine Eltern.« sagte er kurz.

»Wie sind deine Eltern so?« fragte ich ihn. Noah verzog das Gesicht und ich hatte schon das Gefühl mich für irgendetwas entschuldigen zu müssen.

»Streng.« lachte er und ich war froh, dass er mir diese Frage nicht krumm nahm. »Nur leider nicht mehr hier.« fügte er leise hinzu, so dass nur ich ihn verstehen konnte. Was? Ich verstand die Welt nicht mehr. Konnte es sein, dass dieser Junge mich auf den Arm nehmen wollte?

»Wie meinst du das?« fragte ich und wog sanft die heiße Tasse in meinen kühlen Fingerspitzen.

»Ach nichts.« sagte er und ich wusste, dass er darüber nicht reden wollte.

»Heißt das, du wohnst ganz allein hier?« fragte ich und meine Neugier hatte wieder einmal gesiegt. Ich hätte mir gern auf die Zunge gebissen, doch war diese wieder schneller als ich hatte nachdenken können. Noah betrachtete mich streng aus seinen stahlblauen Augen. Er beugte sich ein wenig nach vorn zu mir, legte die Fingerspitzen aneinander, wobei er seine Ellenbogen auf den halbhohen Tisch abstützte und sah mich über diese hinweg an.

»Hör zu Lisa.« begann er langsam und seine Stimme war nicht viel mehr als ein Brummen. »Es ist kompliziert, doch ja ich wohne hier alleine.« ich schaute ihn eine Weile an. Mit einem Gesichtsausdruck, als wolle er mich veralbern.

»Das ist ein Scherz, oder?« fragte ich ungläubig. Noah zeigte keine Regung.

»Allein? In dem großen Haus?« fragte ich noch einmal nach. Ich spürte wie dieser verschlossene Mensch mich magisch anzuziehen schien. Ich wollte ihm noch ein wenig mehr entlocken.

»Das Haus gehörte meinem Onkel… « begann Noah langsam doch hielt augenblicklich inne, ganz als wäre ihm gerade jetzt erst eingefallen, dass er mir eigentlich schon zu viel erzählt hatte.

»Also wohnst du mit deinem Onkel dort zusammen?« bohrte ich nach einem Moment des Schweigens nach.

Noah stürzte die Lippen und schaute streng auf den Kaffeetopf zwischen seinen Fingerspitzen. Sofort spürte ich wieder die unangenehme Hitze in mir aufsteigen und schnell nippte ich wieder an meinem Cappuccino. Wir sagten eine Weile nichts mehr. Peinlich berührt schaute ich auf meine Fingernägel, welche ich doch extra für diesen Anlass in einem knalligen Pink lackiert hatte, Noah hingegen nahm tiefe Züge aus seiner Tasse und besah sich den leerenden Platz vor dem Einkaufszentrum, auf dem vereinzelt Menschen schwere Pakete oder Unmengen an Tüten hinausschleppten.

»Na sieh mal einer an.« hörte ich eine leiernde Frauenstimme, welche mir auf so unangenehme Art und Weise bekannt vorkam. Ich blickte von meinen Fingernägeln auf, an die Bar des kleinen Cafés, auch Noah wandte seinen Blick zum Eingang hin. Dort an der Spitze der Rolltreppe stand Nancy. Wie üblich hatte sie das möglichst knappste und engste Top aus ihrer Sammlung gekramt, welches sich wohl finden ließ. Die Spaghettiträger des blauen Oberteils zeichneten sich über durchsichtigen BH-Trägern ab, welche gespannt über ihren dürren Schultern hingen. Den Push-Up hatte sie wieder einmal so weit nach oben geschnallt, dass es ein Wunder war, wieso sie sich überhaupt die Mühe machte ein Oberteil anzuziehen, sprangen doch ihre ach so perfekten Brüste beinahe jedem vorbeilaufenden geradezu in das Gesicht. Anmutig wie ein Model, für mich eher wie ein hässlicher Vogel auf Stelzen, schwang sie bei jedem Schritt ihre Hüfte und ihren Hintern nach links und rechts, so dass ein jeder sehen konnte, wie eng ihre weiße Hose doch auf ihrer Haut lag. Als sie schließlich vor unserem Tisch angekommen war und ihre hunderten bunten Einkaufstüten auf den Boden gleiten ließ, wehte mir der blumige Geruch von viel zu viel Parfum um die Nase.

»Nancy.« sagte Noah knapp und schaute blinzelnd zu ihr auf.

»Noah.« freute sich Nancy mit viel zu hoher Stimme ihn zu sehen. Wie nicht anders zu erwarten ignorierte mich Nancy, ganz so als würde der Platz auf dem ich saß leer sein. »Ich habe mich schon gefragt was du heute machst. Du hast mir gar nicht noch einmal zurück geschrieben.« flötete sie und besah sich das übergroße Display ihres Smartphones.

»Ich habe gesagt ich habe heute keine Zeit, Nancy.« sagte Noah mit strenger Stimme und seine Augen flackerten zu mir herüber. Ich sah mir indes genauer das Muster meiner Kaffeetasse an. Mit einem Schwenk ihres Arms landete eine von Nancys Einkaufstüten direkt neben mir auf der Bank.

»Warte, ich hole mir einen Stuhl. Ich setze mich zu dir.« sagte Nancy mit zuckersüßer Stimme und lehnte sich ein wenig nach vorn um Noah ganz genau ihren Ausschnitt zu präsentieren. Wut kochte langsam in mir auf, doch sagte ich keinen Ton. Ich wollte Noah nicht vorschreiben was er tat, doch hoffte ich inständig er würde diese Person einfach so weit wie möglich weg schicken. Meine Finger ballten sich unter dem halbhohen Tisch zu einer Faust.

»Nein.« sagte Noah knapp und Nancy schaute ihn erschrocken an.

»Nein?« fragte sie noch einmal.

»Ich bin mit Lisa hier.« Nancys Augen flackerten zu mir herüber, als hätte sie gerade erst in diesem Moment erkannt, dass auch ich noch an diesem Tisch saß.

»Lisa.« sagte sie mit einem gezwungen Lächeln, ich zwang mich ebenfalls zu einem.

»Na dann. Will ich euch zwei Turteltauben mal nicht weiter stören. Moni und ich wollten sowieso noch ein wenig shoppen gehen.« Moni? Erst jetzt schaute ich auf die Person, welche sich im Hintergrund von Nancy aufgehalten hatte und bis jetzt noch keinen Ton gesagt hatte. Und es stimmte! Da stand wirklich MEINE beste Freundin, bepackt mit vier kunterbunten Tüten, gekleidet in den typischen Monistil und lächelte nervös zu mir hinüber.

»Hey Lis.« sagte Moni schüchtern. »Ich hatte versucht dir zu schreiben. Dachte du hast etwas vor, stimmt ja auch irgendwie. Da bin ich halt mit

Nancy shoppen gegangen.« Es war Moni sichtlich peinlich. Nervös suchte sie den Boden um sie herum nach einem Ankerpunkt für ihre Blicke ab, während sie sprach. Ich kniff meine Lippen fest auf einander. Nancy schien meinem Blick zu folgen und ein breites, diabolisches Grinsen machte sich auf ihren Mund breit.

»Na dann… « wandte sie sich wieder Noah zu und beugte sich noch ein wenig tiefer, wobei ihre Brüste einen gefährlichen Satz nach vorn taten. »Wenn du dann mit dem Babysitten fertig bist, kannst du gern noch einmal zu mir kommen und wir schauen einen Film an, oder so. Du weißt schon meine Eltern sind nicht da uns wird sicher keiner stören.« Das reichte. Ich spürte, dass ich nicht mehr lang genug im Stande war die Wut zu unterdrücken, welche sich in mir aufbaute. Mein Atem ging nun flach und schnell.

»Nancy, ich komme heute nicht zu dir!« sagte Noah ruhig.

»Ach bitte… « begann Nancy genervt.

»Halt einfach die Klappe und verschwinde, Nancy.« befahl ihr Noah jetzt mit Nachdruck in der Stimme. Ich wusste nicht ob es nur mir so ging, oder ob seine Stimme wirklich zu einem tiefen Grollen geworden war. Die Deckenleuchten über uns flackerten einen Moment auf. Auch Nancy ging einen Schritt zurück. Sie öffnete den Mund, schloss ihn aber sofort wieder, ohne noch etwas zu sagen.

Dann stakste sie, gefolgt von Moni, welche mir noch ein nervöses Lächeln zu warf, auf ihren klackenden hohen Schuhen davon. Ich schaute Noah mit offenen Mund an, doch ich war nicht im Stande irgendetwas zu sagen.

»Komm, gehen wir noch spazieren. Ich halte es hier nicht länger aus.« sagte Noah schließlich und ich nickte einfach. Eingeschüchtert und nicht sicher was gerade eben geschehen war erhob ich mich von der Couch und folgte seinem breiten Rücken.

Eine weit weniger spektakuläre Fahrt später kehrte Noah seine Maschine schon in eine verlassene Seitenstraße ein, welche an den Ufern des Schlossteiches gelegen war. Die grauen Bauten in denen kein Licht mehr schien schauten finster aus ihren blassen Glasfenstern auf die leeren Straßen hinab.

»Was ist los? Noah? Was machen wir hier?« fragte ich ein wenig verängstigt mit Blick auf den starren schwarzen See vor uns, nachdem ich mir den klobigen, rosafarbenen Helm vom Kopf gezogen hatte.

»Spazieren.« brummte Noah seine kurze Antwort mir zu.

»Noah ich… « begann ich und merkte wie dünn meine Stimme doch plötzlich geworden war. Ich sah in einiger Entfernung wieder das Ufer neben dem Milchhäuschen, welches in mir die unangenehme Erinnerung an jenen Abend nach Noahs Party aufflammen ließ. Stocksteif blieb ich auf der Stelle stehen. Ich rührte mich nicht mehr, hatte Angst einen einzigen Schritt weiter gehen. »Ich weiß.« sagte er leise und einfühlsam. Er war ein paar wenige Schritte vorausgegangen, hielt jedoch jetzt inne und drehte sich wieder zu mir hin um. Ich zitterte am ganzen Körper und es kam mir vor als hätte ich jegliche Kontrolle über meinen Körper verloren. Ich sah die blasse Hand mit den Striemen und Furchen, welche er mir im dunklen Licht der alten Beleuchtungen reichte. Schüchtern nahm ich seine Einladung an. Obwohl jede Faser meines Körpers zu schreien schien, ich sollte nicht mit Noah in diesen Park, an diesen Teich gehen, so konnte die Neugier in mir nicht anders als diesem Jungen einfach zu vertrauen.

Wir schlenderten ein wenig an den mit Kies gefüllten Gehwegen entlang und mein Herzschlag beschleunigte sich. Ich wusste nicht an was es lag. War es dieser Ort und die Geschehnisse, welche sich so tief in mein Unterbewusstsein eingebrannt hatten? Oder war es dieser Junge? Dieser Junge, der mich so verrückt machte? Sicher, ohne Noah wäre nichts von alle dem geschehen. Seit dem dieser Junge in mein Leben getreten war, war alles so anders geworden. War es denn besser? Wir hielten an einer der Parkbänke gegenüber des kleinen, verlassenen Cafés, dem Milchhäuschen inne. Ich stand regungslos da und beobachtete das kalte, dunkle Wasser, welches durch den Wind leichte Wellen und Wogen über seine Oberfläche gleiten ließ. Irgendetwas in mir ließ meine Nackenhaare aufstellen. Ich spürte, wie Noah mich mit seinen stählernen blauen Augen von der Seite her musterte, doch konnte ich meinen Blick nicht von dem See vor uns abwenden.

»Alles gut bei dir Lisa?« fragte Noah schließlich mit seiner beruhigenden, tiefen Stimme. Ich nickte. Langsam und zögerlich, weil ich Angst hatte vor dem was gleich passieren könnte, ohne dass ich mir sicher war was es sein könnte.

»Es ist nur… « begann ich leise, doch wollten die Worte nicht so recht aus meinen Mund hervortreten.

»Lisa, du bist nicht verrückt.« beschwichtigte mich Noah, ganz so als hätte er meine Gedanken hören können.

»Wieso hast du mich hier her gebracht?« fragte ich zögerlich und löste meinen Blick von den Wogen des Wassers. Ich drehte mich zu Noah hin um. Er hatte seine Jacke abgelegt und stand nun, nur von dem dünnen Stoff seines Hemdes bedeckt vor mir. Ich sah auf seiner festen Brust wie flach seine Atmung war. Langsam ließ ich meinen Blick nach Oben wandern. Meine Bauchmuskeln verkrampften sich leicht, doch war dies kein sonderbar unangenehmes Krampfen. Viel mehr, als würden urplötzlich tausende summende Bienen in meinem Magen frei gesetzt.

Mein Augen wanderten an seinem muskulösen Hals hinauf. Jetzt wo ich so vor ihm stand merkte ich erst wie groß Noah doch war. Ich war mit meinem einen Meter fünfundsechzig gewiss nicht die größte Frau, doch Noah überragte mich noch um gut anderthalb Köpfe. Mein Blick blieb auf seinem Adamsapfel heften, welcher sich unter seiner Haut nach Unten bewegte als er schluckte. Dann erreichten meine Blicke seine Lippen. Es waren diese roten, vollen Lippen von denen ich geträumt hatte. Und nun schoss es mir wieder in den Kopf. Der Traum, Noah, die Frage danach wie wohl seine besonders vollen Lippen schmecken würden. Mein Atem ging jetzt flach und schnell, wie ein Beutetier, welches seine letzten Augenblicke vor sich dahin rinnen sah. Ich spürte wie Noahs Oberkörper sich langsam zu mir beugte, oder bildete ich mir dies nur ein? Ich stellte mich auf die Zehenspitzen, doch mein Herzschlag hielt mich weiterhin unten auf dem Boden zurück. Mein Gesicht kam dem seinen immer näher. Langsam und tief atmete ich Noahs Duft ein, welcher nicht von irgendeinem Parfum herrührte und gleichzeitig etwas in mir auslöste, was ich nicht kannte. Meine Schneidezähne suchten wieder meine Unterlippe.

»Es… Es war ein schöner Abend.« sagte ich und ließ mich wieder auf die Fußballen zurückgleiten.

»Ja.« sagte Noah. »Es hat mir auch sehr gefallen.«

»Das können wir gern wieder machen.« flüsterte ich leise und ließ meinen Blick sinken. Dann spürte ich die Wärme seiner Fingerspitzen, welche sich um mein Kinn schlossen. Bestimmt hob Noah meinen Kopf an und unsere Blicke trafen sich. Ich schaute direkt in seine so hypnotisierenden, blauen Augen, welche so stürmisch wie die See waren. Er schob mein Kinn mit seinem Zeigefinger ein wenig nach vorn und ich ließ es zu.

Ich war wie in seinen Bann gezogen. Unsere Gesichter waren nun nur noch wenige Zentimeter auseinander. Ich ging wieder auf die Zehenspitzen, wollte diesem so perfekten Gesicht so nah wie möglich sein. Dann berührten sich unsere Lippen. Ich schloss wie in Trance die Augen und kostete diesen süßen Moment mit jeder Faser meines Körpers aus. Ich merkte, wie sich Noahs Zunge in meinen Mund schob und meine Lippen auseinander trieb. Ich erwiderte dies und ließ es geschehen. Seine Hand glitt an meiner Hüfte herauf und umschloss nun mit jedem seiner starken Finger meine Taille. Bestimmend zog mich Noah an sich, bis schließlich meine klammen Finger seine warme Brust berührten. Tief grub ich meine Fingernägel in den Kragen seines Hemdes. Ich öffnete den Mund und Noah drang gierig mit seiner Zunge hinein ließ sie langsam kreisen. Ich versuchte dies zu erwidern und es war, als würde die Zeit stillstehen.

Dieser Moment war um so einiges intensiver und realer als in meinen Träumen. Ich musste ein

Auge öffnen um nachzusehen, ob das alles wirklich geschah. Verstohlen lugte ich durch eines meiner Augenlider hindurch. Das Gefühl, welches Noah in meinem Mund hinterließ ließ mich sofort wieder die Augen schließen. Mein Bauch krampfte nun stärker und ruckartiger zusammen. Ein feuriges Ziehen, welches sich bis in mein Unterleib erstreckte. Vom Bauch hin wanderte dieses Gefühl zwischen meine Beine und ich merkte, wie ich sich das warme Gefühl in meiner Hose ausbreitete. Dann, als ich dachte ich werde verrückt, ließ Noah von mir ab. Saft glitt ich zurück auf meine Fußballen und langsam öffnete ich die Augen. Ich sah in das strahlende Gesicht des schwarzhaarigen Jungen mit den tiefblauen Augen.

»Ja ähm.« räusperte sich Noah und suchte nach den passenden Worten. »Ich glaube es ist schon spät. Deine Mutter wird sich sicher schon Sorgen machen wo du bleibst.« Ich öffnete den Mund um ihm zu widersprechen, doch kam kein Ton aus mir hervor und so nickte ich einfach zustimmend.

Peinlich berührt schlenderten wir den Weg welchen wir gegangen waren wieder zurück. Fest umklammerte ich Noahs starken Arm. Wir fuhren wieder nicht lang, vielleicht auch nur, weil Noah schneller fuhr, jetzt da fast keine Autos mehr unterwegs waren. Als die orangen Laternen an uns vorbei sausten schloss ich wieder die Augen.

Ich klammerte mich fest an den Rücken dieses

Jungen und spürte seine Wärme auf meiner Haut strahlen. Gab es denn einen besseren Moment? Je einen, auf dieser Erde, in all diesen Zeiten? Ich wusste ich würde dieses warme Gefühl vermissen, sobald ich von diesem Motorrad abgestiegen war, wusste schon, dass es vermutlich unmöglich für mich sein würde heute Nacht auch nur ein Auge zu schließen, jetzt da mein Herz einen flotten Sambatanz in meiner Brust vollführte. Als wir in die Seitengasse am westlichen Ende der Stadt einbogen und ich Noah den rosa Helm in die Hand drückte standen wir wieder voreinander da. Wussten nicht, was wir tun sollten.

»Danke fürs nach Hause bringen.« sagte ich mit zitternder Stimme und wollte mich schon zum Gehen abwenden.

»Lisa.« ermahnte mich Noah mit fester Stimme. Ich drehte mich noch einmal zu ihm herum. Mit seinem rechten Arm zog er mich an meiner Hüfte abermals zu sich heran. Ich hob den Kopf erwartungsvoll nach Oben und Noah folgte meiner Aufforderung. Er presste seine vollen Lippen auf meine, doch dieses Mal schob sich keine Zunge in meinen Mund. Er ließ von mir ab und verabschiedete sich mit einem Nicken, bevor er das Motorrad mit einem Tritt wieder brüllend startete und in die Nacht davonfuhr. Dann stand ich allein da. Er ließ mich einsam zurück. Langsam wendete ich den Blick von seinem immer kleiner werdenden Umriss ab und ging zum Haus zurück. Ich wollte gerade den Schlüssel in das Schloss stecken, da öffnete mir auch schon meine Mutter die Tür.

»Und war er das?« fragte Mom kichernd und schob mich zu sich in den Flur hinein.

KAPITEL 8

DAS HAUS IM WALD

»Und du bist dir ganz sicher, dass du das ganze Wochenende allein klar kommst?« Meine Mutter wuselte mit den Händen voller Wäsche wild in meinem Zimmer umher. Der Freitag kam und ging so schnell, wie noch nie zuvor ein Schultag an mir vorüber gezogen war und endlich hatte ich das Gefühl, dass alles in meinem Leben eine geordnete Bahn verlief. Voll der überschwänglichen Freude, welche Noah in mir ausgelöst hatte, kam ich an diesem Tag nicht zu spät zum Unterricht und auch sonst gefiel mir vieles so viel besser als sonst. Der Nachmittag kam mit riesigen Schritten immer näher, bis es auch schon an der Zeit war für das Wochenende zu packen. Und wie ich mich auf dieses Wochenende freute. Zwar war ich immer noch sauer auf Moni, wie sie mich so hintergehen konnte, doch hatte ich das Gefühl das erste Mal seit langem einen echten Freundeskreis zu besitzen. Ich nahm mir vor mich ein wenig mit Markus und Erik anzufreunden und auch wenn Nancy dieses Wochenende vermutlich wieder nutzen würde mir die Hölle heiß zu machen, störte mich die Vorstellung ihrer Anwesenheit mit keinem Nerv meines Körpers. Solange Noah dort war würde das Wochenende perfekt sein, dessen war ich mir vollkommen sicher. Selbst in der Schule war er weit weniger ein Arsch gewesen als die vergangenen Wochen und ich hoffte, dass es an mir liegen würde. Mit sichtlich gestresstem Gesichtsausdruck nahm Mom Toni das Telefon aus der Hand, mit welchem er drauf und dran war einen Hammer nachzuahmen.

»Mom, ich werde das schon schaffen.« sagte ich, während ich eilends Klamotten in einen meiner älteren Rucksäcke stopfte, ohne wirklich genau drauf zu achten was darin landete.

»Ist Moni denn auch…« begann sie, doch hielt sofort inne und blickte mich erschrocken an. Ich hatte ihr zwar nicht von dem Vorfall im Café erzählt, doch ahnte meine Mom wohl auf präzise Weise, dass ich nicht mehr sonderbar gut auf Moni zu sprechen war.

»Ja.« sagte ich kurz angebunden um das Thema schnellstmöglich zu wechseln.

»Und wer kommt noch alles mit?« fragte sie im hinausrennen. Ich sah kurz meinen Bruder an, er bedachte mich ebenfalls mit einem Blick und ich fragte mich, ob er wohl im Stande war zu begreifen was um ihn herum eigentlich geschah?

»*Booooom*.« machte Toni, der es irgendwie geschafft hatte das Telefon meiner Mutter wieder zu fassen bekommen und es mit einer ausladenden Geste auf den Boden krachte. Ich musste lächeln.

»Das hab ich dir doch schon gesagt. Erik, Moni, Markus, dieser Johnny ist glaub ich auch mit dort, könnte mich aber auch irren.« zählte ich meine Wochenendbegleitung an den Fingern ab.

»Na gut, pass gut auf dich auf und egal was die anderen denken, du meldest dich bitte bei mir, wenn ihr gut angekommen seid. Das machst du doch, oder?« sagte Mom, die wie zu erwarten wieder einmal kaum zugehört hatte was ich überhaupt erzählte.

»Klar mach ich das.« versprach ich ihr, während ich meinen Rucksack schulterte und noch einen Blick zurück in mein nun im Chaos versunkenen Zimmer. Mom lächelte mich noch einmal breit an.

»Ach… « stöhnte sie. »Du wirst doch so schnell erwachsen.«

Ich wartete nicht lange an der Kreuzung zur Zwickauer Straße, dort wo hinter dem kleinen Park unsere Straße einbog, als auch schon ein schwarzer Kombi mit sehr lautem Auspuff angebrüllt kam. Ich hob den Blick von meinen Handy und wandte mich den großen silbernen Felgen zu, welche leise quietschend neben mir zum Stehen kamen. Ich kannte das Auto nicht, war mir aber sicher, dass es Noah sein musste der mich abholt, so wie er es mir versprochen hatte. Gespannt schaute ich auf die getönten Fenster, welche sich langsam senkten.

»Hat da jemand ein Taxi bestellt?« fragte ein blonder Junge in dickem Anorak und lächelte unter seiner Sonnenbrille zu mir auf.

»Erik.« sagte ich etwas atemlos der Überraschung wegen.

»Hallo Lisa.« sagte Erik Peters freundlich und lehnte sich über den Beifahrersitz zu mir herüber, um mir die Tür von Innen her zu öffnen. Etwas verhalten griff ich nach der Klinke und setzte mich zu ihm ins Auto.

»Moni hat gesagt, dass ich dich abholen soll.« erklärte er mir sofort. Meine offenen Fragen standen mir wohl oder übel ins Gesicht geschrieben.

»Ach hat sie das?« fragte ich, während sich der Kombi wieder in Bewegung setzte. Im gesamten Auto roch es nach einer eigenartigen Mischung aus grünem Tee und beißendem Alkohol, welcher mir sofort in die Nase stach. Passend zum Geruch war es nicht wirklich aufgeräumt hier drin. Leere Getränkedosen knackten unter meinen Füßen bei jeder Kurve die Erik mit sichtlich viel zu viel Schwung nahm.

»Sorry für die ganze Unordnung. Sonst sieht es hier nicht so wild aus.« versuchte sich Erik zu erklären, während er nach einer der Dosen unter meinen Füßen fischte. Ein wenig peinlich berührt zog ich meine Beine an den Körper an, so sehr wie es die Sitzposition eben ermöglichte.

»Macht nichts.« sagte ich und versuchte mich krampfhaft an einem Lächeln. »Weiß Noah denn Bescheid?« fragte ich. Es hatte mich schon verwundert wieso Erik mich abholen sollte, wo ich doch vor wenigen Stunden noch mit ihm eben darüber gesprochen hatte, dass er mich abholen würde.

»Ja, weißt du Lisa.« begann Erik ein wenig verlegen. »Ich habe es ihm angeboten dich abzuholen, weil er ja noch Nancy fahren wollte.« In meinen Ohren, weit hinten klingelte etwas. Etwas brüskiert schaute ich mit gerümpfter Nase auf die umher klappernden Dosen im Fußraum.

»Ach so, na dann danke.« sagte ich und fragte mich, ob Noah wohl irgendjemandem erzählt hatte was sich zwischen uns abgespielt hatte. Ich war zwar nicht besonders heiß drauf, dass die gesamte Schule davon erfahren sollte, doch fühlte ich tief in mir doch einen gewissen Stolz den ich zur Schau tragen wollte.

Da ich zu sehr in meinen Gedanken vertieft war um auch noch beiläufig darauf zu achten wo Erik mich hinfuhr, war ich doch schon erstaunt, dass wir nicht länger als eine halbe Stunde über die verschlungen Landstraßen gebraucht hatten, bis Erik schließlich den Wagen in einen schmalen Waldweg lenkte, welcher zu beiden Seiten mit turmhohen Fichten gesäumt war. Hier so weit oben im Gebirge war es um einiges kälter als in Chemnitz und ich fragte mich, ob meine eingepackten Sachen wohl ausreichen würden, als ich auf den Baumwipfeln über uns den ersten schleierartigen Dunst von Schnee wahrnahm. Als der schmale Weg endete kamen wir schließlich auf eine weite Fläche, welche sich zu einem seichten Hügel hin erstreckte. In der Mitte des Hügels thronte ein prächtiger Holzbau mit feuerroten Schindeln und einem schwarzen Schornstein, aus welchem dicke Rauchsäulen in den Himmel stiegen.

»Hey da seid ihr ja!« rief Markus, ein sehr großer junger Mann mit dichten schwarzen Haar und breiten Schultern zu uns herüber und fuchtelte ausgelassen mit dem Arm durch die Luft.

»Na läuft die Party schon?« fragte Erik in übertrieben spitzer Stimmlage, als er, die Sonnenbrille auf der Nasenspitze balancierend, seine Tasche über die Schulter warf. Die beiden Jungs begrüßten sich mit einem Handschlag bevor sich Markus an mich wandte.

»Hallo Lisa.« sagte er aufrichtig in seiner beruhigenden Stimme und strahlte mich an.

»Ja klar.« sagte ich und konnte mir ein Lächeln nicht verkneifen. Die gute Laune dieses Jungen war einfach ansteckend und auf einen Schlag vergaß ich meinen Ärger über Noah.

»Na dann geht schon mal rein, die anderen dürften dann auch gleich kommen. Warte Lisa! Die hier nehme ich.« sagte Markus und schulterte meinen Rucksack. Dankend nahm ich seine Einladung an und dann beschritten wir das prächtige Holzhaus. Wenn es von außen schon groß und geräumig gewirkt hatte, dann war dies noch nichts im Vergleich von dem Anblick, welcher sich uns offenbarte, als wir durch die gläserne Tür ins Innere kamen.

»Wow.« sagte Erik und ließ ein langgezogenes Pfeifen hören, während er seine Tasche auf ein rotes Sofa schmiss. Es waren insgesamt drei an der Zahl, welche in Hufeisenform aufgestellt worden waren. Drei kleine Stufen führten uns vom Eingang weg in den Wohnbereich, welcher sich übergangslos anschloss. Der Raum war nach oben hin offen gehalten, sodass man problemlos von der oberen Etage auf die Sofas blicken konnte. An der gegenüberliegenden Wand stand ein alter Kamin, zu beiden Seiten mit mannshohen Fenstern gesäumt, in dem munter ein kleines Feuer vor sich hin prasselte.

»Fühlt euch wie zu Hause.« sagte Markus, während er einmal quer durch den Wohnbereich stiefelte um unsere Sachen ins Obergeschoss zu bringen. Beinahe etwas schüchtern nahm ich auf einem dieser roten Sofas Platz und betrachtete staunend die atemberaubende Inneneinrichtung.

»Lisa, schau mal hinter dich. Moni hat gesagt

du liest gern.« sagte Markus augenzwinkernd vom kleinen Balkon der Oberetage, welche einige Meter in den Wohnbereich hineinragte. Hinter mir baute sich eine wahre Front aus Regalen in glänzenden Mahagoni auf, welche bis zum bersten hin mit allerlei kunterbunten Buchrücken bestückt waren. Es gab ein Regal voll mit den verschiedensten Farben an Buchrücken. So viele hatte ich noch nie auf einem Haufen gesehen. Dann gab es ein Regal in dem dicke, schwere Wälzer ruhten, welche alle den selben noblen, grauen Buchrücken mit der roten Bindung besaßen. Vermutlich waren einige dieser Werke verdammt teuer gewesen, doch das konnte mich nicht davon abhalten wieder vom Sofa aufzuspringen und mir einige der Exemplare genauer anzusehen.

»Langweilig.« gähnte Erik von seinem Sofa her, der damit begonnen hatte seine Turnschuhe im hohen Bogen zur Eingangstür hin zu schießen und sich vor dem Kamin lang zu machen. Markus musterte ihn mit säuerlicher Miene, während er in guter Gastgebermanier das einsammelte, was Erik von sich wegwarf. Bei diesem Anblick entfuhr mir ein leises Kichern, da ich mir nicht vorzustellen vermochte wie ein so kräftiger Hüne wie Markus den Haushalter spielte.

»Hast du sie alle gelesen?« fragte ich interessiert und ließ meine Zeigefingerspitze über die gewölbten Buchrücken fahren.

»Nicht alle.« stöhnte Markus, während er un-

190

ter dem Stubentisch auf Tauchstation ging um ein Handy aufzusammeln. »Aber wenn du willst kannst du gern welche davon ausleihen. Moni sagte… «

»Ja, Moni scheint ja viel über mich zu sprechen.« unterbrach ich ihn etwas gereizt. Markus grinste mich breit an.

»Schon gut, ‚tschuldige.« lachte er. Dann läutete es an der Tür. Draußen hörte ich Stimmpaare welche aufgeregt miteinander zu streiten schienen. Mein Finger blieb schließlich auf einem Buch in aschgrauen Einband ruhen. Nur ein winziger, rubinroter Zierstreifen schlang sich um den gewölbten Rücken, so dass ich es mit all der Vorsicht die ich aufzubringen vermochte hervorzog. „In einem anderen Land" und „Ernest Hemingway" verrieten die schnörkelnden Buchstaben auf der Front die hier und da ein wenig verblichen aussahen. Ich schlug es auf und besah mir die Seiten, ohne jedoch wirklich interessiert zu lesen. Etwas anderes hatte meine Aufmerksamkeit geweckt und dieser jemand hatte schwarze, wilde Haare und schaute angespannt aus seinen schmalen Augen, als Markus die Tür zum Holzhaus hin öffnete.

»Haaaaaaay« und sofort schlief mir das Gesicht ein, als ich die leiernde Stimme der Frau vernahm, welche ich am Liebsten persönlich die Tür vor der Nase zugeschlagen hätte. Ich hob verstohlen meinen Blick von den Seiten des alten Wälzers und drehte mich ein wenig zur Seite um besser sehen zu können. Nancy sah, zugegebener Maßen, wieder einmal verboten Scharf aus. Ich überlegte wie lange sie wohl heute vor dem Spiegel gestanden haben musste, wenn ich bedachte wie viele Flaschen Make-Up wohl in dieses Kunstwerk geflossen waren. Aalglatt und ohne Poren stiefelte sie in einem hautengen, schwarzen Einteiler ins Innere und zog dabei eine schwere Wolke aus Parfum hinter sich her. Das Klacken ihrer Fingerlangen Absätze folgte ihr auf Schritt und Tritt, während sie Markus in eine Umarmung zog, welche sehr viel Hautkontakt beinhaltete.

»Nancy, schön das du gekommen bist.« sagte Markus ein wenig überfordert von der plötzlichen Liebesbekundung. Noah hingegen nickte er nur förmlich zu, ganz als würde er einen alten Geschäftspartner begrüßen und keinen Freund. Aus den Augenwinkeln beobachtete ich wie Nancy nun auch zu Erik hinüber geweht kam und ihn ausufernd mit allerlei Kussmündern begrüßte.

»Hey.« ich sah wieder von meinem Buch auf und blickte geradewegs in das breit grinsenden Gesicht von Nancy.

»Hai.« sagte ich selbst und übertrieb es dabei eindeutig mit meinem Grinsen, doch Nancys Blick wirkte wie zu Stein erstarrt und ließ sich davon nichts anmerken. Sie tippelte wieder herüber zu den Sofas und ließ sich elegant auf einer Ecke des längs aufgestellten nieder.

»Moni ist noch nicht da? Und dieser andere,

wie hieß er doch gleich?« fragte Nancy und nahm Markus eine Getränkedose mit roter Aufschrift ab, welcher er gerade verteilte.

»Müsste gleich kommen.« sagte Markus nebenher. Er hat sich mittlerweile ein Geschirrtuch mit Karomuster vor die Hose gebunden und wuselte nun zwischen seinen Besuchern umher und reichte Erfrischungen.

»Ja, kann es kaum erwarten.« freute sich auch Erik und rieb sich die Hände als auch er seine Getränkedose zischend öffnete.

»Was du bloß an ihr findest.« sagte Nancy und nippte an einem Strohhalm, welche sie sich zwischen die roten Lippen gesteckt hatte. »Draußen ist es eiskalt, ich hoffe dieser Kamin hier gibt ein wenig mehr her, wenn es erst mal Abend geworden ist.« beklagte sich Nancy gespielt. Mein Blick verfinsterte sich. Dann hättest du dir ein wenig mehr Stoff an den Leib gezogen, dachte ich verächtlich und knirschte mit den Zähnen. Ihre arrogante Art und wie sie über Moni redete löste in mir einen unsäglichen Ekel aus. Ich wollte gerade etwas sagen, als sich vor mir ein Schatten aufbaute. Es war Noah und sein Blick verriet, dass er mich wohl doch nicht vergessen hatte.

»Hallo Lisa.« sagte er in seiner tiefen Stimme und fixierte mich mit seinen stahlblauen Augen. Wie ein hypnotisiertes Hündchen starrte ich zurück und unwillkürlich zogen sich meine Mundwinkel wieder nach oben.

»Hallo.« sagte ich ein wenig schüchtern.

»Ich hoffe es war Ok für dich, dass Erik dich abgeholt hat? Ich… « versuchte er zu erklären und kratzte sich am Hinterkopf.

»Schon ok.« unterbrach ich ihn. Nancys groß geschminkte Augen wirbelten wie Suchscheinwerfer zu uns herüber.

»Markus sei doch so gut und zeig uns doch schon mal unser Bett, damit ich und Noah unsere Sachen abstellen können.« sagte sie gehässig und fixierte mich mit ihren schmalen Pupillen, welche sie wie eine Art übergroße Natter wirken ließen.

»Ihr werdet wohl einmal die Hände von einander lassen können.« sagte Erik augenrollend und schwang sich wieder in die vertikale Position. Geräuschvoll sog er am Strohhalm seiner Getränkedose. In mir stieg schon wieder diese unsagbare Wut auf. Noah musste gewusst haben was in mir vorging.

»Ich denke ich schlaf heute hier unten auf der Couch.« sagte er bestimmend und Nancys Blick flackerte zu ihm. Doch bevor sie auch nur etwas sagen konnte läutete es erneut an der milchglasigen Eingangstür.

»Moni, na endlich bist du da, wir haben nur auf dich gewartet!« rief Erik aus der hinteren Ecke des Blockbaues als die Tür abermals aufschwang und Moni im Türrahmen zum Vorschein kam. Sie grinste ein wenig verlegen und irgendwie war es schon niedlich wie sie so dort stand mit ihren zwei

Koffern und den geröteten Wangen vom Wind. »Kalt draußen.« piepste Moni, als Markus sie in eine Umarmung zog. Als er von ihr abließ war auch schon Erik zur Stelle, welcher ihr einen Kuss auf die Wange drückte.

»Sag mal willst du hier einziehen oder was?« witzelte Markus und besah sich mit gerunzelter Stirn die beiden Koffer in ihrer Hand.

»Oh das? Nein das ist nur das Nötigste.« sagte Moni nebenher und stellte die beiden Koffer in den Eingangsbereich. Erik, ganz der Gentleman half ihr etwas ungestüm aus ihrer Jacke.

»Nein im Ernst, was ist da drin?« wollte Markus wissen.

»Na wenn du so fragst. Die Verpflegung für heute Abend natürlich.« grinste Moni, holte zwei große Flaschen Sauren Apfel Likör heraus und grinste verlegen in die Runde. Ich legte das Buch von Hemingway beiseite, mit dem Versprechen es in einer ruhigen Minute wieder zur Hand zu nehmen und gesellte mich zum Empfang.

»Na Moni, schön dass du da bist. Die Männer wollten sich sowieso gerade um das Essen kümmern, da können wir inzwischen schon mal einen Film aussuchen.« sagte Nancy, die sich wieder einmal in den Mittelpunkt drängen wollte und packte die etwas überforderte Moni unterm Arm um sie aus der Menschentraube wegzuzerren.

»Äh klar doch.« sagte Moni und schaute sich ein wenig hilfesuchend um.

In solchen Momenten hätte ich ihr natürlich nur zu gern geholfen, doch irgendetwas in mir konnte ihr immer noch nicht verzeihen, auch wenn die Erinnerung langsam verblasste, weswegen ich überhaupt so sauer auf sie war.

Als wir schließlich auf der Terrasse des Hauses Platz gefunden hatten, Markus hatte extra zwei verdammt schwer aussehende Heizpilze aus dem Keller geschleppt, wurde es dunkel. Nur das Feuer des Grills und ein paar eilends aufgestellte Gartenfackeln, welche einen halben Meter zu jeder Seite der Heizpilze in den Boden getrieben wurden, spendeten noch ein wenig Licht.

»Na Lisa erzähl mal.« hörte ich die Stimme von Markus, der sich soeben vom Grill losreißen konnte und dem nächstbesten die Grillzange in die Hand gedrückt hatte. Ein wenig überrascht schaute ich zu ihm auf.

»Danke, dass du mich eingeladen hast.« sagte ich ein wenig erschrocken darüber, dass ich angesprochen worden war. Ich war von Natur aus eher der schüchterne Typ Mensch und hatte gehofft noch ein wenig den anderen lauschen zu können bis ich mich in ein Gespräch stürzen konnte.

»Das ist doch kein Problem. Wenn Moni kommt, dann dürfen wir doch ihre beste Freundin nicht vergessen. Außerdem hat Noah in den letzten Tagen so viel von dir geredet, dass ich dachte, es wäre eine gute Idee.« sagte Markus sichtlich stolz auf sich selbst. Noah hatte also an mich gedacht? Mich freute diese Tatsache, doch ließ ich mir nichts anmerken.

»Ja, ihr seid auch eine tolle Truppe. Wie lange kennt ihr euch eigentlich schon?« fragte ich und nippte an einer Flasche Bier in meiner Hand.

»Ach weißt du... « prustete Markus Luft aus seinen aufgeblasenen Backen hervor. »So genau kann ich dir das gar nicht sagen. Ich weiß nur, dass wir uns schon gefühlt tausende Jahre kennen.« lächelte er und seine Augen blitzten im Halbdunkel der Terrasse auf.

»Ah verstehe.« sagte ich und schaute beeindruckt rein. »Dafür habt ihr euch aber verdammt gut gehalten.«

»Ja, nicht wahr?« lachte Markus. »Naja, also Noah und ich kennen uns am Längsten bisher.« erklärte er mir und nahm nun selbst einen Schluck. »Dann als wir beide hier her gekommen sind haben wir Erik gefunden... «

»Gefunden?« fragte ich kichernd.

»Naja irgendwie schon. Er ist uns so gesehen über den Weg gelaufen. Und da sind noch Johnny, den kannte Erik vom Fußballtraining oder so. Aber unter uns... « sagte er und senkte seine Stimme. »Ich weiß nicht, was mit diesen Kerl los ist. Erik bringt ihn halt andauernd mit und wie du siehst...« er machte eine ausschweifende Armbewegung über die Terrasse. »Er ist noch nicht da und Keinem scheint es aufgefallen zu sein.« Er schaute mich ernst an, doch hielt dem nicht lange stand, dann lachten wir beide herzhaft.

»Und Nancy?« fragte ich und versuchte wirklich interessiert zu klingen. Markus schaute mich eine Weile an. Seine Blicke schienen mich förmlich zu durchbohren.

»Naja also was Nancy angeht… « wieder senkte er seine Stimme, dass kein anderer uns zuhören konnte. Er sprach sehr langsam, so als würde er erst jedes Wort sehr sorgfältig abwiegen, bevor er es sprach. »Noah hat sie früher schon kennen gelernt.«

»In Norwegen?« fragte ich erstaunt. Es kam mir seltsam vor, dass Nancy aus Norwegen kommen sollte, hatte sie doch nicht diesen leichten Akzent wie Noah.

»Nein, nicht Norwegen.« es war Markus sichtlich unangenehm darüber zu sprechen. Mir kam es vor als verheimlichte er mir etwas und ich wollte herausfinden was es war.

»Hallo Leute.« Alle schauten verdutzt auf. In der Terrassentür stand ein kleiner properer junger Mann mit streng gegeelten Scheitel und dicker Brille auf der Nase.

»Johnny.« sagte Markus und atmete tief durch, ganz als würde diese Ablenkung ihm gelegen kommen. »Setz dich doch schon einmal und ich hole dir etwas zu trinken.«

»Nun, da wir ja alle jetzt da sind, können wir ja auch anfangen ein wenig Spaß zu haben.« sagte Nancy, welche es sich in einem der Holzflechtstühle bequem gemacht hatte und gelangweilt ihre bunten Fingernägel betrachtete. Mit verengten Augen sah sie ein wenig wie eine hässliche Krähe aus, welche sich schnabelleckend ihrer Beute besah. »Wie wäre es mit einem Spiel?« fragte sie und und klatschte in die Hände. »Moni, wie wäre es?« Moni schaute ein wenig verlegen zu mir herüber und ihr Kopf lief knallrot an. In diesem Moment hätte ich nur zu gern gewusst was in ihr vorging.

»Finde ich auch eine klasse Idee!« sagte Erik und sprang mit einem Satz aus seinem Stuhl auf. »Wie wäre es mit Flaschendrehen? Na irgendwelche Freiwilligen? Lisa?« fragte er überschwänglich und auf einmal waren sämtliche Augen auf mich gerichtet.

»Oh ja, da hätte ich richtig Bock drauf!« antwortete Nancy um die Aufmerksamkeit wieder auf sich zu lenken. Ihre Augen funkelten mich mit einem bösartigen Blitzen an, ganz als hätte ich ihr absichtlich die Show gestohlen.

Keine zehn Minuten später war das Spiel auch schon in vollem Gange. Erik, Nancy, Noah und Moni hatten sich auf den Holzflechtstühlen gegenüber der Heizpilze niedergelassen. Markus, dieser eigenartige Johnny, welcher fast noch weniger sagte als ich selbst und ich hatten uns gegenüber auf ein paar klapprige Gartenstühle gesetzt. Nancy und Erik waren sofort in der Küche des Blockhauses verschwunden und hatten sämtliche Vorräte alkoholischer Getränke auf den Tisch gestellt, welche es in fünfzig Kilometer Umfeld geben musste. Johnny, der sich vermutlich fragte was er hier eigentlich zu suchen hatte, wurde von Nancys Übereifer dazu gedrängt zu beginnen. Verhalten nahm er eine frisch entleerte Milchflasche vom Tisch und drehte sie knackend im Uhrzeigersinn. Die Flasche wirbelte um ihre eigene Achse, während die anderen sie wie gebannt anstarrten, ganz als würde einer von ihnen erwarten, dass diese gleich ein Kunststück vollführen würde. Ich hingegen ließ mich in die klappernde Lehne meines Stuhles zurücksinken und legte meine Stirn in meine Handfläche. Ich hasste solche Spiele.

»Moni, sehr schön.« freute sich Erik sichtlich, als der wankende Hals des Gefäßes klappernd vor Moni zum Stillstand kam.

»Oh nein.« ärgerte sich Moni theatralisch, doch konnte ich in ihren aufflammenden Augen genau beobachten, dass sie im Grunde genommen kein Problem damit hatte. »Ich weiß nicht was ich nehmen soll.« sagte sie schulterzuckend und lächelte breit in die Runde.

»Nimm Pflicht Süße, das wird lustig.« feuerte Erik sie an.

»Nein quatsch Wahrheit, wir wollen Moni noch

ein wenig besser kennenlernen.« mischte sich Markus ein.

»Ach was soll das, nimm einfach Pflicht, du redest eh nie gern über deine Geheimnisse.« sagte ich und unsere Blicke trafen sich. Es war das erste Mal seit der Schule, dass ich sie direkt angesprochen hatte und ihr Kopf wechselte augenblicklich die Farbe in ein leuchtendes Rot.

»Naja, gut ja dann nehm ich wohl Pflicht.« sagte sie ein wenig schüchterner als vorher.

»Ach schade, dann aber beim nächsten Mal.« sagte Markus freundlich und ärgerte sich mit einer ausufernden Geste. »Na los Johnny, dann sag mal was an.« er klopfte den schwarzhaarigen Jungen mit der Hornbrille ein wenig zu fest auf die Schulter, so dass er sich hustend und prustend an seinem Bier verschluckte. Sofort reichte ich ihm eine Serviette um den Hustenanfall im Keim zu ersticken. Wild mit dem Kopf nickend bedankte er sich bei mir.

»Denk dran Johnny, ich zahl dir beim Training alles heim was du hier aushecksts.« zwinkerte Erik dem Jungen zu und legte seinen Arm um Moni, um sie ein wenig zu sich ran zu ziehen. Ich bemerkte wie Moni unter den trainierten Arm von Erik schwach zu werden drohte. Einen solchen Blick hatte ich noch nie zuvor bei ihr gesehen. Vermutlich war es ihr dieses Mal sogar wirklich mit einem Jungen ernst.

»Naja, ääh… « stotterte Johnny und wippte aufgeregte mit den Beinen. »Wie wäre es wenn du, Moni, diese halbe Zitrone isst.« sagte er mit hoher Piepsstimme und lief ein wenig rot an. Vermutlich redete er nicht oft direkt mit Mädchen.

»Ihlg.« machte Moni ein kehliges Geräusch, willigte jedoch ein und biss herzhaft in die halbe Zitrone auf dem Teller. Ihr Gesicht verzog sich zu einer Grimasse.

»Sauer macht lustig.« lachte Erik und auch die anderen stimmten ein. Er zog Moni in eine innige Umarmung und drückte ihr ganz bescheiden einen kleinen Kuss auf die Stirn.

Das Spiel lief eine viertel Stunde ohne dass ich an die Reihe kam, worüber ich sehr dankbar war. Immer wieder gab ich den anderen gute Tipps und beobachtete wie die meisten von ihnen ihre grauenhaften Pflichten unter dem Gelächter der anderen zu erfüllen wussten. Markus beispielsweise musste eine dieser kleinen Bierdosen mit einem Messer aufstechen und auf einen Zug entbehren. Er scheiterte kläglich und hustete so stark, dass der dichte weiße Schaum selbst aus seiner Nase hervorkam. Dann war Johnny an der Reihe, der vermutlich aufgrund seines nerdigen Aussehens zum Sport verpflichtet wurde und drei ausgiebige Runden um das Haus rannte. Die restliche Zeit saß er mit geröteten Kopf und schwer atmend neben mir und der salzige Geruch von Schweiß machte sich allmählich von ihm breit. Dann war Noah an der Reihe, dann Erik, dann zwei Mal Nancy, welche sich wie eine Königin zu feiern wusste, wenn sie wieder einmal ihre Aufgaben, wobei sie immer nur Pflicht nahm, mit Bravur erledigte. Dann war wieder Moni an der Reihe und so weiter und so weiter. Ich merkte langsam wie ich müde wurde und meine Augenlider wurden allmählich schwer. Da ich mich seit Beginn der Feier an diesem einen Flaschenbier festhielt, konnte ich den Geschmack auch zunehmend nicht mehr ertragen und das Getränk plätschere nur noch tropfenweise lauwarm und schal auf meine Zunge. Wieder wurde die Flasche mit viel zu viel Schwung auf den Tisch geworfen und in Drehung versetzt. Langsam hypnotisierte mich die Bewegung, welche sie auf den Tisch vollführte und so bekam ich zu Anfangs gar nicht mit was geschah, als Erik schließlich schrill aufschrie:

»Liiiiiiiiisaaaaa!« freute er sich und ich blickte erschrocken in sein vom Alkohol gerötetes Gesicht.

»Was?« fragte ich ein wenig verwirrt. Dann sah ich noch einmal auf den Tisch und auf den Hals der Flasche, welcher unmissverständlich in meine Richtung zeigte. Scheiße!

»So, was hätten wir denn gern?« fragte er mich und ließ seine Augenbrauen nach oben hüpfen.

»Äh… « überlegte ich blickte mich Hilfesuchend auf dem Tisch um.

»Sie nimmt sowieso Wahrheit.« gurgelte Nancy mit ziemlich schwerer Zunge aus ihrem Weidestuhl hervor. Sie hatte sich an Noah angelehnt unter dem Vorwand, allein nicht mehr „sitzen" zu können. »Sie traut sich nichts.« Mein Blick verfinsterte sich.

»Du darfst nicht von dir selbst ausgehen.« konterte ich ihren Spruch und sah Markus und Noah stumm lachen. Nancys Blick verfinstere sich, doch mochte dies auch an den Unmengen Alkohol liegen, welche sie in sich geschüttet hatte. »Ich nehme Pflicht und hätte gern eine richtige Aufgabe.« sagte ich triumphierend, doch wusste ich schon, dass ich dieses Mal, beflügelt vom Bier, zu dick aufgetragen hatte.

»Pflicht, sehr schön!« rief Erik und klatschte in die Hände, wobei er seine glimmende Zigarette auf die Holzterrasse fallen ließ. Markus sprang vom Stuhl auf und in Richtung des brennenden Glimmstängels. Als er unter dem Tisch wieder hervor gekrochen kam strafte er Erik mit tadelnden Blicken.

»Lass hören.« forderte ich Erik heraus und setzte einen coolen Gesichtsausdruck auf. Noahs Blicke schwankten zu mir herüber und jetzt wusste ich, dass ganz gleich was jetzt kommen sollte ich auf jeden Fall richtig cool und begehrenswert dabei wirken musste.

»Mmh, schwierig, keine Ahnung was du mal machen könntest.« überlegte Erik und zündete sich eine neue krumme Zigarette aus seiner Jackentasche an. »Ah ich habs.« sagte er schließlich. »Mach mit Johnny rum!«

FUCK, was? Mein Herz pochte mit wilden Schlägen in meiner Brust. Mein Puls nahm mir beinahe die Fähigkeit zu hören. Die ganze Zeit über waren sichtlich normale Herausforderungen gefallen und jetzt das. Ich überlegte fieberhaft wie ich wieder aus dieser Situation herauskommen konnte. Wussten die anderen etwa nicht was zwischen mir und Noah war? War zwischen uns denn überhaupt irgendwas? Meine Blicke suchten Noah, doch starrte dieser mit bissigen Gesicht und zusammen gekniffenen Augen in die Flammen des Lagerfeuers auf der Wiese hinter mir. War er etwa angepisst?

»Ist das nicht ein wenig zu anzüglich?« fragte Markus ruhig, doch Erik war scheinbar in einen Lachflash über seine eigene Genialität geraten.

»Ja, wir müssen doch nicht immer so sinnlose Pflichten stellen.« sagte Moni. Nancy lächelte mich bösartig an und setzte ein triumphierendes Gesicht auf.

»Ja ich mach`s.« hörte ich mich selbst sagen und alle Blicke waren auf mich gerichtet. Ich konnte Nancy diesen Sieg nicht überlassen. Später wusste ich nicht mehr ob es das eine Bier gewesen war, oder mein gekränktes Ego, welches mich dazu verleitete mich vor Johnny hinzusetzen und schwer zu schlucken.

»Einen Kuss!« ermahnte ich den Jungen, welcher wie gebannt in mein Gesicht starrte. Ich öffnete eine handbreit meine Jacke und sein Blick glitt nach unten, doch nachdem er meinen entsetzten Blick bemerkte schaute er mir wieder in die Augen.

»Lisa!Lisa!Lisa!« feuerten mich Erik und Nancy an. Ich schloss meine Augen und wollte es hinter ich bringen. Johnny spitzte seine triefenden Lippen. Vermutlich hatte er sie noch einmal großzügig mit seiner Zunge befeuchtet und ich spürte in mir ein wenig Übelkeit aufsteigen. Nicht, dass dieser Johnny ungepflegt oder schmutzig gewirkt hatte, doch ich wollte ihn eigentlich nicht küssen. Es musste einfach den Sieg gegen Nancy wert sein. Langsam schielte ich durch meine halb geschlossen Augen. Die dicken Lippen von Johnny schwangen unheilverkündend auf mich zu, alles geschah wie in Zeitlupe. Dann klatschten unsere Lippen aneinander, anders konnte man es nicht beschreiben. Für einen kurzen Augenblick, bevor Johnny, knallrot im Gesicht, aufsprang und mich mit einem Ruck zurückwarf.

»WWWUUUUUUUH« machte Erik, lachte ausgelassen und alle stimmten ein. Markus klopfte Johnny fest auf die Schulter und beglückwünschte ihn zu seinem ersten Kuss mit einem Mädchen. Selbst Moni musste ein wenig verlegen grinsen. Der einzige der nicht lachen konnte, war Noah. Seine Augen verfinsterte sich noch ein wenig mehr und ich fragte mich, ob er wohl eifersüchtig war. Sofort schoss in mir ein schlechtes Gewissen auf, welches sich in meine tiefsten Gedanken fraß.

»So Lisa, dann schwing mal die Flasche.« sagte Markus lachend und das Spiel ging weiter, ohne dass jemanden in der Runde auffiel wie ich oder Noah uns fühlten. Schließlich kam Nancy an die Reihe und drehte die Falsche mit einer geschickten Drehung aus ihrem Handgelenk. Die Flasche schlug auf den Tisch auf und zeigte vorsichtig auf Noah. Siegessicher verzerrte sich Nancys Gesicht zu einem Grinsen. Noahs Blick suchte meinen. Er wirkte irgendwie leer und ausdruckslos, fast so als würde er nicht wirklich mit seinen Gedanken hier sein. An dem kleinen Tisch schienen alle gespannt den Atem anzuhalten, als fürchteten sich einige vor dem was gleich kommen würde. Wie ein Windhauch in einem Western, wo einer dieser losen Heuballen unter pfeifender Wildwestmusik durch eine leere Straße rollte.

»Pflicht.« sagte Noah und blickte Nancy beinahe schon ein wenig wütend in ihr geschminktes Gesicht.

»Küss mich.« flüsterte Nancy und ihre Blicke flackerten aus ihren Augenwinkeln immer wieder zu mir herüber. »Es sollen nicht nur zwei Spaß haben heute.« sagte sie mit einem fiesen Seitenhieb auf mich und Johnny. Wieder begann mein Herz zu rasen und die Welt um mich fast schon zu verschwimmen.

In meinem Bauch kroch die Angst hervor, von der ich noch nie gewusst hatte und die sich irgendwie darum zu drehen schien, dass Noah sie küssen würde.

»Na mach schon, ihr könnt doch sonst nicht voneinander lassen.« sagte Erik augenrollend und lehnte sich wieder an, damit Moni, die auf seiner Brust eingeschlummert war, wieder Platz nehmen konnte. Es schienen Stunden zu vergehen und alle davon verrannen wie in Sekunden. Blitze und Lichtkugeln flogen durch die Luft und die Atmosphäre um uns schien zu knistern.

»Ja.« sagte Noah schließlich nach einer Ewigkeit und sein Wort hallte in meinen Ohren wie ein nahendes Todesurteil wider. Als wäre auf einen Schlag alles zerbrochen. Langsam erhob sich Nancy, warf mir noch einen vernichtenden Blick zu, dann zupfte sie sich ihren schwarzen Einteiler ein wenig zurecht, ganz im Stile einer echten Dame, dann schwang sie sich auf Noah. Es sah fast ein wenig aus, als wolle sie in ihn hineinkriechen. Ohne zu zögern drückte sie auch schon ihre Lippen auf die seinen und fing an ihm durch seine zerzausten Haare zu fahren.

»Jajaja nehmt euch gefälligst ein Zimmer.« lachte Erik und auch Moni lächelte verschlafen nach oben. Erik tätschelte sanft auf Noahs Kopf.

»Lisa wo willst du hin?« Ich hatte nicht gemerkt wie ich aufgesprungen war und wie mich auf einmal alle angestarrt hatten.

Markus blickte mit sorgenvollen Gesicht zu mir auf.

»Muss nur mal auf die Toilette.« stotterte ich. Ich zitterte am ganzen Körper und das aus reiner Wut. In wenigen Schritten überquerte ich die Terrasse und war durch die Schiebetür verschwunden. In meinem Nacken merkte ich die Blicke der anderen auf mir brennen.

In Inneren des Hauses angekommen rannte ich einfach los. Mir war gleich was die anderen auf der Terrasse wohl von mir halten würden. Meine Füße trugen mich weiter und weiter und ich spürte das Brennen in meinen Augen. Ich konnte es nicht mehr kontrollieren, ich würde heulen wie ein Schlosshund. Nass und salzig liefen mir Tränen über die Wangen und tropften auf meine Hose. Ich rannte durch die Öffnung zwischen den langgezogenen Bücherregalen, vorbei an einer Küche. Ich schaute nur noch auf den Boden und meine Gedanken überschlugen sich in meinem Kopf. Ich blickte erst auf, als ich am Ende des Durchganges angelangt war. Ich sah, dass ich vor einer sehr schweren, alt wirkenden Tür angelangt war. Hinter mir hörte ich Schritte den Flur entlangkommen. Ich wollte nicht, dass irgendjemand mich so sah. Nicht jetzt und nicht so wie mir gerade zu Mute war. Ich hob die Hand und betätigte die verschnörkelte Messingtürklinke. Anders als erwartet schwang die Tür leichtgängig auf.

Ich warf noch einen Blick über die Schulter zurück, dann schob ich mich durch die Öffnung ins Innere des Raumes. Drinnen war es stockdunkel. Langsam tastete ich mich an der Wand entlang zur Mitte des Raumes. Nur ein einzelner Lichtstrahl fiel durch ein kleines Fenster mit Holzkreuz ins Innere. Neugierig betrachtete ich die Wände um mich herum. Sie waren auf keinen Fall leer, sondern über und über mit allerlei fremdartig wirkenden Gebilden behangen, doch ich konnte nicht sehen was es war. Mein Atem ging sehr flach, doch irgendwie schaffte es dieser Raum mich auf eigenartige Weise zu beruhigen.

Meine Tränen waren längst getrocknet und der Schmerz, welchen ich noch gespürt hatte bevor ich die Klinke dieser Zimmers nach Unten drückte, war verflogen. Meine Augen gewöhnten sich allmählich an das spärliche Licht und die Umrisse wurden klarer. Jetzt erst erkannte ich, was an diesen Wänden hing. Es waren Helme, Helme wie aus einer anderen Zeit. Das blank polierte Metall strahlte schwach hervor und reflektierte die wenigen Strahlen Licht von draußen. Ich ging ein paar Schritte weiter an die Wand heran und besah mir diesen Helm etwas genauer. Es war ein alter Wikingerhelm, das wusste ich, denn ich hatte mir die Abbildung in einem unserer Geschichtsbücher eingeprägt. Und doch wirkte er noch viel tiefer auf mich als die bloße Erinnerung eines Bildes. Ganz so als würde mich mit diesem Helm noch weitaus mehr verbinden, als ich mir jetzt denken konnte. Ich streckte meinen Finger aus, um das Metall des Helms zu berühren. Fast hatte ich ihn erreicht. Nur noch wenige Zentimeter trennten mich von dem Helm. Dann berührte ich das Metall. Ich hatte erwartete, dass es kühl wäre, doch das Metall strahlte eine pulsierende Wärme durch meinen Körper. Dann geschah alles gleichzeitig. Ich schien den Kontakt zum Boden zu verlieren. Der Helm an der Wand schien mich bösartig anzustarren und leuchtete nun grell auf. Goldenes Licht strömte durch das Zimmer und flutete auch die letzte Ecke. Es schien so hell, dass ich meine Augen fest zusammenkneifen musste, denn das Leuchten drückte unangenehm auf meinen Augen. Ich überlegte, meinen Finger zurückzuziehen, doch wollte das Metall des Helms meinen Finger nicht mehr los lassen. Und dann leuchtete der selbe Energiestrom um mich herum auf, welchen ich in dem Park in der Innenstadt gesehen hatte und mir wurde bewusst, woher ich diesen Helm zu kennen glaubte. Ich wusste nicht, ob es diese eine gute Erinnerung an Noah war, oder eine warme, wohltuende Kraft, welche mich auf einen Schlag durchströmte, doch ich fühlte mich lebendig. Ich blickte mich über dem Boden schwebend in dem Raum um, ganz als könnte kein Feind, keine Erinnerung, Nichts und Niemand mich besiegen. Dann sah ich ihn. Das wilde Gesicht eines Hundes mit widerspenstiger Mähne und milchigen Augen, welche den Tod der Seele zu zeigen vermochten. Der Rachen des Untiers schien zu brennen und wilde Flammen loderten aus seinem mit Fangzähnen besetzen Maul hervor. Schmerz durchzog mich und ich stolperte mitten in der Luft und verlor das Gleichgewicht. Mit einem dumpfen Schlag krachte ich nach hinten über und schlug mit dem Hinterkopf gegen den Türrahmen. Ein warmer, pulsierender Schmerz klopfte unangenehm an meinem Hinterkopf. Ich suchte mit meinem vor Schmerz verschwommenen Blick diesen Hund, diese Bestie, welche mich bis hierher verfolgt zu haben schien. Die Tür hinter mir flog krachend aus den Angeln. Als ich wieder nach vorn blickte war die Bestie verschwunden.

»Lisa… Was machst du hier?« keuchte Noah erschrocken. Sein Blick war vor Schreck geweitet. Hinter ihm kam Markus schlitternd zum stehen. Nervös blickte auch Markus ins Innere des Raumes. Er betätigte den Lichtschalter an einer Wand, drückte Noah mit sanfter Gewalt in den Raum und schloss eilends die Tür hinter ihnen.

»Lisa, wir haben uns Sorgen gemacht.« sagte Markus doch schaute er mich nicht an. Sein Blick schien die Wände abzusuchen, als würde er hoffen etwas fehlendes doch noch zu Gesicht zu bekommen.

»Schon ok, mir gehts gut.« keuchte ich und richtete mich langsam wieder vom Boden her auf.

Ich hielt mir immer noch die pulsierende Stelle an meinem Hinterkopf und rieb daran, als hoffte ich den Schmerz so aus meinen Körper treiben zu können.

»Bist du sicher?« fragte Markus nervös. »Es ist nichts passiert, was dir vielleicht sauer aufgestoßen hat, oder dich gar verletzt hat?« Ich betrachtete Markus nun genau. In seiner Stimme schwang eine Sorge mit, welche ich mir mehr von Noah, oder gar Moni erhofft hatte, doch Moni war nicht hier.

»Naja schon.« sagte ich zögerlich und mein Blick fiel auf Noah, welcher mich immer noch sorgenvoll betrachtete. »Ich finde es richtig scheiße von dir.« sagte ich wütend und merkte wie mir die Tränen langsam wieder in die Augen krochen.

»Was meinst du?« stellte sich Noah dumm und schaue mich verwirrt an.

»Nancy und du.« flüsterte ich und ich wusste wie lächerlich es sich doch anhören musste.

»Was?« entfuhr es Noah. Er betrachtete mich jetzt als hätte ich den Verstand verloren.

»Ich wusste nicht, dass du mit Nancy zusammen bist.« sagte ich jetzt kleinlaut und schaute auf meine Schuhe, damit Noah die Tränen nicht sah, welche nun langsam über meine Wangen krochen. »Doch wieso hast du mich dann geküsst?«

»Ich und Nancy sind kein Paar.« sagte Noah ruhig und doch bebte seine Stimme, als hätte ich ihn irgendwie wütend gemacht. »Und WIR sind es im Übrigen auch nicht, Lisa.« setzte er hinzu. Ich spürte wie mich seine Worte trafen, so als hätte er mir eine gepfefferte Ohrfeige gegeben.

»Ich…« ich wusste nicht was ich darauf sagen sollte, schließlich hatte er Recht. Doch merkte dieser eingebildete Dummkopf denn nicht wie sehr er mich gerade verletzte?

»Ich will mich ungern hier einmischen, Lisa, aber es gibt doch wichtigeres.« sagte Markus und sanft berührte er meine Schulter. Langsam hob ich meinen Blick und schaute ihn an. Er sah mitfühlend aus, ganz als wollte sein Lächeln mich aufmuntern.

»Was ist das für ein Raum?« fragte ich, während ich meine Tränen mit einem Hemdsärmel trocknete.

»Ich denke, das weißt du genau. Es ist also doch so, dass du uns nach spionierst.« sagte Noah pampig und seine Stimme war nicht viel mehr als ein leises Knurren.

»Ich… Nein!« versuchte ich mich zu verteidigen, doch wusste ich nicht was ich antworten sollte.

»Du hast also nicht den Flügelhelm von der Wand genommen?« knurrte mich Noah an. Ich schaute ein wenig verlegen auf den Helm auf den Noah deutete, der nun achtlos auf dem Boden lag, da wo er neben mir aufgeschlagen sein musste. Mit düsteren Gesicht durchschritt er den Raum und hob den Helm auf. Leicht glimmte er noch einmal auf, doch schon hatte Noah ihn wieder an der Wand angebracht. Er drehte sich zu mir um und warf mir einen vernichtenden Blick zu.

»Aus diesem Grund wollte ich mich von ihr fern halten, Freyr!« sagte er aufgebracht zu Markus und deutete mit fuchtelnden Arm auf mich. »Ich habe dir gesagt, dass Sie es wissen wird, dass sie nachdenken wird.«

»Njördr... « sagte Markus augenrollend. »Ich weiß aber was du zu mir gesagt hast. Über sie.«

»Das spielt jetzt keine Rolle, ich kann kein kleines Kind gebrauchen, welche mir nachschnüffelt.« sagte Noah wutentbrannt und schritt einen Schritt auf Markus zu.

»Hallo?« erkundigte ich mich bei den beiden, die scheinbar vergessen hatten, dass ich noch in diesem Raum war. »Wer ist hier ein Kind?« fragte ich und merkte wie meine Stimme vor Wut bebte.

Die beiden Streithähne vergaßen für einen Augenblick ihren Zwist und starrten mich nun beide mit großer Interesse an.

»Äh Lisa hör zu.« sagte Markus und versuchte zu erklären. Er suchte nach den passenden Wörtern. Seine Blicke flammten immer wieder zischen mir und Noah auf.

»Jetzt musst du es ihr sagen Freyr. Jetzt kommen wir hier nicht mehr so einfach raus.« sagte Noah und verschränkte die Arme vor seiner Brust.

»Mir was sagen?« drängte ich auf eine Antwort und schaute die beiden abwechselnd und tadelnd an. Markus rieb seine Hände aneinander, ganz als wüsste er nicht wie er mir diese Nachricht überbringen sollte.

»Nun weißt du, Lisa… « stotterte er ein wenig. »Es ist nicht so leicht zu erklären.«

»Wir sind Götter!« polterte Noah. Mein Blick schwang auf Noahs wutentbranntes Gesicht. Seine Augen leuchteten wie kleine Suchscheinwerfer in der Nacht. Meine Augen wurden groß.

»Ihr seid was?« fragte ich in der Hoffnung, mich verhört zu haben.

»Götter, Lisa, stell dich nicht so dumm an!« sagte Noah entnervt und kam auf mich zumarschiert. Ich wich ein wenig vor ihm zurück. Er schaute mich verwundert an, blieb aber stehen.

»Ist das dein Ernst, Noah? Was soll diese Scheiße?« polterte ich los. Ich konnte meine Wut nun nicht mehr zurückhalten. Vermutlich war es auch der Schlag auf den Hinterkopf, den ich gebraucht hatte. »Seit du aufgetaucht bist läuft alles schief! Du bringst mein verdammtes Leben durcheinander, und da mache ich nicht mehr mit! Das wars! Ich hab genug von alldem! Ich falle nicht mehr auf dich rein, mit deinen beschissenen Gefühlsschwankungen!« mit wutverzerrtem Gesicht drehte ich mich zum gehen um, selbst überrascht über meine harten Worte. Aber es musste sein. Plötzlich baute sich Markus vor mir auf und versperrte mir den Weg.

»Markus, lass mich vorbei!« zischte ich ihn an.

»Lisa, bitte. Hör uns zu.« sagte er mit ruhiger Stimme und irgendwie schien es mich wirklich zu beruhigen.

»Ihr habt fünf Minuten, dann bin ich hier weg.« antwortete ich und verschränkte vorwurfsvoll meine Arme. Eigentlich konnten sie sich das Ganze auch sparen. Ich glaubte ihnen sowieso kein Wort. Wahrscheinlich war während meiner Abwesenheit zu viel Alkohol geflossen.

»Du hast es doch gesehen, Lisa.« begann Noah zu sprechen. »Du hast gesehen, was am Schlossteich passiert ist. Du hast gesehen, was in der Stadt war.« Seine Stimme wurde ein wenig weicher, was mir unendlich half mich ein wenig fallen zu lassen und durchzuatmen.

»Dieser Hund?« sagte ich nach einer Weile unsicher und beäugte die zwei kritisch.

»Ja. Der Fenriswolf! Fenrir, garstiges kleines Ekel.« drängte mich Noah zustimmend nickend.

»Und der Helm... « sagte ich.

»Dieser Helm!« sagte Markus und deutete wieder zu Wand. »Unser Schutz in Schlacht und Verderben.« Ich schaute mir den Helm ein wenig genauer an.

»Ich versteh nicht.« sagte ich langsam und mein Kopf wurde schwer. Diese Informationen waren einfach zu viel für mich. Langsam sank ich auf einem Stuhl nahe der gegenüberliegenden Wand nieder.

»Wir werden dir alles erzählen.« versprach

Markus mir leise. »Noah, Erik und ich, das versprechen wir dir.«

»Erik?« fragte ich verblüfft und sah auf. »Was hat Erik damit zu tun. Ist er auch…? Ist er…?« stotterte ich und mein Blick pendelte zwischen den Beiden hin und her. Langsam und zustimmend nickten sie.

»Kvasir…« sagte Noah leise. »So nennen wir ihn.«

»Schaut so aus, als wärst du jetzt eine von uns.« lächelte Markus ein nervöses Lachen. Langsam verstand ich nichts mehr. War ich in meinem Fall so hart mit den Kopf aufgeschlagen, dass ich jetzt verrückt wurde? Oder mir das hier alles nur einbildete?

»Naja es ist schon spät, Lisa, am besten gehen wir jetzt alle ins Bett.« sagte Markus warmherzig und reichte mir die Hand. Ich nahm sie an und zog mich mit seiner Hilfe nach oben.

»Ja.« sagte ich und nickte erschöpft. »War ein langer Tag und ich kann den Schlaf echt gebrauchen.« Ich drängte mich an den beiden zur Tür durch vorbei, doch plötzlich schloss sich eine warme Hand um mein Handgelenk. Ich blickte über meine Schulter zurück und es war Noah, der mich gehalten hatte. Behutsam zog er mich zu sich heran und ich ließ es mir gefallen. Er zog mich in eine lockere Umarmung und mein Kopf sank auf seine breite Schulter nieder. Ich blickte ihm in seine tiefen, blauen Augen und sah das Meer darin spielen. Behutsam strich er mir eine Strähne meines rotbraunen Haares hinter das Ohr.

»Es tut mir leid, Lisa.« sagte er und meinte es wohl ernst. Ich entwand mich mit sanfter Gewalt seiner Umarmung und ging zur Tür hinaus. Ließ alles hinter mir was eben in diesem Raum gesehen war, oder eben doch nicht geschehen war. Mein Kopf pochte noch etwas und die Worte der beiden wirbelten noch eine Weile in meinen Gedanken umher. Ich würde einen langen und erholsamen Schlaf finden, dachte ich, während ich den Flur zurück und hinauf in das Obergeschoss, wo ich ins erstbeste Bett sank und in einen langen, tiefen Schlaf glitt.

KAPITEL 9

BESUCH UM MITTERNACHT

Am nächsten Tag wachte ich wirklich früh auf. Mein Kopf pulsierte noch an der Stelle, an der ich zuvor gegen den Türrahmen geknallt war. Mit verschwommenen Blick schaute ich mich in dem Zimmer um, in welchem ich erwacht war. Ich brauchte eine Weile um zu realisieren, dass ich nicht zu Hause in meinem Bett lag. Verstohlen schaute ich mich in dem Zimmer um. Aus den schrägen Dachfenstern strahlten die ersten schwachen Sonnenstrahlen des Tages und erwärmten meine Haut unter einer schweren wollenen Bettdecke. In dem Raum stand nicht viel, außer diesem einen großzügigen Bett, ein Schrank in dem nichts stand und der so leer ein wenig verlassen auf mich wirkte. Müde rieb ich mir die Augen und schwang meine Beine über die Bettkante. Ich hatte es versäumt am Vorabend meine Klamotten auszuziehen und nun spürte ich, wie sie schwer und an mir hingen und vom Schweiß der Nacht an meinem Körper klebten. Ich würde zu Hause eine Dusche nehmen, versprach ich mir. Während ich so auf der Bettkante saß und darauf wartete, dass ich allmählich munter wurde, kamen die Erinnerungsfetzen wieder zurück in meinen Kopf. War das alles gestern tatsächlich passiert? Mit einem Sprung stand ich auf. Ich hatte keine Lust mehr hier auf irgendetwas zu warten. Um so eher ich wieder daheim wäre, desto besser wäre es gewesen. Klar, eigentlich hatten wir vorgehabt das ganze Wochenende hier zu bleiben, doch fühlte ich die Erinnerung der letzten Nacht wie einen schweren Schleier auf mir lasten. Leise stand ich auf, schnappte meinen Rucksack, welchen Markus wohl dankenswerter Weise neben das Bett gestellt hatte und verließ das Zimmer. Ich schob mich die geschwungene Treppe hinab in den großzügigen Wohnbereich des Holzhauses.

»Ah guten Morgen Lisa, du bist wach.« Ich erschrak und blickte aufgeschreckt wie eine junges Reh in die Richtung aus der die Stimme kam. Markus stand am Ausgang zur Terrasse, in seiner Hand ruhte eine riesige Tasse mit dampfenden Kaffee, welchen ich bis zum Fuße der Treppe riechen konnte und lächelte mich breit an.

»Guten Morgen.« nuschelte ich ein wenig verschlafen.

»Kaffee?« fragte er, schloss elegant mit einem Fußtritt die Tür hinter sich und deutete mit der anderen Hand auf die Küche zwischen den Bücherregalen. »Die anderen schlafen noch.« erklärte er während er seine eigene Tasse auf den kleinen Couchtisch zwischen den Sofas abstellte.

»Nein, danke.« lehnte ich sein Angebot ab. »Ich denke ich werde los machen.«

»Los machen? Aber wohin denn?«

»Nach Hause.« sagte ich und versuchte nicht allzu verstört zu schauen.

»Ich dachte du wolltest bei uns bleiben? Ich wollte gerade Frühstück machen. Wir haben doch noch das ganze Wochenende Zeit.« sagte Markus.

»Ich möchte lieber nach Hause.« sagte ich ohne Umschweife. Irgendwie fühlte ich mich zu schwach, um meine Absichten anders auszudrücken. Markus nickte zustimmend.

»Naja also, wenn das dein Wunsch ist.« sagte er ein wenig enttäuscht. »Soll ich dich fahren?«

»Nein schon gut. Ich ruf einfach meine Mom an. Bloß keine Umstände.«

»Ach das wären doch keine Umstände, Lisa.« sagte er, doch ich lehnte abermals ab. Als ich mich dann endlich aus diesem Gespräch losreißen konnte und gerade zur Tür hinausgehen wollte, erhob Markus noch einmal seine Stimme.

»Lisa.« sagte er und ich drehte mich noch einmal um. »Noah wird dir schreiben.«

»Schreiben?« fragte ich und ließ meinen Kopf auf die Schulter sinken.

»Ja du weißt schon... wegen gestern.« er kratzte

223

sich am Hinterkopf, wobei mir das erste Mal seine kräftigen Armmuskeln auffielen, als der Ärmel des T-Shirts nach unten glitt. Ich schaute ihn fragend an.

»Du weißt schon.« suchte Markus nach Worten. »Wir haben dir viel zu erklären.«

»Markus, lass gut sein. Ich gehöre hier nicht dazu.« Ich versuchte mich an einem Lächeln, aber so richtig wollte es nicht klappen. Markus kam einen Schritt auf mich zu und sah mir tief in die Augen.

»Da muss ich dir widersprechen. Ich weiß, du und Noah hattet keinen sonderlich guten Start. Aber bitte gib ihm noch eine Chance.« sagte er ruhig und bedacht.

»Es ist nicht so einfach.« antwortete ich unsicher und senkte meinen Blick auf den Boden.

»Versprich mir einfach, dass du noch einmal darüber nachdenkst.« Markus schenkte mir ein warmes Lächeln und ich musste es erwidern.

»Gut.« war meine knappe Antwort. Dann verabschiedete ich mich schließlich mit einer letzten Umarmung und machte mich auf den Weg zur Hauptstraße vor das Waldstück, in der Hoffnung, dass ich noch genügend Akku auf meinem Handy hatte um Mom anzurufen. Mit klammen Fingern hatte ich auf dem Telefon herum getippt, in der Hoffnung meine Mom wäre schon zeitig genug wach um mich von hier abzuholen. Draußen war es auf einen Schlag sehr kalt geworden. Auf mei-

nem Kopf spürte ich die ersten zaghaften Schneeflocken meine Haare benässen. Es war bitterkalt.
Eine qualvolle halbe Stunde später, ich hatte verzweifelt versucht meine Finger mit meinem Atem
warm zu halten, kam auch schließlich schon
unser Family-Van an die Straße zur Einbiegung
des kleinen Waldes gefahren. Meine Mutter hatte
noch ein paar Lockenwickler in ihrem Haar ge-
klemmt und trug unter ihrer dicken Winterjacke
nicht viel mehr als ihren weißen Frotteebademantel. Die Fahrt nach Hause verlief relativ schweig-
sam. Mom fragte nicht nach dem Grund für meine vorzeitige Abreise, vermutlich wollte sie mich
nicht unnötig belasten und ich war ihr auch sehr
dankbar dafür.

Als das Wochenende schließlich vorbei war
und der harte Alltag wieder seine stressbringen-
den Fühler ausstreckte ging das Leben in seinen
gewohnten Bahnen weiter. In der Schule zumindest war alles beim alten geblieben. Der Dezem-
ber hatte begonnen und das Gymnasium und seine Schulleitung hatte wirklich alles daran gesetzt
es in dem altem Gebäude so weihnachtlich wie
möglich zu machen. Egal wo man auch hinging,
die Luft schmeckte auf wundersame Art nach
Zimt und dicke Rauchschwaden irgendwelcher
Räucherkerzen vernebelten einem die Nase und
die Sicht.

Die Lehrer hatten sich vermutlich untereinander abgesprochen und so trug fast ein jeder von ihnen die gleichen schrecklichen und neumodischen Weihnachtspullover. Auch mit Monique ging es schließlich wieder aufwärts, als sie mich am Mittwochmorgen in der Hofpause auf den bitterkalten Schulhof abfing.

»Hey.« sagte sie und lächelte mich aufbauend an. Ihre puderroten Wangen glitzerten vom herab rieselnden Schnee unter einer dicken gehäkelten Bommel-Mütze hervor.

»Na.« sagte ich und wartete drauf, dass sie den ersten Schritt unternahm.

»Schöne Woche gehabt? Warst ja nicht das ganze Wochenende bei uns….« sagte Moni und blickte mich ein wenig verlegen an.

»Ja mir ging es nicht sonderbar gut.« erklärte ich nebenher und betrachtete Moni gespannt.

»Hör mal Lis…« sagte sie schließlich und ihr Blick wurde wieder ernst. »Ich vermiss unseren Kontakt irgendwie. Ich…ich will nicht, dass wir uns voneinander weg bewegen.« sagte sie und schaute ein wenig traurig. Monique war noch nie wirklich gut darin gewesen ihre Gefühle zuzulassen, zumindest nicht, wenn es nicht gerade um einen neuen Kerl ging.

»Ich auch nicht, du fehlst mir.« sagte ich langsam, Moni lächelte.

»Es tut mir echt leid, wegen Nancy und so.« sagte sie und wühlte verlegen mit einem ihrer hochhackigen Stiefel im Dreck unter uns.

»Schon gut.« sagte ich und war einfach wieder froh mit Moni zu reden. »Ist alles gut. Du kannst mit Nancy ruhig befreundet sein, ich habe vielleicht auch ein wenig überreagiert.« gab ich zu und es stimmte auch.

»Nein glaub mir...« sagte Moni und lächelte. »Nach dem Wochenende brauch ich das nicht mehr. Versprochen!« Ich schloss Moni in eine lange Umarmung und es fühlte sich großartig an. Die ganze Zeit, welche ich gedacht hatte, dass ich allein war, war schwer genug und nun schien das alles von mir abzufallen.

»Was hat sie denn gemacht?« fragte ich sanft als Moni endlich wieder von mir abließ.

»Das ist vielleicht eine Zicke sag ich dir.« antwortete Moni und war auf einen Schlag wieder ganz die Alte. Überschwänglich erklärte sie mir wie sich Noah und Nancy in die Haare bekommen hätten, weil er mir an dem Abend nachgelaufen war und dass er nicht bei ihr im Bett schlafen wollte. Wir quatschten die gesamte Pause hindurch und Moni gestikulierte wild mit den Händen, oder ahmte Nancy auf erschreckend genaue Weise nach, dass uns schon bald die Tränen in den Augen standen vor Lachen. Als die Schulglocke ertönte sagte Moni noch ein:

»Na gut, ich muss wieder rein! Wir sehen uns! Versprochen!« und winkte mir im Davoneilen durch die sich schließende Menschenmenge zu.

Ich lächelte ebenfalls und winkte Moni zum Abschied. Als ich mich dann ebenfalls auf den Weg nach drinnen machen wollte vibrierte mein Telefon.

Noah: Heute nach der Schule bei mir!

Ich blickte ein wenig verblüfft auf das Telefon, packte meinen Rucksack und ging zurück in das Klassenzimmer. Die Stunde hatte gerade erst begonnen, Herr Hendriksen, unser Geschichtslehrer, wollte eben die Tür schließen, als ich auch schon angehastet kam und im letzten Augenblick durch den Türspalt huschte.

»Na gut, setzten Sie sich bitte Frau Kopinski.« sagte er in seiner müden, monotonen Stimme und verwies mich mit einer Handbewegung an meinen Platz. Als ich meine Sachen wieder einmal wie einen kleinen Schutzwall vor mir errichtet hatte, wandte ich mich zu meinem Sitznachbarn, welcher mit glasigen Blick den Bewegungen von Herrn Hendriksen folgte.

»Hey…« zischte ich zu Noah hinüber. Noah hob eine Augenbraue und betrachtete mich aus den Augenwinkel.

»Was ist?« fragte er leise flüsternd zurück. Herr Hendriksen war indes wieder in einen ausufernden Monolog über Götter, Gottheiten und den Bezug zu unserem Thema, den zweiten Weltkrieg gefallen und las gerade eine ellenlange Rede aus einem seiner Bücher vor.

»Du musst mir nicht schreiben.« sagte ich. »Schön, dass du die ganze Woche nicht mit mir redest und dann schreibst du mir, dass wir uns treffen sollen.«

»Na und?« fragte Noah und betrachtete mich nun genauer.

»Nichts na und, aber du hättest es mir auch sagen können. Was machen wir denn bei dir?« fragte ich herausfordernd und legte meinen Kopf ein wenig schräg.

»Nicht hier!« zischte Noah zurück.

»Wieso nicht?« fragte ich und zog eine Augenbraue nach oben.

»Frau Kopinski? Frau… Lisa.« sagte Herr Hendriks genervt und winkte mir zu, als würden sich zwischen uns Fußballfelder befinden. »Könnten Sie ein wenig leiser sprechen? Oder mal zur Abwechslung zuhören? Dann wären auch Ihre Noten besser.« sprach Herr Hendriksen mit seiner nasalen Stimme.

»Entschuldigung Herr Hendriksen, wird nicht wieder vorkommen.« versprach ich und lächelte breit und gekünstelt nach vorn. Herr Hendriksen schüttelte den Kopf und begann wieder aus seinem Buch vorzulesen.

»Also was ist jetzt?« zischte ich zu Noah hinüber, der aussah als müsste er sich anstrengen nicht die Geduld zu verlieren.

»Lisa, nicht jetzt. Ich erkläre es dir später.«

»Ah später.« sagte ich gespielt beeindruckt. »Ja Entschuldigung Herr Hendriksen« sagte ich ein wenig lauter nach vorn. Die Blicke meines Geschichtslehrers funkelten böse wie Gift zu mir hinüber.

»Na dann. Ich bin da.« sagte ich noch einmal zu Noah und verzog das Gesicht zu einer Grimasse. *PAAAFFFF!* Ein Zentnerschwerer Schlüsselbund schlug wie eine Granate aus einem Geschütz vor mir auf der Tischplatte ein und hinterließ eine tiefe Furche. Ich sprang entsetzt nach Hinten weg und konnte gerade noch so das Gleichgewicht auf meinem Stuhl halten.

»Extra Ausarbeitung Frau Kopinski!« schrie der rot angelaufene Lehrer von Vorn, die Hand noch drohend erhoben, aus welcher eben noch der Schlüsselbund abgefeuert worden war. Na klasse!

Als ich schließlich den Bus in Richtung Schlossviertel verließ, regte sich die Anspannung in mir. Keuchend und schnaubend kletterte ich die vielen Stufen des Schlossberges hinauf auf den Weg zu Noahs Haus. Endlich würden meine Fragen beantwortet werden. Ich freute mich zwar nicht sonderlich Noah zu sehen, hatte innerlich schon fast mit ihm und seiner arroganten und abweisenden Art abgeschlossen, doch würden auch noch Erik und Markus da sein. Zumindest würden sie mich aufmuntern können, wenn Noah mal wieder ein echter Arsch wäre. Ich kam vor den schmiedeeisernen Tor zum Haus hin an und zögerte kurz, bevor ich schließlich die immer offene Klinke betätigte und in den Vorhof schritt.

»Hey Lisa, gut das du kommen konntest.« begrüßte mich Markus an der Tür mit einem breiten Grinsen. »Komm doch rein, die anderen sind auch schon da.« Er führte mich nach hinten in das großzügige Anwesen, dieses Mal nicht in das Wohnzimmer, welches ich von der Party her schon kannte, sondern wir nahmen den Durchgang rechts der Treppe im Eingangsbereich. Ich war erstaunt wie groß dieses Haus doch in Wirklichkeit war. Wir gingen gemeinsam den langgezogenen Gang nach hinten in eine Art Hobby-Raum. Flackernd erleuchteten die Neonröhren, als Markus den Lichtschalter neben der Tür betätigte.

»Hey Lisa.« sagte eine Stimme hinter mir und als ich aufblickte sah ich die wehenden blonden Haare von Erik der, obwohl es draußen bestimmt schon beinahe Minusgrade waren, in einem enganliegende Tanktop vor mir stand. Hinter ihm blickte Noah ein wenig finster aus seinen stahlblauen Augen drein.

»Gut…« sagte ich langsam. »Was machen wir hier also?« fragte ich und schaute mich in dem Raum um. Der Raum war karg eingerichtet. Die Wände waren, im Vergleich zum Rest des Hauses, kahl und steril in einem weißen Ton gehalten und an den Wänden hingen weder Bilder, noch standen dort Regale.

»Es ist an der Zeit dich einzuweihen.« erklärte mir Markus. »Zu deinem Schutz.« fügte er hinzu und tauschte gespannte Blick mit den Anderen.

»Zu meinem Schutz?« sagte ich ein wenig ungläubig.

»Wie wir dir schon gesagt haben, sind wir keine normalen Menschen, Lisa. Die Wahrheit ist, dass wir hier sind um eine ganz bestimmte Aufgabe zu verfolgen. Setz dich doch erst einmal.« sagte Erik. Ich hatte nicht erwartet, dass er das Wort ergreifen würde, kam aber seiner Aufforderung nach und setzte mich auf eine alte Couch mit Krallen-Füßen aus polierten Messing.

»Was ist das für eine Aufgabe?« fragte ich und schaute erwartungsvoll zu den anderen.

»Wir müssen etwas behüten.« sagte Erik. »Etwas sehr altes. Eine Reliquie, welche nicht in die falschen Hände geraten darf. Das Geheimnis darum war in Norwegen nicht mehr sicher, deshalb ist Noah auch zu mir gekommen. Markus hatte schon eine Zeit lang hier verbracht. Wir mussten Spuren verwischen und einen Bann aufbauen.« erklärte er mir.

»Und was ist das? Dieses Geheimnis, welches ihr beschützen müsst. Und vor allem vor wem?« fragte ich und schrumpfte ein wenig in der Couch zusammen.

»Vor meinem Onkel.« sagte Noah griesgrämig, ganz als wäre es ihm zuwider mit mir zu sprechen. Ich starrte ihn wütend an, doch er machte keine Anstalten auch mich anzusehen. Er vermied den Blick zu mir, während er sprach, was mich nur noch wütender machte.

»Dein Onkel?« fragte ich langsam und hob eine Augenbraue nach oben.

»Um genau zu sein, ist er auch unser Onkel, Vater, Bruder und wie du es eben nennen möchtest.« ergriff Markus wieder das Wort.

»Und was könnte er so schlimmes machen?« fragte ich. Ich wusste nicht mehr wohin dieses Gespräch führen sollte und langsam schwirrte mir der Kopf.

»Was weißt du über den Wanenkrieg, Lisa?« fragte Markus und schaute mich durchdringend an. Wanenkrieg? Irgendetwas meldete sich in meinem Hinterkopf, doch brachte ich es nicht mehr zusammen.

»Der Kampf der Götter, oder so.« ich zuckte mit den Schultern. »Aber was hat das mit euch zu tun?«

»Wir sind die einzigen Überlebenden aus diesem Konflikt! Wir durften unser Leben behalten, weil wir etwas von sehr großem Wert besitzen.« erklärte Noah, doch schaute er immer noch nicht zu mir während er sprach.

»Odins Speer.« flüsterte ich. Ich wusste nicht, warum ich plötzlich antworten konnte. Es waren Worte die mir eine fremde Macht auf die Zunge gelegt hatte, denn hatte ich noch nie zuvor davon gehört. Plötzlich schaute Noah interessiert zu mir auf.

»Richtig.« sagte er langsam und sah mich forschend an.

»Wo habt ihr ihn? Hier? Hier in Chemnitz?« fragte ich mit angehaltenem Atem. Markus lachte ein dunkles kehliges Lachen.

»Nein! Zu viele Menschen hier.« sagte er.

»Unser Onkel, Vili…« verbesserte sich Erik schnell »Er kämpfte damals an unserer Seite…«

»Wieso habt ihr gekämpft?« unterbrach ich ihn.

»Für die Freiheit unserer Familie. Wir wurden von den Asen unterdrückt, Lisa. Vermutlich erinnerst du dich noch an einen ganz bestimmten Krieg vor nicht allzu langer Zeit. Ihr nennt ihn den zweiten Weltkrieg. Die Wahrheit jedoch ist, dass diese Kriege nicht aus rein menschlichen Interessen geführt werden. Vili, mit einigen Asen, welche immer noch kämpfen wollen, versuchen uns aufzutreiben und wollen das was wir besitzen zurückholen. Sie manipulieren die Menschen und nennen es Politik, sie manipulieren die Massen und ihr Menschen glaubt ihnen. Sie setzen alles daran, dass eine Zeit kommt in der sie unsere Familie endgültig vernichten und die Menschheit zu ihren Untertanen erklären können. Wir haben also für die Freiheit gekämpft, Lisa! Für unsere und eure! Mit den Asen herrscht ein langer Frieden, doch es gibt einige unter ihnen, welche uns diese Freiheit nicht zusprechen wollen.« Ich überlegte eine Weile. Dann öffnete ich meinen Mund, schloss ihn aber gleich wieder ohne etwas zu sagen. Stimmte es was mir Markus, Erik und Noah hier sagen wollten? Ich konnte es nicht glauben, konnte mir nicht vorstellen was hier geschah.

»Und was ist jetzt mit diesem Dingsbums? Mit diesem Speer?« fragte ich mit angehaltenem Atem.

»Naja, also die Asen wurden es über die Jahrtausende allmählich Leid danach zu suchen. Wir haben quasi eine Art Waffenstillstand mit Odin geschlossen. Er ist der einzige, welcher sich nicht in die menschlichen Belange einmischt.« ergriff Erik das Wort. »Doch Vili möchte genau das ausnutzen. Er möchte Odin stürzen und den Kampf wieder aufleben lassen.« sagte er und seine Stimme klang nun wie ein gefährliches Knurren.

»Aber was habe ich damit zu tun? Wieso erzählt ihr mir das alles?« fragte ich. Noah rutschte ein wenig unruhig auf seinem Sitz herum, Markus rieb sich die Hände.

»Die Wahrheit ist Lisa, jeder von uns hat eine Schwäche. Jeder „Gott" besitzt einen Schicksalswächter, ein Teil seines Schicksals. Bei Odin war es der Fenriswolf, oder Lokis andere Brut. Es wird vorausgesagt, dass ein solcher Schicksalswächter in das Leben von uns tritt. Die einzige Sache die uns verwundbar macht. Odin sperrte seine Schicksale ein, verdammte sie zum Dienst in der Unterwelt oder legte sie in Ketten. Er hatte Angst, dass sie ihn stürzen könnten, doch er hätte nicht falscher liegen können. Stirbt eines deiner Schicksale so wirst du schwächer, bis du letzten Endes selbst sterben kannst.« erklärte mir Markus.

»Und du könntest ein Teil von Njördr's Schicksal sein.« sagte Erik und sein Blick huschte verstohlen zu Noah.

»Von wem?« fragte ich.

»Njördr, Noah, verzeihe uns. Wir mussten neue Namen annehmen, sonst würden wir in der Gesellschaft der Menschen zu sehr auffallen.« lachte Erik etwas nervös.

»Eine Sache die echt Nerven rauben kann, so schnell wie ihr Menschen die Namen eurer Kinder modernisiert.« lachte Markus.

»Nichts desto Trotz müssen wir dich jetzt beschützen.« grummelte Noah und ich sah ihn an.

»Ich habe mich dagegen gewehrt, dachte wenn ich dich ignoriere, dann wird sich das Schicksal vielleicht irren, aber du konntest es ja nicht sein lassen.« Seine Stimme klang verbittert, geradezu als würde er sich über das Ärgern was ich mir nicht ausgesucht hatte.

»Ich habe es mir nicht ausgesucht.« fauchte ich giftig zurück. »Du warst es doch, der mich geküsst hat! Und jetzt erzählt ihr mir das hier alles und du tust so als hätte ich das gewollt!« ich sprang mit einem Ruck von der Couch auf, es reichte mir. Sollten die doch machen was sie wollen, ich war raus. Ich hatte einfach keine Lust mir von Noah Vorwürfe machen zu lassen. Ich drehte mich auf dem Absatz um und stürmte zu Tür. Markus Hand packte mich am Handgelenk und hielt mich mit sanfter Gewalt zurück.

»Lisa!« sagte er eindringlich und ich schaute in sein markantes Gesicht, welches nun voller Sorge war. »Niemand wollte dich in Gefahr bringen, doch nun ist es einmal so und wir müssen dich vorbereiten!« sagte er warmherzig.

»Wir werden dir zeigen müssen, wie du dich verteidigen kannst!« sagte Erik. Ich stand eine Weile da. Noah vermied es immer noch mich mit diesem Gesichtsausdruck anzusehen, Erik versuchte sich an einem aufmunternden Lächeln.

»Na gut, fangen wir an.« sagte ich schließlich und Markus' Gesicht entspannte sich.

Die nächsten Wochen hindurch änderte sich mein Leben komplett. Ich hatte mir nicht vorstellen können, dass ich mal ein Mädchen sein würde, was außerhalb ihrer Wohnung und fernab von einem gemütlichen Buch ihre Freizeit verbringen würde. Um genau zu sein blieb mir kaum noch Zeit für mich selbst, denn immer, wenn ich etwas Zeit für mich hatte, so standen auch schon Erik oder Markus an der nächsten Ecke um mich zu ihrem „Training", wie sie es nannten, abzuholen. Der einzige der sich kaum blicken ließ war Noah. Schon allein deshalb willigte ich auch ein an ihrem Training teilzunehmen, nur um das düstere

Gesicht von Noah zu sehen, der wieder mal ganz das Arschloch war, als welches ich ihn kennengelernt hatte. Die Drei zeigten mir allerlei verschiedene Verteidigungstechniken, welche ich sehr ungeschickt wiederholen musste. Zumeist waren es irgendwelche speziellen Griffe, welche man anwenden könnte, wenn man von einem Fremden überwältigt wurde. Natürlich hatte ich kein Geschick für diese Dinge. Markus hatte Noahs Hobbyraum mit zentimeterdicken Matten ausgelegt und es so gesehen zum DoJo umgebaut. Ich weiß nicht mehr wie oft ich ungelenk auf diesen Matten landete, doch bildete sich allmählich eine dicke Hornhaut auf meiner Schulter.

»Du musst besser werden Lisa!« sagte Markus immer wieder, während er im Unterhemd vor mir auf der Matte hüpfte. Ich strengte mich wirklich an, ich wollte es und wollte beweisen, dass ich es konnte, doch so recht gelingen wollte mir die Selbstverteidigung nicht. Doch nicht nur die Trainingsstunden zehrten an meinen Kräften. Markus und Erik hatten mir erklärt, dass es von nun an viel zu leichtsinnig und gefährlich sein würde mich aus den Augen zu lassen und auf mich allein gestellt leben zu können. So wechselten sie sich des Abends ab mich nach Hause zu bringen, natürlich ohne, dass meine Mom etwas davon mitbekam, und sich in der Nachbarschaft zu „positionieren". Ich fragte mich allmählich, was zum Teufel sie die Nacht über wohl machen würden und ob es ihnen großartige Umstände machte mich zu behüten wie ein Kleinkind. Um genau zu sein stieg von Tag zu Tag immer mehr das schlechte Gewissen in mir auf. Ich konnte und wollte nicht der Grund sein, weshalb Markus, Erik und Noah ihr Leben riskierten nur um meines zu beschützen. In der Schule hingegen wurden die Tage wieder zu einer reinen Tortur. So knapp wie jetzt vor den Weihnachtsferien bürdeten sie uns so viele Aufgaben auf, dass selbst der letzte Schüler, welcher ohnehin keine Freizeit hatte, sich lauthals darüber beklagte. Und selbst die Pausen auf dem Hof, oder unten in der Cafeteria waren nicht mehr die selben wie zu vor. Ich sah Moni nicht mehr ganz so oft, wie ich es gern hätte. Zwar ertappte ich mich immer wieder dabei wie ich verstohlen unter der Bank lange Texte an meine beste Freundin tippte, doch wenn Moni dann auch mal antwortete, dann waren ihre Antworten sehr abgehackt, ganz als wäre irgendetwas zwischen uns zerbrochen. Es machte mich fertig nicht zu wissen, weshalb Moni so zu mir war, also beschloss ich sie darauf anzusprechen.

»Moni!« rief ich ihr eines Tages in der Kantine im Untergeschoss hinterher, als sie gerade mit einer Horde Modepüppchen aus ihrer Klasse die Treppe gegenüber des Einganges empor steigen wollte. Missfällig schaute sie zurück und wollte schon wieder davongehen, ganz als hätte sie mich nicht bemerkt, da hatte ich auch schon die letzten

Meter hinter mich gebrachte und tauchte unter ihr an der Treppe auf.

»Moni, was ist denn mit dir los?« keuchte ich ein wenig außer Atem. Moni wandte sich an die anderen Mädchen, welche mich alle der Reihe nach mit geschürzten Lippen anstarrten und erklärte ihnen sie sollen doch schon einmal vorgehen.

»Lisa.« sagte sie steif und in ihrem Gesicht stand keine einzige Regung irgendeinen Gefühls.

»Seit wann hängst du denn mit denen ab?« fragte ich sichtlich angewidert und deutete abfällig auf die davon stolzierenden Divas.

»Zumindest sind die Girls eine bessere Stütze für mich.« sagte Moni und besah sich geringschätzig ihrer Fingernägel.

»Was soll das denn heißen?« fragte ich aufgebracht. »Moni, du gehst doch die ganze Zeit nicht an dein Telefon! Woher soll ich wissen, dass du moralischen Beistand brauchst, wenn du mich die ganze Zeit über einfach ignorierst?«

»Vielleicht bist du ja auch der Auslöser dafür?« fragte Moni und ihre Stimme wurde ein wenig brüchig. Ich war mir nicht sicher, doch dachte ich Tränen in ihren Augenwinkeln erkennen zu können.

»Was soll das denn heißen?« fragte ich und starrte ungläubig auf Moni.

»Das bedeutet…« begann Moni, doch verstummte gleich wieder, als ein Junge hinter uns auftauchte.

»Na Süße.« sagte er mit schmeichelnder Stimme. Es war Erik und er zog Moni ein wenig näher an ihrem schwarzen Mantel zu sich heran und drückte ihr einen Kuss auf. In Monis geschlossenen Augen erkannte ich wie sie das genoss. Doch als Erik von ihr abließ verharrte ein Ausdruck der Angst in ihrem Gesicht. »Lisa, wir treffen uns heute wieder? Du weißt schon…« er zwinkerte mir keck zu und mit einer Drehung war er auch schon wieder die Treppe hinauf verschwunden. Und sofort wurde mir klar was mit Moni nicht stimmte.

»Moni ich…« begann ich doch Moni hatte die Lippen aufeinander gepresst und sich zum Gehen gewandt. »Es ist nicht…« versuchte ich ihr hinterher zu rufen, doch wusste ich selbst nicht, was ich sagen sollte. Enttäuscht ließ sie mich allein zurück und ich wusste wie es ihr wohl gehen mochte. Doch konnte ich Moni nicht die Wahrheit sagen, die Wahrheit des Trainings und der Asen und Wanen, dabei hätte ich nichts lieber gemacht. So lief die Schule also nicht zu meinen Besten. Schlimmer wurde es nur noch, wenn Noah neben mir auf der Bank saß. Er redete selbst kaum noch mit mir. Kein einzelnes Wort wechselte er und ich fragte mich, ob es wohl langsam für ihn zu einer echten Belastung werden würde. Ich beschloss ihn zur Rede zu stellen.

»Was ist eigentlich dein Problem, Noah?« fragte ich, als ich nach einer wilden Hatz durch das Schulhaus endlich im Physikzimmer angekommen war und meine Tasche auf den freien Stuhl neben Noah in der letzten Reihe warf. Langsam hob Noah das Gesicht und blickte mich, das erste Mal seit bestimmt einer Woche, wieder direkt an. »Lisa.« sagte er mit scharfer Stimme und bedeutete mir damit ruhig zu sein.

»Nein!« sagte ich bestimmend und klatschte meine Hände auf den alten Holztisch vor ihm. »Du gehst mir aus dem Weg! Du redest nicht mit mir! Du blickst mich mit einem Blick, *ja genau dieser* an, als hätte ich irgendetwas verbrochen. Ich habe mir das alles hier nicht ausgesucht!« Die anderen Schüler, welche langsam in den Raum getrudelt kamen ließen mit gespitzten Ohren die Köpfe ein wenig hängen. Es war also passiert. Ich hatte mich vergessen und das mitten in der Öffentlichkeit. Einige Mitschüler weiter vorn taten noch so, als unterhielten sie sich erregt über das bald kommende Wochenende, doch ich war mir sicher, dass nun sämtliche Blicke und Ohren in diesem Raum auf uns gerichtet waren.

»Lisa.« zischte Noah mit ermahnenden Blick.

»Was?« fragte ich und blickte auf. Vor mir stand Frau Meyer mit sichtlich perplexem Gesichtsausdruck und starrte mich nachdenklich an.

»Ich weiß es geht langsam auf die Ferien zu meine Liebe, aber wenn Sie sich nicht im Stande dazu fühlen, vielleicht weil der Stress sie überlastet, an meinem Unterricht teilzunehmen, dann gehen Sie doch bitte zum Schulpsychologen und schreien nicht im gesamten Schulhaus herum.« sagte sie mit spitzer Stimme und schob sich die kreisrunde Brille wieder auf das Nasenbein. Mit rotem Kopf, doch immer noch wütend, setzte ich mich schließlich wieder auf meinen Platz und vergrub mein Gesicht hinter dem obligatorischen Stapel Bücher auf meiner Bank. Aus dem Augenwinkel heraus sah ich das in Anstrengung verzogene Gesicht von Noah, welcher sichtlicher Weise größte Mühe damit hatte nicht lauthals loszulachen.

»Ach halt doch die Klappe.« murmelte ich zu ihm herüber und lehnte mein Kinn auf meine Unterarme.

Am Abend dann waren wir wieder in Noahs Haus. Dieses mal hatte sich Markus etwas ganz beeindruckendes einfallen lassen, wie er selbst sagte. Sichtlich aufgeregt erwartete er uns im Inneren, des nun vollständig umgestalteten Hobbyraums. Die vielen Bilder und Reliquien an der Wand waren verschwunden, genau so wie die vielen schweren Matten am Boden. Stattdessen war der Raum nun wie leer gefegt und glich eher einer etwas helleren Lagerhalle, als einem Zimmer in einem Haus. Von den Decken leuchteten zwar immer noch die hellen Lampenschirme, doch nun, da nichts mehr hier im Raum stand um das Licht zu reflektieren, reichten sie gerade noch für ein schummriges Licht gleich einer Taverne.

»Ah, schön dass ihr es einrichten konntet.« freute sich Markus, als er uns in dem kargen Raum in Empfang nahm. Wir waren nicht hier, weil wir es einrichten konnten, oder uns zum Spaß getroffen hatten. Er wusste es, ich wusste es, wir alle wussten es. Meine Laune war sichtlich niedergeschlagen, denn obwohl ich es mir ungern anmerken lassen wollte belastete mich die gesamte Situation mehr als ich erwartet hatte. Erik, welcher heute den Dienst hatte mich zu beschützen, kam hinter mir in den Raum geschritten und ließ einen langen, beeindruckenden Pfeifer hören.

»Wow Freyr du hast ganze Arbeit geleistet.« sagte er beeindruckt. »Wo ist der ganze Kram hin?« ich hatte mich noch nicht daran gewöhnt, dass die Jungs nun von Zeit zu Zeit ihre echten Namen benutzten. Sie hatten mir zwar versprochen so oft als möglich noch bei der gewissen Normalität zu bleiben, doch wusste ich, dass ich mich wohl früher oder später daran gewöhnen musste.

»An einem sicheren Ort verstaut.« sagte Markus schulterzuckend.

»Das möchte ich auch hoffen.« knurrte Noah, der hinter uns in der Tür erschienen war und nun mit finsterem Gesichtsausdruck den Raum inspizierte. »Es sind viele Sachen von unschätzbaren Wert dabei.«

»Noah, entspann dich mein alter Freund.« sagte Erik und zog Noah in eine Schwitzkasten ähnliche Umarmung aus der sich Noah behände zu befreien wusste.

»Na gut, nun da wir ja alle hier sind, fangen wir mit dem Training an.« sagte Markus. Er trat nach hinten und gab so eine sehr edel verzierte alte Holzkiste mit goldenen Beschlägen und ledernen Fesseln frei. Mit einem Kick seines Fußes öffnete er die Kiste vor sich und aus dem Inneren strömte ein gleißender Sonnenstrahl von einem bläulichen Licht. Ich musste mir die Hände schützend vor die Augen schlagen, um nicht geblendet zu werden. Benommen blinzelte ich zischen meinen Handflächen hindurch, doch so schnell der Schein aufgeflammt war, so schnell hatte er sich auch wieder gelegt.

»Und was ist das?« fragte ich, während Markus mit staunendem Gesicht eine Art Münzgroßes Amulett aus der Kiste hervorzog.

»Das hier, Lisa, wird dein persönliches Zeichen.« sagte er grinsend und hielt den schwach schimmernden Gegenstand in die Höhe. »Dieses Zeichen war einst das Zeichen unserer Mutter und Begleiterin Freyja, bevor sie von den Asen als Geisel verschleppt wurde.«

»Aber das ist ja fürchterlich.« schlug ich meine Hände vor den Mund.

»Ist schon tausende Jahre her.« zuckte Markus mit den Schultern und reichte mir nun die goldene Münze, von der dieses blaue Licht auszugehen schien. »Hier, probiere sie aus!« sagte er und trat einen Schritt von mir zurück.

Als mir das Metall der größeren Münze in die Hand glitt hatte ich erwartet, dass sie kalt gewesen wäre, so wie wenn man Geld an einem Wintertag zu lange im Portmonee liegen ließ. Doch stattdessen war die Münze zu meiner Überraschung überaus warm. Ich wog sie langsam etwas in den Händen hin und her. Gespannt schauten mich die anderen an. Ich suchte mit meinen Augen den Rand der Münze ab. An der Seite waren merkwürdige kleine Ruinen eingraviert, genau wie solche, welche ich in unserem Geschichtsbuch gesehen hatte, doch konnte ich sie natürlich nicht lesen. In der Mitte der Münze war noch eine ganz spezielle Rune geprägt worden. Ein Adler, welcher seine Klauen in die Rune bohrte thronte auf der Vorderseite.

»Und jetzt?« fragte ich als nichts passierte. Doch ich hatte den Satz kaum beendet, da strömte auf einen Schlag wieder das blaue Licht aus dem Inneren der Münze hervor und flutete den gesamten Raum. Doch dieses Mal war das Licht beinahe doppelt so hell wie noch zuvor. Ich spürte wie die kleine Goldmünze in meiner Handfläche anfing zu brennen. Das Brennen wurde so schmerzhaft, dass ich die Münze von mir werfen wollte. Langsam merkte ich wie sich die Haut von meinen Finger zu schälen begann und ich schrie.

Ich schrie so laut ich konnte, denn der Schmerz raubte mir fast die Sinne, doch aus meinem Mund kam kein einziger Ton. Ich spürte wie ich einen guten Meter in die Luft gehoben wurde, wie sich der blaue Schleier aus Rauch und Licht um mich herum auftat, wie als wäre ich hinter einem Vorhang gefangen und dann wieder langsam auf die Erde gesetzt wurde. Doch es war schneller vorbei als es angefangen hatte und ich spürte, wie ich unter meinem eigenen Gewicht auf dem Boden zusammen sackte. Sofort schlossen sich Arme um meine Schultern um mich zu stützen, damit ich nicht bewusstlos auf dem Boden aufschlug.

Ich schlug meine nun schweren Augenlider zurück und hoffte Noah zu sehen. Das verschwommene Bild vor meinen Augen hatte nur grobe Umrisse, doch spürte ich die Wärme auf meiner Haut. Ich griff nach vorn und tätschelte die Haare des Jungen der mich aufgefangen hatte, doch es waren nicht die vertrauten schwarzen struppigen Haare von Noah, welche ich erwartet hatte.

Nun klarte sich auch das Bild allmählich wieder um mich herum auf. Es war Markus, der mich ein wenig wackelig wieder meinen eigenen Beinen entließ. Seine Wärme kroch von meiner Haut hinunter und alle Drei starrten mich mit großen Augen an. Die Wärme, überlegte ich langsam und schloss noch einmal meine Augen für einen Moment. Dann schlug ich mit einem Mal meine Augen vor Überraschung auf. Ich hatte einen weißen Pullover getragen, welcher lang über meine Arme fiel. Erschrocken starrte ich an meinem Körper herunter und in der Tat stand ich dort, in der Mitte der Drei Jungs, nackt! Nun gut nicht komplett nackt zu meinem Glück, doch hingen nur noch wenige Fetzen des Pullovers an meiner Haut und schwebten langsam und leise zu Boden. Nur noch mein schwarzer BH verdeckte das Nötigste auf meinem Oberkörper. Ich hob den Blick und sah wie Markus sich aus Anstand ein wenig zur Seite hin abgewendet hatte und Noah wie üblich sowieso jeden Blick von mir mied, doch nun zumindest etwas aufmerksamer in meine ungefähre Richtung blickte. Nur Erik stand, mit Sonnenbrille und Tanktop vor mir und klatschte lautstark in beide Hände.

»Es hat funktioniert, sie hat das Zeichen!« freute er sich und schob seine Sonnenbrille auf die Nasenspitze. »Und ganz nebenbei, toller Körper Lisa.« grinste er mir zu. Ich war ein stocksteif vor Schreck über die Tatsache, dass nur noch mein BH mich bedeckte. Meine Arme zuckten nach Oben und bedeckten so gut ich konnte meine Blöße. Noah zog eilends seine schwarze Kapuzenjacke aus und reichte sie mir herüber.

»Ja, dass ist eben der Nachteil an unseren Zeichen.« sagte Markus nach dem ich die Jacke übergeworfen hatte und kratzte sich nervös am Hinterkopf.

»Die Kleidung auf deinem Oberkörper verbrennt, denn die Zeichen senden eine nicht gekannte Wärme in unseren Körper aus. Wir brauchen diese Zeichen nicht wenn wir in Vanaheimr, unserer Heimat sind, doch hier in Midgard brauchen wir sie um unsere Kräfte zu behalten.« erklärte Noah und dieses Mal blickte er mich an. Ich erinnerte mich, dass jedes mal wenn er mich gerettet hatte, er kein T-Shirt mehr am Leib trug und es ergab Sinn, was er sagte.

»Ich hätte nicht gedacht, dass eine sterbliche so schnell eines unserer Zeichen annehmen kann.« überlegte Markus und runzelte die Stirn.

»Ach vollkommen egal!« sagte Erik und klopfte Markus freudig auf die Schulter. »Wichtig ist, dass Lisa jetzt lernt mit dem Zeichen umzugehen.«

»Die Münze…« flüsterte ich und schaute mich nervös auf dem Boden um, die anderen starrten mich aufmerksam an. »Sie ist weg.«

»Sie ist nicht weg.« erhob Noah seine Stimme und ich hörte wieder keine Emotion, keine Wärme aus ihr heraus. »Dein Körper hat das Zeichen aufgenommen und wird es erst wieder abstoßen, wenn du es abstoßen willst.« erklärte er langsam und in seiner tiefen Stimme. Seine strahlend blauen Augen zuckten zu mir herüber. Verständnislos blickte ich auf meine Handfläche an meinem Unterarm hinauf. Auf meinem linken Unterarm war nun die gleiche Rune mit dem Adler erschienen, welche ich auf der Mütze gesehen hatte. Umgeben waren die Linien aus schwarzer Tinte von einem merkwürdigen blauen Schein, welcher sich tief meine Haut einzeichnete, doch langsam verblassten sie, bis es nur noch so aussah wie ein verwaschenes Tattoo. Mit offenem Mund blickte ich auf das Zeichen unter meiner Haut.

»Du gewöhnst dich schon daran!« sagte Erik und deutete auf ein kleines Zeichen auf seinem eigenen Unterarm, einem Bären. Markus wollte gerade die Stimme wieder erheben, da klopfte es an der Tür. Misstrauisch sahen wir durch die Tür, welche einen Spalt geöffnet war hindurch, das Klopfen schien von der Eingangstür zu kommen. »Wer ist das?« fragte Erik angespannt. »Noah, du hast doch nicht schon wieder Nancy eingeladen um…« er betrachtet mich mit amüsierten Gesichtsausdruck und verstummte augenblicklich als er meinen todbringenden Blick erkannte.

»Nein.« sagte Noah einfach nur knapp und ging einen Schritt auf die Eingangstür zu. Wir folgten ihm bis in den Eingangsbereich, mit schweren und langsam Schritten und ich wusste, dass ich nicht die einzige sein konnte, welche ihren eigenen lauten Herzschlag hörte. Noah streckte langsam seine bleiche starke Hand nach dem Türgriff auf, wieder klopfte es von Außen an die Eingangstür, er hielt einen Augenblick inne. Verstohlen warf er Markus und Erik noch einen angespannten Gesichtsausdruck zu, dann betätigte er die Klinke. Die Tür schwang auf und ein Mädchen in hautengen, roten Top und verwaschener Jeans, viel zu nackt gekleidet für den kalten Abend, kam zum Vorschein. Schnee bedeckte ihre braune Lockenfrisur und ihr Gesichtsausdruck war angespannt und mürrisch, als sich Nancy an Noah vorbei ins Innere des Hauses drängte.

»Du schreibst mir nicht! Du meldest dich nicht und jetzt sehe ich ja wieso!« brüllte Nancy dem überrascht wirkenden Noah ins Gesicht, der gleich einen Schritt zurücktrat. »Hängst mit diesem Flittchen hier ab! Ist das dein Ernst Noah Ellingsen?« Ich starrte wutentbrannt auf die nach Parfum duftende Silhouette von Nancy und kaute mir auf der Unterlippe herum, ich wollte ihr gerade ein paar gepfefferte Worte entgegenwerfen, da begann sie sich wieder ein wenig zu beruhigen:

»Ach ja und im Übrigen habe ich mich mit deinem Onkel getroffen Noah, er macht sich sehr viel Sorgen um dich!« Noahs Augen blitzten auf. Er schmiss die Tür ins Schloss und seine Hände umklammerten Nancys dürre Schultern.

»Was hast du gesagt?« brüllte er sie an und schüttelte bei jedem Wort Nancys ganzen Körper heftig durch.

»Lass mich los Noah!« versuchte sich Nancy seinem strammen Griff zu entwinden. »Was ist denn in dich gefahren?«

»Wie hat er ausgesehen, mein Onkel? Hast du ihm gesagt wo ich wohne?« schüttelte Noah sie wieder heftig durch, doch seine Frage schien sich schon im nächsten Augenblick von selbst zu beantworten. Wieder klopfte es an der Haustür, doch dieses Mal waren es Klopfer, welche das gesamte Fundament des Hauses zum Schwanken brachten und wie Kanonenschüsse an die verschlossene Tür polterten.

»Er ist hier.« flüsterte Noah und blickten ängstlich zur Tür. Nancy schaffte es sich seinem Griff zu entwinden und versteckte sich ein wenig kleinlaut hinter Markus, der am nächsten zu ihr stand. Wieder ein Klopfen und wieder bebte die Tür in ihrem Fundament, so dass ein wenig Putz von der Deck des Eingangsbereiches rieselte.

»Macht euch bereit.« flüsterte Markus und ich erkannte in meinem Augenwinkel, wie das Zeichen auf Markus Unterarm, ein Luchs über einer gebeugten Rune, schwach zu leuchten begann.

»Jetzt!« brüllte Noah und plötzlich flammten die Zeichen auf ihren Unterarmen wild auf. Auf Noahs Unterarm erkannte ich eine Schlange, welche nun im giftig grünen Licht erstrahlte, dann flog die Tür vor uns krachend aus ihren Angeln.

In Mitten der Bruchstücke und Überreste der Eingangstür tauchte ein alter, großer Mann, welcher mindestens an die zwei Meter maß, auf. Sein faltiges Gesicht war hinter einem wehenden, weißen Bart versteckt und aus seinen grünen, eingesunkenen Augen starrte er verrückt zu uns nieder. Zwar war er in einen großen Mantel, oder einer schweren Decke gewickelt gewesen, doch erkannte ich, dass der Mann die Stärke und den Umriss eines ausgewachsenen Bären haben musste. Breit grinste er aus seinem runzligen Gesicht zu uns hinab.

»Endlich.« grinste er ein sehr verwegenes, breites Grinsen in die Runde. »Wir hatten wirklich lang nicht mehr das Vergnügen Njördr, Freyr und Kvasir. Wie ich euch alle doch vermisst habe in der langen, langen Zeit meiner Abstinenz.« Der Alte sprach mit der Leichtigkeit, als wäre er gerade aus einem zweiwöchigen Urlaub zurück gekommen, was mir einen Schauer über den Rücken laufen ließ.

»Vili, wie schön dich zu sehen…« knurrte Noah. »Doch das wonach du suchst ist nicht hier!«

»Ist es nicht?« fragte Vili mit gespielter Überraschung. »Dann war der ganze weite Weg wohl doch umsonst? Oh nein, wie tragisch, dabei hatte ich so darauf gehofft, dass du, Njördr, mir aus meiner misslichen Lage heraushelfen kannst, nachdem was ich schon alles für dich getan habe.« Noah blickte ihn mit zusammengekniffenen Augen an. Ich spürte, dass auch Markus und Erik neben mir sichtlich nervöser würden.

»Kann mir mal jemand erklären, was zum Teufel hier los ist? Was fällt Ihnen ein…« verfiel Nancy in einen hysterischen Kreischanfall und trat beherzt in die Mitte der Männer. »Sie können nicht einfach die Tür…« Dann gab es einen weiteren Knall und alles geschah schneller als ich es erblicken konnte. Die massive Hand des Alten, beinahe so groß wie einer der blechernen Mülleimerdeckel, schnellte blitzschnell nach vorn und umschloss Nancy an ihren braunen Schopf. Mit der nächsten Bewegung schleuderte der Riese Nancys Körper durch den düsteren Eingangsbereich, ganz als wäre er nicht mehr als eine Puppe. Ein fürchterliches Knacken verriet mir, dass Nancys Körper wohl an eine der Wände weiter Hinten geklatscht war. Bewusstlos und bewegungslos glitt Nancys Körper an der Wand hinab. Noah machte einen Schritt nach vorn und ballte seine Hände zu Fäusten.

»Was hast du gemacht?« brüllte Noah den Riesen von unten her an.

»Was? Ach das? Naja sie wird sich morgen schon an nichts mehr erinnern können. Ich hatte einfach die Geduld mit ihrer nervigen Stimme verloren.« sagte er schulterzuckend. Ich konnte nicht verbergen, dass er mit dieser Aussage meine vollste Sympathie genoss, auch wenn die Situation hierfür viel zu gefährlich war.

»Es ist nicht hier, was du suchst!« knurrte Noah und ich sah wie sich jeder Muskel auf seinem nackten Oberkörper aufplusternd anspannte.

»Ist es nicht? Sag, wieso Njördr versteckst du dich dann vor deinem eigenen Fleisch und Blut? Dreitausend Jahre lang Njördr! Wir haben uns seit dem Krieg nicht mehr gesehen. Du warst wie vom Erdboden verschluckt.« Der Alte schritt langsam ins Innere des Hauses hinein, hob mit einer Hand die demolierte Tür auf, welche er selbst aus dem Rahmen gesprengt hatte und drückte sie wieder in die Zarge. Dann drehte er sich langsam herum, nahm den gewaltigen Mantel von seinen Schultern und hängte ihn an das Geländer der Treppe, welche zum Obergeschoss führte. Er blickte verschmitzt in die Runde, so als wäre dies alles hier nicht mehr als ein einfaches Familientreffen.

»Dieser Krieg hat uns fast alles gekostet!« fluchte Markus hinter ihm. Ich bemerkte, dass auch Erik und er ihre Zeichen aktiviert hatten und nun ebenfalls mit blanken Muskeln und leuchtenden Zeichen auf den Armen dort in den Trümmern standen.

»Richtig Freyr!« wandte sich der Alte an Markus. »Im Frieden auseinander, welcher nicht mehr als ein Sklavenstand ist.«

»Und doch ist der Krieg Geschichte! Und das sollte er bleiben.« flüsterte Erik und seine Augen leuchteten auf als er sprach. Der Alte schaute ihn eine kurze Weile an, sagte aber nichts, dann begann er wieder zu murmeln. Die Worte, welche er murmelte glichen eher einem Lied und bald schon darauf begriff ich, dass der Alte begonnen hatte zu singen. Mit geschlossenen Augen kniete er in der Eingangshalle und murmelte das Lied, welches von Fenstern, Wänden und Türen widergehallt wurde:

»Da wurde Mord in der Welt zuerst,
Da sie mit Geeren Gulweig stießen,
In des Hohen Halle die Helle brannten.
Dreimal verbrannt ist sie dreimal geboren,

Oft, unselten, doch ist sie am Leben.

Heid hieß man sie, wohin sie kam,
Wohlredende Wala zähmte sie Wölfe.
Sudkunst konnte sie, Seelenheil raubte sie,
Übler Leute Liebling allezeit.

Da gingen die Berater zu den Richterstühlen,
Hochheilige Götter hielten Rat,
Ob die Asen sollten Untreue strafen,
Oder alle Götter Sühnopfer empfahn.

Gebrochen war der Burgwall den Asen,
Schlachtkundge Wanen stampften das Feld.
Odin schleuderte über das Volk den Spieß:
Da wurde Mord in der Welt zuerst.«

»Freya… Gulweig.« flüsterte Noah langsam als
wäre ihm gerade wieder etwas eingefallen was er
lange verdrängt hatte.

»Ja Freya, deine Mutter!« flüsterte der Alte langsam. »Ermordet von diesem wilden Pack, dort
oben in Asgard. Gesungen hatte sie, von unserem
Reichtum hatte sie berichtet, doch wollte sie dem
Odin nicht sagen woher dieser kam. Du kennst
die Geschichte Njördr, du hast sie selbst erlebt.«
sagte Vili der Alte und deutete mit einem seiner
gelben, brüchigen Fingernägel auf Noah. »Du hast
an meiner Seite dein Schwert geschwungen, dein
Schild zum Schutz gereckt.

Deine Familie ist auf den Schlachtfeldern dieses Krieges gestorben, lange noch nachdem Frieden herrschte. Halbgötter und Menschen sind gefallen und Odin sitzt in seinen goldenen Hallen und denkt es herrscht Frieden zwischen unseren Familien. Die Wahrheit ist, er ist schwach!« als der Alte das sagte flogen kleine Spucketröpfchen durch die Luft und benetzten den Boden. Er schaute wild aus seinen eingefallenen Augen hervor, der weiße Bart in alle Richtungen abstehend.

»Der Krieg ist zu Ende. Und Odins Speer ist gebrochen, das Zeichen seiner Stärke.« sagte Markus und Vilis Augen flackerten zu ihm herüber.

»Freyr, Freyr, Freyr.« schüttelte er langsam seinen Kopf und ein Lächeln breitete sich auf seinem Gesicht aus. »Glaubst du ich wüsste nicht, was ihr hier spielt?«

»Der Krieg ist zu Ende, am besten du vergisst das alles hier und gehst wieder nach Vanaheimr bestellst dort die Felder, hütest das Vieh.« flüsterte jetzt auch Erik. Der Alte blickte ihn an.

»Kvasir, immer im Schatten deiner Brüder. Bist du es nicht Leid nur den Befehlen anderer zu gehorchen, weil du selbst zu schwach bist deine eigenen Befehle zu geben?« seine Stimme war nun nicht mehr als ein dunkles Zischen.

»Wir werden schweigen!« beschloss Noah und schaute angriffslustig zu Vili hin. »Der Kampf darf nicht fortgeführt werden! Du wirst den Frieden respektieren!«

»Na wenn ihr das so wollt.« dann schwammen seine Augen auf mich, ganz als hätte er erst in diesem Moment begriffen, dass ich auch noch da war. Sein grinsen verbreiterte sich bösartig. »Nein.« lachte Vili in seinen struppigen, weißen Bart. »Ihr seid wohl unbelehrbar! Wen haben wir denn hier?« ich versuchte den Blicken von Vili Stand zu halten, doch bohrten sich diese verrückten Augen tief in meine Seele, so dass ich Angst davor hatte schwach zu werden.

»Lisa.« piepste ich atemlos hervor und betrachtete den Boden.

»Wie nett, Lisa.« sagte Vili mit warmen Gesichtsausdruck, doch seine Augen waren immer noch starr und eingefallen.

»Lass deine Finger von ihr, sie hat damit nichts zu tun. Und vor allem nicht mit dir!« knurrte Noah und baute sich vor mir auf. Mein Blick fiel auf seine breiten, mit Muskeln übersäten Schultern. Die Wärme seines Körper schien mich geradezu anzustrahlen. Ich wollte schon einfach die Arme ausstrecken und mich an seinen Körper schmiegen, doch konnte ich mich vor Schreck nicht bewegen.

»Du hast Recht Njördr, das habe ich in der Tat nicht. Doch wenn du einen Halbgott zeugst, dann wird Odin das nicht gefallen.« lachte der Alte.

»Am besten du gehst jetzt!« befahl Erik und deutete auf den provisorisch geflickten Ausgang. Die Augen des Alten zogen sich zusammen und er runzelte die Stirn.

»Nun, ich habe es zwar versucht ohne Gewalt zu lösen, doch da ihr einfach nicht hören wollt, werde ich es wohl aus euch raus prügeln müssen.« sagte der alte Vili. Mit einem schnellen Sprung war er auf beide Beine gekommen. Ich spürte nur noch wie Noah mich an den Schulter ergriff und aus der Gefechtslinie davon schleppte. Vili holte gerade zum Schlag aus, als ich nach hinten stolperte und an einer nahen Wand nieder sank. Noah war mit wenigen Schritten wieder zurück gestürmt und kampfbereit. Es ging alles so schnell, dass ich nur noch die leuchtenden Zeichen hier und da erkannte, als ihre Träger durch die Luft schossen, wie menschliche, oder göttliche Raketen. Noah schmetterte Vili eine platzierte Faust entgegen, welche sich unter dem Stöhnen des Alten tief in sein Gesicht grub. Vili taumelte benommen nach hinten weg und griff sich verwundert an die Stelle an der die Faust eingeschlagen war.

Beinahe zeitgleich preschte Erik nach vorn, doch Vili hatte sich schon wieder gefangen. Mit einem ausholenden Schlag verpasste er Erik zwei schnell aufeinander folgende Schläge mitten in der Luft. Knacken und Splittern erfüllte den Raum und Erik flog wie von einem Geschoss beschleunigt nach unten und grub sich tief in das Fliesenmuster des Fußbodens. Ich hielt mir beide Hände vor das Gesicht. Ich wollte nicht sehen was dort gerade passierte, doch meine Neugier siegte. Vili war jetzt in Fahrt gekommen.

Behände blockte er eine Reihe von schnellen Schlägen, welche Markus gegen ihn abfeuerte und lenkte seine Wut direkt in eine naheliegende Wand. Der Putz flog stiebend und erstickend durch den Raum, als Markus Schläge trafen. Dann war Noah wieder am Zug. Er hatte sich vollkommen lautlos von hinten an den Alten herangeschlichen, hatte gehofft ihn so überraschen zu können, doch hatte er die Rechnung ohne Vili gemacht. Der Alte wirbelte nach hinten herum, so dass sein langer, weißer Bart sich wie eine Leuchtspur um seinen Körper schloss. Noah konnte geradeso ausweichen, sonst hätte ihn die Faust des Alten womöglich mitten im Gesicht erwischt. Haarscharf verfehlte die Faust Noahs Kopf und schlug geräuschvoll in seiner Schulter ein, was Noah sofort aus dem Gleichgewicht brachte. Benommen taumelte er zur Seite hin weg. Ich sah schon den nächsten Schlag auf Noah hinabsausen und eben in diesem Augenblick fasste ich den Entschluss.

Ich kann nicht mehr sagen, was mich dazu bewegt hatte in diesen Kampf eingreifen zu wollen, hatte ich doch weder bestimmte Fähigkeiten, noch konnte oder wollte ich wirklich kämpfen. Das einzige was ich in diesem Moment verspürte war Angst! Die Angst Noah, Erik und Markus zu verlieren, dass sie verletzt wurden, oder vielleicht noch schlimmeres. Ich stand wieder auf beiden Beinen und schritt nach vorn auf den Alten zu, alles geschah wie in Sekundenbruchteilen.

»NEIN STOPP!« schrie ich gegen das Kampfgetöse und es zeigte Wirkung. Vili hielt mitten in seiner Bewegung in der Luft inne und wandte sich zu mir hin um.

»Na nu, das Menschenweib.« sagte er und zog amüsiert eine Augenbraue nach oben. »Was hast du vor?« er legte seinen Kopf leicht schief und blickte mich an. Aus meinen Augenwinkeln bemerkte ich Noah und Markus, welche sich versuchten aufzurappeln. Stöhnend vor Schmerz kamen sie langsam hinter dem Alten wieder auf die Beine. Von Erik hingegen war keine Spur mehr zusehen. Vor mir in der Mitte des Eingangsbereichs tat sich ein metertiefes Loch auf, zu dessen beiden Seiten sich zerstörte und halbierte Fliesen aufschichteten. Ich vermutete Erik irgendwo dort unten und hoffte, bangte, dass ihm nichts geschehen war.

»Hör auf! Das sind meine Freunde.« sagte ich mit geschärften Sinnen und Wut in meiner bebenden Stimme. Es fühlte sich fast so an, als konnte ich die Augenblicke welche verstrichen schmecken und leicht und seicht spürte ich, wie sich die kleinen Härchen auf meinen Armen aufstellten.

»Sonst was?« fragte der Alte amüsiert. Es musste gleich so weit sein. Gleich würde ich mein Zeichen aktivieren können und würde Noah und Markus zu Hilfe eilen. Ich machte mich schon innerlich bereit, bereit darauf gleich die wohlvertraute Wärme auf meiner Haut zu spüren und das gleißende Licht zu sehen, welches sich über mich und mein

Zeichen legen würde. Ich machte mich insgeheim darauf gefasst, wie mein Oberteil kalte Flammen umwinden würde, es verbrennen würde und ich gestärkt wieder hier auftauchen würde. Doch… nichts geschah. Verwundert schaute ich zu Noah herüber. Ich sah in seinem geschundenem Gesicht ein wenig Erleichterung. Ein dicker roter Schwall Blut tröpfelte still aus seinem Mundwinkel hervor.

»Nun… Da es dir anscheinend die Sprache verschlagen hat, werde ich jetzt fortfahren mein Eigentum zu beschaffen, also nur wenn es dich natürlich nicht stört.« sagte der Alte und drehte sich wieder zu den anderen beiden um. Weder Markus, noch Noah sahen wirklich danach aus den Kampf wieder aufleben zu lassen. Markus stützte sich an dem geborstenem Geländer ab und hielt seinen Arm fest umklammert, welcher durch seinen Pullover in ein tiefes Rot gefärbt war.

»Wir haben den Speer nicht Vili!« keuchte Noah und ging in die Knie. »Er ist nicht hier!«

»Nun, das glaube ich euch, doch wenn ihr mir nicht sagen wollt, wo ihr ihn versteckt haltet, dann werde ich wohl zu anderen Maßnahmen greifen müssen euch zum Reden zu bewegen!« Er fuhr herum und schritt langsam auf mich zu. Mein Herz in der Brust klopfte wie wild vor sich hin. Ich hielt den Atem an, aus Angst davor was wohl gleich passieren würde. Doch kurz bevor er bei mir angekommen war, drehte sich Vili langsam zu dem Loch hin um, in dem ich Erik vermutete.

Er griff mit beiden seiner Mülleimerdeckel großen Pranken in das gesprengte Loch nach unten und zog langsam den bewegungslosen Körper von Erik nach oben. Seine Haut war nun wieder blass und das Zeichen auf seiner Haut hatte aufgehört zu leuchten. Die Augen von Erik waren fest geschlossen und sein Gesicht war arg in Mitleidenschaft gezogen.

»Kvasir wird mir sicher einiges erzählen, wenn er wieder zu sich kommt.« fachsimpelte der Alte und betrachtete den leblosen Körper in seinen Armen. Beinahe ein väterlicher Blick, wie er ihn bedachte.

»Lass ihn los Vili, wir sagten doch wir wissen nicht wo Odins Speer liegt!« keuchte Markus und ging in die Knie.

»Ihr habt Drei Tage!« sagte der Alte knapp und trat die angelehnte Tür wieder aus den Angeln. Draußen vor dem Haus war tiefste Nacht. Der Himmel war Sternenklar und ein leichter Nieselregen benetzte die breiten Schultern des Vili, als er langsam und mit großen Schritten nach draußen ging.

»Drei Tage mir diesen Speer zu bringen, oder mir zu sagen wo er liegt. Doch wenn ihr euren kleinen Freund lebend wiedersehen wollt, dann würde ich euch empfehlen, dass ihr mir Odins Speer vor die Füße legt und mich um Gnade bittet.« knurrte der Alte noch einmal. Im nächsten Augenblick war er auch schon verschwunden. Verwundert rieb ich mir die Augen, fragte mich ob ich einen Moment zu lange geblinzelt hatte, doch kein Zeichen deutete mehr auf Vili oder Erik hin. Langsam schritt ich an den Trümmern der Tür vorbei auf Noah und Markus zu, welche sich schwer verwundet an das offene Loch, welches der Riese in die Wand geschlagen hatte, schleppten.

»Galdhøpiggen…« keuchte Noah und sah mit verschwommenen Blick in die Nacht hinaus.

»Galdhøpiggen!« bestätigte Markus und legte seine Hand auf Noahs Schultern. Ich verstand nicht.

»Was ist Galdhøpiggen?« fragte ich nervös.

»Odins Speer.« sagte Noah langsam und erschöpft, bevor er mit letzter Kraft in die andere Richtung davon schritt.

KAPITEL 10

VON BERGEN UND ZWERGEN

»Wir haben viel zu lange gewartet, wir müssen augenblicklich aufbrechen, wir haben keine Zeit mehr zu verlieren.« Noah hastete in der oberen Etage seines Hauses wild umher. Hier und da stopfte er allerlei Sachen in einen großen Rucksack hinein, während er aufgeregt sprach.

»Wo ist Galdhøpiggen?« fragte ich, während ich zu tun hatte Noah auszuweichen, der seine Bahnen im Obergeschoss zog.

»Ein Berg in Norwegen.« antwortete mir Noah barsch und suchte weiterhin fieberhaft Dinge zusammen. »Ich werde mit Freyr...« er rollte mit den Augen als er erkannte mit wem er sprach. »Mit Markus aufbrechen. Wir müssen diesen Speer eintauschen!«

»Aber das könnt ihr nicht tun!« antwortete ich rebellisch.

»Wieso nicht?« er fuhr herum und starrte mich

mit einem ziemlich fiesen Gesichtsausdruck an.

»Na weil du doch eben gesagt hast, dass der Friede der Welt davon abhängt, dass der Friede bestehen bleibt!« sagte ich während ich Noah hinterher hastete.

»Schau dich auf der Welt um, Lisa!« fuhr Noah wieder herum und dieses Mal trennten nur Zentimeter unser Gesicht. »Überall auf der Welt herrscht Krieg! Die Menschen schaffen es nicht einmal mit unserer Hilfe den Frieden den sie haben könnten zu sichern. Die Welt dort draußen ist zerfressen von Gier nach Macht und Geld und euren anderen kleinen Belangen. Wir werden diesen verfluchten Speer ausgraben und ihn Vili übergeben, wer weiß was danach geschieht, ich denke nicht, dass er eine Armee aufstellen kann und wird, doch sollten wir uns darauf nicht verlassen. Doch jetzt heißt es erst einmal Kvasir,…Erik, zu retten.« Er ließ mich allein mit meinen Gedanken in dem Flur des Obergeschosses stehen. Mit offenem Mund starrte ich ihm hinterher.

»Und du wirst uns begleiten!« sagte Markus ruhige Stimme hinter mir. Er hatte sich einen Regenmantel über die Schultern geworfen und nestelte gerade an den großen Knöpfen herum.

»Was?« sagte ich perplex und starrte ihn mit großen Augen an. »Ich… ich kann doch nicht einfach nach Norwegen abhauen. ich meine, es ist Schule und meine Mutter, was wird meine Mutter bloß sagen, wenn ich ihr erzähle, dass ich nach

Norwegen muss?« ein hysterisches Lachen entfuhr mir und ich warf meine gelockte Mähne in den Nacken. Ich starrte die Zwei ungläubig an, doch irgendwie taten sie keine Anstände daran selbst in schallendes Gelächter auszubrechen. Sie meinten es also ernst. Für eine kurze Sekunde flutete Panik meinen Körper. Ich spürte, wie meine Fingerspitzen zu kribbeln begannen und eine kalte Welle der Sorge meine Brust spülte.

»Du bist noch nicht in Sicherheit, Lisa!« sagte Markus ernst und bot mir meine eigene Jacke an.

»Wie habt ihr euch das bitte vorgestellt? Was soll ich meiner Mutter sagen?« fragte ich und tat einen Schritt rückwärts.

»Mach dir darüber keine Gedanken, sie wird es schon verstehen.« sagte Noah ruhig.

»Du kennst meine Mutter nicht mal.« fauchte ich ihn an.

»Lisa du hast keine Wahl. Es war keine Frage ob wir dich mitnehmen. Ich habe dir lediglich angeboten uns freiwillig zu begleiten!« sagte Noah und ein Grinsen breitete sich auf seinem Gesicht aus. »Also es liegt an dir! Freiwillig, oder...«

Wenig später saßen wir auch schon in einem gemütlichen und geräumigen Wagen, es war Noahs Auto. Ich erkannte die mir vertrauten ledernen Sitze sofort wieder, als ich mich etwas widerwillig darauf fallen ließ. Mir war nicht nach Reden zu Mute, als das Auto unter knallenden Auspuffrohren den fein gepflegten Vorhof zum Haus verließ und auf die Menschenleeren Straßen meiner Heimatstadt einbog.

»Ich meine, wie habt ihr euch das vorgestellt?« sagte ich nach einer Weile, als wir die Stadt in Richtung Norden auf die Autobahn verließen. »Ich habe nicht mal irgendwelche Wechselsachen mit!«

»Wechselsachen?« schnaubte Markus vom Beifahrersitz und drehte sich auf seinem Sitzplatz zu mir hin um. »Klamotten sind deine einzige Sorge in einem göttlichen Krieg?« ich merkte, dass auch Noah hinter seinem Lenkrad lachen musste. Ich wandte meinen Blick von diesen selbstgefälligen Gesichtern ab und starrte betrübt aus dem Fenster. Durch die getönten Scheiben des Wagens war es fast unmöglich die nächtlichen Umrisse der Stadt zu erkennen, so dass ich keine Ahnung hatte, wohin wir fuhren. Ich fühlte mich wie gekidnappt und konnte nichts dagegen unternehmen. Ich holte mein Telefon aus der Jackentasche hervor, entsperrte es mit einem einfachen Wisch nach oben und öffnete die Textnachrichten meiner Mom. Ich verharrte beim Anblick ihres Profilbildes. Langsam fing ich an eine Erklärung in mein Telefon zu tippen, doch löschte fast augenblicklich wieder was ich geschrieben hatte. Mom würde es mir ohnehin nicht erlauben nach Norwegen zu fahren. Ohne Rücksprache, einfach so! Ich ließ das Telefon wieder in meine Tasche gleiten und beschloss Mom nicht von meiner Unternehmung zu unterrichten, sie sollte sich nicht grundlos Sorgen um mich machen. Noah beschleunigte den Wagen in halsbrecherischer Fahrt. Verstohlen wagte ich einen Blick auf das Digitaltacho. „260" wurde in der Mitte der Anzeige beleuchtet und schnell ließ ich die Augen wieder von der Anzeige sinken, bevor sich mir der Magen umdrehte.

»Kannst du wenigstens etwas langsamer fahren? Ich würde gern in einem Stück dort ankommen.« sagte ich und musste einen Ausstoß unterdrücken, dass meine Rippen zu schmerzen begannen.

»Wir Götter sind anders als du, Lisa.« erklärte mir Noah, als er den Wagen in voller Fahrt heftig herumriss um einen anderen Fahrer noch knapp auszuweichen. »Wir brauchen nicht viel Schlaf und unsere Fähigkeiten sind gereifter als deine!« ich vergrub mein Gesicht hinter meinen langen Jackenärmeln. Ich würde diesen Typen umbringen, so viel stand für mich fest, wenn ich nur lebend aus diesem Auto kommen würde.

»Lisa, du kannst ruhig eine Weile schlafen. Bis zur Fähre werden wir mindestens vier Stunden brauchen. Ruh dich am besten eine Zeit lang aus. Wir wecken dich wenn wir übersetzen.« sagte Markus in seiner gewohnten ruhigen Stimme und irgendwie schaffte er es wirklich mich zu beruhigen.

»Wenn ich hier überhaupt ein wenig Schlaf finden kann.« nuschelte ich, während ich mich ein wenig zur Seite schwang und es gemütlicher machte. Doch es dauerte keine weiteren zehn Minuten und schon war ich in einen seichten Dämmerschlaf hinüber geglitten. Als ich das erste Mal wieder verträumt die Augen aufschlug war es gleißend hell im Inneren des Autos. Noah und Markus hatten die Sitzplätze getauscht, so dass Markus nun hinter dem Lenkrad Platz genommen hatte. Vor uns baute sich eine große und breite Straße auf, welche, abgesehen von einigen wenigen LKWs, fast wie ausgestorben vor uns lag. Ich blickte auf die Uhr im Cockpit um mich zu vergewissern wie spät es war. Die grün-grauen Zeichen der Anzeige deuteten uns *06:45 Uhr* an. Ich richtete mich langsam in meinem Sitz auf und versuchte einige Blicke aus dem Fenster zu erhaschen. Vielleicht irgendeinen Hinweis darauf, wo wir uns gerade befinden.

»Wir sind gerade wieder von der Fähre in Trelleborg runter.« erklärte mir Markus und bedachte mich mit einem Blick über seinen Rückspiegel. Der Wagen holperte gerade über eine ziemlich verzweigte Pflastersteinstraße. Rechts neben uns bauten sich alte, prächtige Fischerhütten in nostalgischen Baustil auf.

»Herzlich Willkommen in Schweden, Lisa.« brummte Noah im Halbschlaf und drehte seinen Kopf nach hinten in meine Richtung. Jaja, dachte ich, soviel zum Thema Götter brauchen keinen Schlaf.

Als ich das zweite Mal wieder zu mir kam, war mir erst nicht bewusst, dass ich wohl wieder eingeschlafen war. Verträumt blinzelte ich gegen das Sonnenlicht. Die Sonne stand nun weit oben am Himmel und der Wagen unter unseren Füßen rollte sanft über eine ziemlich moderne Straße. Ich musste die Augen wieder angestrengt schließen, da irgendetwas draußen vor dem Fenster ziemlich stark die Sonnenstrahlen zu reflektieren schien. Die Hand vor die Augen gepresst wagte ich einen Blick nach draußen vor den Wagen. Am Autofenster rasten geradezu die verschneiten Landschaften endloser Steppe vorüber. Hier und da erkannte man eine dieser kleinen romantischen Holzhütten, oder mal einen in die Jahre gekommenen Supermarkt, doch die endlose Weite vor dem Fenster setzte sich aus Schnee, Eis und noch mehr Schnee zusammen. Ich beschloss die Augen nicht noch einmal zu schließen und mir die restliche Fahrt lieber die Landschaft vor dem Fenster anzuschauen.

»Wir sind schon nach Göteborg! Falls du fragen wolltest.« sagte Markus, dieses Mal wieder vom Beifahrersitz aus. »Nicht mehr lange und du siehst die Schönheit Norwegens!« Ich blickte auf die Landschaft vor dem Fenster.

Unzählige Bergketten bohrten ihre starren, grauen Fühler in den Himmel hinein und zu deren Füßen erwartete einen das vom ersten Schnee bedeckte, doch immer noch Grüne Paradies. Es war ein Moment in meinem Leben in dem ich ganz genau wusste, dass ich mich in einen Ort verliebt haben könnte.

»Es ist wunderschön hier.« keuchte ich mit starren Blick auf die vorbeifliegende Landschaft.

»Ach, das ist doch noch gar nichts!« winkte Noah mit einer Hand ab, als er mit weit über zweihundert Kilometer pro Stunde einen LKW hinter uns ließ. »Das hier ist nur die Autobahn. Die wahre Schönheit liegt weit jenseits der Grenze zu Norwegen, das kann ich dir sagen!« ich glaubte seinen Worten natürlich. Diese Landschaft dort draußen, zwischen seinen steilen, steinigen Küsten, welche hart und kalt in den unbändigen Ozean abfielen, oder die weiten grünen Steppen unter den Schichten des Neuschnee, oder die Berge und Bäume welche sich Wettläufe gen Himmel lieferten, hatten mich in ihren Bann gezogen.

Wir fuhren Ewigkeiten! Wir hatten schließlich auch die Grenze Norwegens hinter uns gelassen. Viel Zeit für Rast hatten wir nicht eingeplant, ab und an fuhren Noah oder Markus einfach den Wagen an einen dieser kleinen, entlegenen Rasthöfe heran, welche, um so weiter wir nördlich fuhren, auch immer stärker mit Schnee bedeckt waren. Viel mehr als kleine, baufällige Tankstellenhäuser oder auch nur Toiletten gab es hier nicht zu sehen. Natürlich machte die Landschaft vieles wieder gut, doch umso länger wir fuhren und umso öfter ich im fahrenden Auto einschlief, desto schlimmer wurde der gesamte Ausflug für mich.

»Ich schaff das nicht mehr!« sagte ich zu Noah, als wir beide mit den Händen voller Wasserflaschen und Snacks zum Wagen zurückliefen.

»Was meinst du?« fragte Noah mich beiläufig, als er die Sachen in den Kofferraum schmiss. Markus war sich noch eine kleine Runde die Beine vertreten, so dass nur ich und Noah hier standen. Er sah immer noch genauso gut aus wie eh und je, seine zerzausten Haare legten sich gemächlich in den aufkommenden Wind, während ich das Gefühl hatte ich hätte genauso gut aus einer Mülltonne kriechen können und nicht besser aussehen.

»Ich meine, wann sind wir endlich da?« ich blickte auf mein Telefon. Neun verpasste Anrufe meiner Mutter, etliche Nachrichten im Messenger und Kurznachrichten mehr als das Display im Stande war anzuzeigen. »Ich hab meiner Mom nicht mal gesagt was wir tun. Sie macht sich sicher Sorgen.« Noah schaute mich eine Weile an.

»Wieso hast du ihr nicht Bescheid gesagt?« fragte er mich langsam.

»Ich wollte nicht, dass sie sich unnötig Sorgen macht.« sagte ich ein wenig kleinlaut, doch ich hörte sofort wie bekloppt ich mich eigentlich anhörte.

»Und deshalb schreibst du ihr lieber überhaupt nicht?« er zog beide Augenbrauen nach oben. »Weißt du, Markus ist noch nicht wieder da. Du hast jetzt Zeit zum telefonieren. Ruf sie an. Nicht, dass es noch heißt wir hätten dich entführt.« er zwinkerte mir mit einem breiten Lächeln zu und ließ die vorderste Reihe seiner schneeweißen Zähne aufblitzen.

»Ja? Lisa?« ging meine Mutter mit hysterischer Stimme ans Telefon.

»Ja Mom ich bin's.« sagte ich mit flacher Stimme und leise genug, damit ich mir sicher sein konnte, dass Noah mich nicht hören konnte. Ich mochte es nicht, wenn mich jemand beim telefonieren belauschte und erst recht nicht, wenn meine Mutter mich gleich am Handy zusammenfalten würde, doch ihre Stimme klang weder gemein, noch streng. Vielmehr hörte ich die Anspannung aus ihrer Stimme weichen.

»Wo bist du denn Lisa? Ich habe überall angerufen! Moni, deine Schule, deinen Job im Baumarkt bei Herrn Pilz. Im Krankenhaus, bei der Polizei. Keiner wusste wo du bist. Wie als wärst du vom Erdboden verschluckt worden!« ich fühlte das stechende Gefühl der Scham und der Schuld in meiner Brust aufsteigen.

»Mom hör zu… « stammelte ich, doch ich wusste nicht so recht was ich sagen sollte.

»Komm jetzt nach Hause, Lisa.« sagte meine Mutter am anderen Ende des Telefons. Ich blickte mit wässrigen Augen auf ein paar ferne Wipfel eines Gebirgszuges und spürte wie sich die Tränen in meinen Augen mehrten.

»Ich kann es dir nicht erklären Mom.« sagte ich und musste mir das Schluchzen zurückhalten.

»Ich komm bald wieder!«

»Was meinst du…« hörte ich noch die letzten abgehackten Wörter meiner Mom durch das knarzende Telefon.

»Ich liebe dich Mom.« schluchzte ich dann doch. Anschließend drückte ich auf den roten Hörer des Bildschirmes und schaltete das Telefon aus. Ich könnte niemals meiner Mutter sagen, was hier wirklich vor sich ging, doch noch weniger konnte ich sie anlügen. Markus war schließlich wieder zurückgekehrt und so setzten wir dann, mit sichtlich betrübter Miene, unsere Fahrt fort. Betrübt betrachtete ich die Berge welche an unserem Fenster vorüberzogen. Langsam verschmelzten vor mir die weißen Flecken des Schnees mit dem Grün der Landschaft, dann mit dem Blau des Himmels und wieder mit dem Grau der Berge und anders herum. Es fühlte sich allmählich so an, als wären wir Wochen und Monate lang unterwegs um unser Ziel zu erreichen und schließlich war es auch so. Der Tag im Auto verging. Aus Rücksicht auf mich hielten Noah und Markus aller zwei, vielleicht drei Stunden an immer kleiner werdenden Rasthöfen, oder Parkbuchten an. Umso weiter wir nach Norden kamen desto mysteriöser wurde auch das Land um uns herum. Nach dem die Sonne des Folgetages schließlich den Himmel erreichte, ich hatte schon sämtliches Gefühl für die Zeit verloren, wurde Markus mit dem Auto schließlich langsamer. Ich öffnete ein Auge um zu sehen wo ich war. Vor mir auf dem Beifahrersitz hörte ich das flache atmen und leise Schnarchen von Noah.

»Was ist das für ein Ort?« erkundigte ich mich mit verschlafener Stimme und rieb mir den Sand aus den Augen.

»Das ist Hamar.« brummte Noah gegen das Motorengrollen und richtete sich in seinem Sitz auf. »Hier werden wir eine Bleibe finden können in der du sicher bist, solange wir unterwegs sind. Sollte dir hier etwas passieren glaube ich persönlich sowieso an überhaupt nichts mehr.«

»Wieso das?« fragte ich.

»Hast du jemals ein verschlafeneres Nest am Rande der Welt gesehen?« sagte Noah gelangweilt und ich schaue aus dem Fenster. Es waren kaum Menschen hier unterwegs, die wenigen, welche es waren, eilten hastig durch den Schneesturm, welcher sich gerade ankündigte, von Hauseingang zu Hauseingang, blickten weder nach rechts noch links. Noah musste recht haben, es würde der ideale Ort sein an dem uns keiner vermutete. Die Stadt war klein und verschlafen, nur wenige Kaufläden säumten die schmalen Gassen mit ihren winzigen Bauten und doch fühlte ich mich sofort hier zuhause.

»Wir werden unverzüglich aufbrechen, Lisa. Lange werden wir nicht unterwegs sein, dass kann ich dir versprechen.« erklärte mir Markus als er einen seiner Koffer auf das Hotelbett vor mir schmiss.

»Wollt ihr nicht wenigstens warten bis sich das Wetter da draußen wieder beruhigt hat?« fragte ich missmutig und starrte durch die gehäkelten Gardinen hindurch auf den grauen Himmel. In der Ferne erkannte man die Umrisse des Berges, dessen Spitze in vollkommenen Schatten und Dunkelheit aus Wolkenwirbel dalag. Es waren gut fünfzig Kilometer, allein zum Fuß des Berges. Ich würde mich hier sicherlich allein fühlen, soviel war für mich sicher, doch verspürte ich gleichzeitig die Angst der Ungewissheit, was die nächsten Stunden wohl bringen mochten.

»Um so eher wir hier aufbrechen, desto eher sind wir wieder zurück.« sagte Noah.

»Richtig!« pflichtete Markus ihm bei. »Na gut, dann wollen wir mal aufbrechen. Lisa, warte nicht auf uns. Bevor du aufwachst sind wir wieder bei dir. Solltest du in irgendwelche Schwierigkeiten kommen, dann berühre deine Zeichen.« er deutete mir vielsagend auf meinen linken Unterarm und ich nickte.

Markus stiefelte zielstrebig aus dem Hotelzimmer. Wie ein echter Bergsteiger sah er nicht aus. Gerade einmal ein langärmliger Pullover und festes Schuhwerk deuteten irgendwie entfernt darauf hin, was sie vor hatten. Auch Noah hatte weder eine Tasche, noch irgendwelche Ausrüstung bei sich. Er machte sich nicht einmal die Mühe sich wie ein Bergsteiger zu kleiden. Er schwang sich seine schwarze Lederjacke, welche er auch zum Motorradfahren anhatte, über die Schultern und wandte sich noch einmal an mich.

»Lisa, wir sind bald wieder da!« versprach er mir und packte mich an meinen Schultern. Die Wärme seiner Hände durchströmten meinen ganzen Körper und hinterließ ein angenehmes Brennen einer leichten Gänsehaut zurück. Ich blickte ihm tief in seine stahlblauen Augen und erkannte die raue See seiner Seele.

»Ich werde schon klar kommen.« hauchte ich, als seine starken Hände mein Kinn suchten. Langsam ließ ich mein Gesicht vollkommen in seine Handfläche sinken. Ich spürte die Wärme seiner Hand, bemerkte die rauen aufgeplatzten Stellen zwischen seiner weichen Haut, da wo er zugeschlagen hatte. Sofort schossen meine Hände nach oben und ich umklammerte die seinen.

»Geh nicht.« sagte ich verzweifelt und schaute ihn flehend an. Ein süffisantes Grinsen spielte sich auf seinem Mundwinkel ab. Hinter uns räusperte sich Markus lautstark und blickte auf seine Armbanduhr.

»Ich bin schneller wieder hier als dir lieb ist. Wenn du dich an deine neue Freiheit gewöhnt hast bin ich auch schon wieder bei dir!« hörte ich seine tiefe Stimme. Ich stellte mich auf die Zehenspitzen und drückte mein Gesicht tief an seine Brust. Ich atmete tief und lange seinen Geruch ein, welcher so einzigartig war. Ich wollte für immer an seinem Körper verweilen und wünschte dieser Augenblick könnte ganze Jahre andauern. Mit sanfter Gewalt zog mich Noah von seiner Brust fort, doch seine Hände verweilten auf meinen Wangen. Er beugte sich ein wenig nach vorn und ich schloss langsam die Augen, wartete auf die Berührung und das Zucken meiner Lippen. Sanft umschlossen seine Lippen die meinen und wieder verspürte ich dieses angenehme Ziehen in meinem Unterleib. Ich schlang meine Arme um seinen Hals, seine Fingerspitzen gruben sich angenehm in meine Haare. Weich und voll drückten sich seine Lippen auf meine. Der perfekte Augenblick. Dann räusperte sich Markus erneut und Noah stellte mich, immer noch ein wenig wackelig auf den Beinen, wieder vor sich ab.

»Nun denn, bis später.« sagte Noah mit weicher Stimme und verschwand neben Markus aus der Tür.

»Pass auf dich auf.« flüsterte ich ihm leise hinterher.

Kalter Schnee bedeckte meine Haut. Ich hatte die Augen immer noch fest geschlossen, hatte mir versprochen sie nicht mehr zu öffnen, bevor nicht die ersten Sonnenstrahlen des Tages über dem Bergkamm glitzerten, doch ich spürte dass ich zu schwach war. Ich rüttelte meine Haut, welche von einem weichen, weißen Fell bedeckt wurde um mir den Schnee aus den Gliedern zu schütteln. Ich musste einfach wieder die Augen öffnen. Im Grunde genommen hatte ich sie schon viel zu lange geschlossen gehalten. Langsam hob ich ein Lid, dann das andere, nichts geschah. Ich suchte die weiße, verschneite Fläche blitzschnell mit den Augen ab, doch erkannte ich kein Zeichen von ihnen. Es konnte doch nicht möglich sein, dass sie sich zurückgezogen hatten. Donnerrollen ertönte über mir aus der dichten dunklen Wolkenmasse und gezackte Blitze stürzten unter Kampfgeschrei und lautem Pochen zur Erde, schlugen nur wenige Meter von mir entfernt ein und verschwanden im dichten Pelz des Gletschers. Langsam tippelte ich vorwärts. Meine Bewegungen waren anmutig, grazil und leichtfüßig. So wie ich über die gefrorene Decke schwebte fürchtete ich keinen einzigen Abdruck für meine Verbündeten zu hinterlassen, welche irgendwo auf diesem gottverdammten Fels ausharren mussten.

Die Wahrheit würde sein, dass sie sich versteckt hielten bis ich zum Angriff befehlen würde. Alles würde also nur auf meinen Befehl hin warten, ein angenehmes Gefühl. Meine Pfoten gruben sich nun doch wenige Zentimeter in den Schnee hinein, als ich endlich vor einer Klippe angelangt war. Der Wind hatte den weichen Schnee fast vollständig vom grauen Gestein abgetragen, welches jetzt scharfkantig ins Nirgendwo hineinreichte. Langsam schob ich meinen Körper über den Abgrund um nach unten zu spähen. Da sah ich sie. Sie waren also doch bis hier oben gekommen, diese Narren. Dachten sie wirklich wir würden ihnen unseren Schatz nach all den Jahren noch aushändigen? Zwei junge Männer, sichtlicher Weise gut gebaut und stark wie zehn Weltenbäume, doch konnten wir ihnen dies nicht kampflos überlassen. Etwas zu unbedacht wie sie hier in unser Territorium wanderten und dachten wir würden sie nicht sehen. Aus den Tiefen meiner Kehle ließ ich ein Grollen ertönen, gerade laut genug, dass sich mir selbst die Nackenhaare aufstellten. Ich hatte Blut gerochen und musste nun los, jetzt da sie so bereitwillig in unseren Hinterhalt gelaufen waren. Wieder ein Grollen, nicht vom Himmel, sondern tief aus meiner blutrünstigen Kehle. Angriff! Blut! Angriff!

Mit einem Ruck kam ich zu mir. Im Zimmer war es stockfinster, bis vor den Rüschen-Gardinen wieder die Blitze zuckten und das Hotelzimmer taghell ausleuchteten. Das Grollen in meinem Kopf war real geworden und es hörte sich an als würde sich der Himmel über uns teilen. Was hatte ich nur für einen Traum gehabt? Kalter Schweiß deutete sich auf meiner Stirn an und ich sank zurück in die aufgeplusterten Kissen. Was war dort draußen bloß los? Ich beobachtete die verwehte Bergspitze, welche nur noch schemenhaft zwischen den Blitzen zu erkennen war. Ich zog die Bettdecke noch einen halben Meter weiter nach oben, direkt unter meine Augen, Gott wie hasste ich Gewitter! Gott? Und mit einem Mal begann ich wieder zu verstehen. Ich hatte nicht lange geschlafen, doch mein Gehirn arbeitete erst langsam wieder an. Ich wusste wieder, weshalb ich in diesem Zimmer lag und nicht zu Hause.

Ich blickte mich in dem dunklen Zimmer um, doch sah ich kein Zeichen von Markus, oder Noah. Ob es ihnen gut ging? Ich schaute zur Tür, ganz als würde ich jeden Moment hoffen, dass die beiden wieder durch die Tür geschritten kamen und mich breit anlächelten, doch dieser Wunsch sollte mir nicht erfüllt werden. Ich richtete mein Kissen noch einmal auf, richtete auch das T-Shirt von Noah, welches ich über den Bezug gezogen hatte, weil es so sehr nach ihm roch und sank zurück in die Kissen nieder. Ich musste noch einmal versuchen wieder einzuschlafen, wenn ich wieder munter würde und der Sturm sich gelegt hatte, dann würden sie auch wieder bei mir sein. Doch war dies wirklich so? Was machte mich so sicher?

Verzweifelt versuchte ich mich wieder an diesen Traum zu erinnern, doch waren außer verblichenen Bruchstücken keine Bilder mehr in meinen Kopf. Ich schwang meine Beine über die Bettkante und setzte mich auf. Ein Wolfsknurren, ein blutiges Maul und gefletschte Zähne, mein Kopf schmerzte, als hätte ich einen heftigen Migräneanfall. Ich stand aus meinem Bett auf, ich musste los! Halb schlafend zog ich mir meine Kleider über, der Raum wurde nur noch von dem Zucken der Blitze draußen vor den Fenstern erhellt. Ich hastete die Treppen hinab, nicht wissend was mich dort draußen in die stürmische Nacht trieb, doch ein Gedanke ließ mich durchhalten. Noah! Ich wusste nicht, wo ich anfangen sollte zu suchen. Der Berg, von dem sie immer wieder gesprochen hatten, war mindestens fünfzig Kilometer Fußmarsch entfernt, zu viel um es jetzt zu erlaufen.

Der Wind, welcher sich mit Schnee und Matsch vermischte peitschte mir kalt und unangenehm in mein Gesicht, als ich die schützende Wärme des kleinen Hotels verließ. Ich stand in mitten einer sehr schmalen Gasse, welche zu beiden Seiten mit einfachen Häusern, nicht größer als unseres daheim, gesäumt war. Nirgendwo brannte noch Licht und es schien fast so, als wäre dieser Ort vollkommen ausgestorben. Ich schloss für einen Moment meine Augen, wieder drehte sich alles um mich herum und ich erkannte die Wolfsschnauze, welche ich in meinem Traum gesehen hatte und Panik ergriff mich. Noah! Ich musste ihn finden, kostete es was es wolle. Ich spürte, dass er in Gefahr war und rannte los. Mit zitternden Knien rutschte ich um eine Straßenecke, welche mich auf eine breitere Straße zum Ortsausgang hin führte. Die Lampen der Straßenbeleuchtung flackerten müde, einige waren ohne Funktion und legten die Straße in eine unangenehme, erdrückende Dunkelheit.

Ich hastete weiter, immer noch getrieben von den Bildern, welche ich gesehen hatte, als ICH dieser Wolf war. Ich schaute auf mein linkes Handgelenk hinab, denn plötzlich fiel mir wieder ein was Markus gesagt hatte. „Berühre dein Zeichen, wenn du uns brauchst" hörte ich seine Stimme in meinem Kopf widerhallen. Würde dieses Zeichen auch funktionieren, wenn sie meine Hilfe brauchten? Irgendwie war es ja eben doch so und sie brauchten meine Hilfe! Ich zögerte ein wenig, dann berührte ich mein Zeichen auf dem Unterarm. Der Adler und die Rune hingegen blieben vollkommen kalt und leer. Ich starrte sie einen Moment lang an und fragte mich, ob es denn schon funktioniert haben könnte. Noch einmal berührte ich das Zeichen auf meinem Unterarm, welches sich blass schwarz wie eine Tätowierung in meine Haut eingebrannt hatte. Wieder geschah nichts. Ich war so darauf fokussiert gewesen auf meinen Unterarm zu schielen, dass ich ganz plötzlich den Halt meiner Beine verlor.

Ganz als wären meine Füße an einer unsichtbaren Kante eingehakt kam ich ins Straucheln. Ich versuchte noch panisch meinen Sturz irgendwie ungeschehen zu machen doch es gelang mir nicht. Ich spürte, wie ich nach vorn über kippte und streckte meine Hände schützend nach vorn aus, um mich abzufangen. Genau an dieser Stelle wo ich das Glück hatte hinzufallen, lag kein Schnee auf dem kalten, harten Schotter der Landstraße, welche aus der Stadt herausführte. Meine Hände schmerzten als sie die gezackten Steine unter mir trafen und ich zu Boden ging.

»Ahhh Aua.« entfuhr es mir und ich spürte die Feuchtigkeit in meinen Augenwinkeln brennen. Durch die mit Tränen verschwommene Sicht betrachtete ich meine Hände. Grobe Schnitt- und Schürfwunden leuchteten auf meiner blassen Haut und ich merkte wie sich mir der Magen umzudrehen versuchte. Meine Hände brannten entsetzlich als ich versuchte den braunen Schmutz aus den Wunden zu fischen, doch gelang es mir nicht. Der Wind um mich herum blies immer noch unerbittlich seinen eiskalten Atem in meine Glieder und ich sah mich um, wo ich gelandet war. Ich musste den Ort hinter mir gelassen haben, doch wie konnte das sein? Ich saß in Mitten einiger grob behauener Steine an einem Straßengraben zum Fuße eines Hügels oder Berges und ich fragte mich, wie ich wohl hier her gekommen war. Schließlich war ich noch nie die schnellste Läuferin gewesen und ich konnte mir nicht erklären, wie ich die Stadt so schnell hinter mir gelassen hatte. Weit und breit war weder ein Schild, noch sonst irgendein Zeichen einer Zivilisation zu erkennen.

»Wen haben wir denn da?« eine knöchrige Stimme hinter mir ließ mich zusammenzucken. Mein Herz glitt mir in die Hosentasche und hinterließ ein kaltes Gefühl in meiner Brust. Langsam drehte ich mich zu der Stimme hin um. Dort waren nur einige, wenige Büsche, deren Blätter mattgrün unter den ersten Schneeflocken schimmerten, ein paar große Steine des Abhanges und sonst nichts.

»Wer ist da?« quiekte ich etwas zu spitz, doch konnte ich meine Stimme nicht kontrollieren. »Noah?«

»Nein, kein Noah.« sagte die Stimme verwundert und irgendetwas links von mir raschelte im Blattwerk des Gebüsches.

»Ich bin bewaffnet!« quiekte ich. Angst kroch in meine Brust und umschloss mein Herz und meine Lunge mit seinen groben und kalten Händen. Ich war stocksteif vor Angst. Panisch blickte ich mich zu allen Seiten hin um in der Hoffnung einen Weg zu erkennen, auf welchem ich davonrennen konnte. Ich wollte mich vom Boden abdrücken, doch versagten mir meine Beine den Dienst. Meine Knie schmerzten und nässten unter der dünnen Hose die ich trug und meine klammen Finger fanden einfach keinen Halt auf der Schotterpiste des Weges. Ich kroch langsam, mich immer wieder schmerzhaft auf meine Handballen stützend, zurück.

»Bewaffnet? So so.« sagte die Stimme rau.

»Ich würde dir nicht raten mir zu nahe zu kommen! Ich werde nicht davor zurückschrecken von meiner Waffe Gebrauch zu machen.« sagte ich mit zitternder Stimme, während meine Augen den Weg nach einem geeigneten Stock oder Knüppel absuchten.

»Muss nicht, nein, muss sie nicht.« sagte die Stimme wieder und ein Knurren lag in ihr. Ich blickte wieder nach hinten und sah einen Stock, gerade lang genug um mir als kleiner Knüppel zu dienen. Ich streckte mich vorsichtig nach Hinten aus und nestelte mit den klammen Fingerspitzen nach dem Ast, doch erreichte ich ihn nicht. Vor mir hörte ich das Brummen aus dem Busch und ich beschloss noch einmal mit gesammelter Stärke nach hinten zu krauchen. Nur noch wenige Zentimeter trennten mich von dem Stock, bald würde ich ihn erreicht haben.

»Was willst du mit dem Stock?« sagte die runzlige Stimme. Ich hätte vor Entsetzen am Liebsten geschrien, doch wollte kein Ton aus meinem Mund weichen. Vor mir war jemand aufgetaucht, oder sollte ich besser sagen: Etwas! Dort im Schatten des kleinen Gebüschs stand ein Mann von gnomenhafter Gestalt. Alt und runzlig, den Bart lang auf seinem Bauch geheftet und eine spitz zulaufende Mütze über die Schulter geschwungen.

Ich ergriff den Stock mit letzter Kraft und holte nach der Zwergengestalt hin aus. Der Widerstand in meiner Hand verriet mir, dass ich getroffen haben musste.

»Aua!« rief der Gnom vor mir und tänzelte ein paar Schritte rückwärts. Er hielt sich die Nase, dort wo mein Stock ihn getroffen hatte. »Nicht schlagen junge Frau, nicht schlagen!« presste er unter seinen breiten Händen hervor. Drohend erhob ich noch einmal den Stock in meiner Hand. Dieses Wesen vor mir musste ein Zwerg sein, zumindest verriet mir seine Größe das, denn dieser Gnom dort war locker zwei Köpfe kleiner als ich!

»Was bist du?« fragte ich nervös und drohte mit dem Stock. Der Kleine ließ die borstigen Hände von seinem Gesicht sinken. Ein dünner Rinnsal Blut tröpfelte auf seinen weißen Bart hinab.

»Nicht was sondern wer!« sagte er sichtlich gekränkt und zog seine lederne Hose zurecht. »Ich bin Brok! Und ich bin hier um dir den Weg zu leiten. So werden also Helfer von dir begrüßt Vanira!« motzte der kleine Mann als er sich den Staub aus den Kleidern klopfte. Er legte den Kopf schief auf seine winzige Schulter und schaute mich durchdringend an.

»Bist… Bist du… ich meine…« stammelte ich und suchte nach den passenden Worten. Langsam griff ich mir an den Hinterkopf um zu prüfen, ob ich vielleicht nicht doch ein wenig zu heftig gefallen war.

»Ein Zwerg!« vervollständigte Brok meine Frage und schaute triumphierend aus seinem runzligen kleinen Gesicht.

»Ein Zwerg?« wiederholte ich langsam und tastete wieder nach dem Stock.

»Untersteh dich mir noch eine mit dem Stock zu geben Vanira!« ermahnte mich Brok und deutete mit seinen breiten Fingern auf meine Hand.

»Was ist ein Vanira?« fragte ich ratlos. Der Zwerg schüttelte enttäuscht den Kopf und griff sich an die Stirn.

»Wie ich fürchte, hast du zu lange hier draußen gesessen Liebes. Ich werde dich erst einmal aus diesem Sauwetter holen.« sagte der Zwerg in seiner nasalen Stimme und reichte mir seine Hand. Zögerlich nahm ich sie und schloss meine Finger um die warme, schwielige Hand des Zwerges. Wie als hätte jemand einen Angelhaken an meinem Bauchnabel befestigt wurde ich nach vorn gezogen. Ich vermutetet zuerst, dass der kleine Mann doch eine riesige Kraft besitzen musste, doch schon bald wurde mir klar, dass meine Beine den Kontakt zum Boden verloren hatten. Immer wilder wurde ich um meine eigene Achse gewirbelt und die Umgebung um mich herum verfiel in einen Strudel aus matten grauen Farbtönen. Ich konnte nicht schreien, der Druck legte sich unangenehm und bremsend auf meine Lunge. Ich hatte keine Luft mehr, fürchtete zu ersticken. Angestrengt japste ich nach Luft, was hatte der Zwerg nur mit mir gemacht? Ich hätte ihn nicht schlagen dürfen. Gerade als ich dachte, dass meine letzte Stunde geschlagen hatte, kamen meine Beine auch schon wieder sehr unsanft und hart auf unnachgiebigen Boden auf. Meine Füße schlugen derart hart auf den Steinboden, dass ich das Gleichgewicht verlor und nach hinten taumelte. Alle Vier von mir gestreckt blickte ich blinzelnd nach oben. Wo war ich?

»Wo bin ich?« presste ich aus meinen luftleeren Lungen hervor und blickte mich panisch um. Ich war in einer Art unterirdischem Gang gelandet. An den Seiten des Ganges tropfte Grundwasser von den gezackten Wänden des Felsen hinab, nur der Boden war platt gestampft worden. Schmale metallene Geländer führten an den Wänden vorüber, welche im regelmäßigen Abstand mit dicken, von Gittern umgebenen, gelben Lampen erleuchtet wurden. An den Wänden hingen allerlei Pläne, auf einer Sprache verfasst die ich nicht kannte und welche aus Runen und Zeichen merkwürdigster Formen zu bestehen schienen. Der Gang in dem ich lag erstreckte sich soweit ich blicken konnte und die Panik machte sich wieder in meiner Brust breit.

»Willkommen bei Dvergstrøm.« sagte Brok freundlich und ein breites Lächeln machte sich auf dem kleinen Gesicht breit.

»Wo?« fragte ich und hangelte mich an einem der Geländer wieder auf beide Beine.

»Dvergstrøm, ihr regionaler Stromanbieter!« wiederholte Brok geduldig und reichte mir seine Hand. Mit einer nicht geahnten Leichtigkeit zog er mich sachte auf beide Beine. »Tochtergesellschaft der Zwergen-Eisenwaren und Metallverarbeitung AG. Wir bauen ab, wir beliefern, Sie wünschen und wir fertigen.« erklärte er mir, während wir die langen Wände des Tunnels entlang schritten.

»Ich verstehe nicht.« sagte ich als wir vor einer großen, runden Stahltür angelangt waren, welche in die steinerne Wand eingelassen war. Auch diese Tür war wieder über und über mit Runen versehen worden. Brok trat einen Schritt nach vorn und betätigte ein kleines Handrad in der Mitte der Tür. Knarzend setzte sich irgendein verborgener Mechanismus in der Tür in Bewegung, dann flog die Tür auf. Brok trat durch die kreisrunde Öffnung, welche die Stahltür preisgegeben hatte, hielt kurz inne und reichte mir wieder seine kleine, runzlige Hand.

»Vertrau mir! Hier drin bist du sicher, Vanira.« sagte er mit sanfter Stimme. Ich versuchte an ihm vorbei zu sehen, doch konnte außer der tiefen Schwärze nichts erkennen. Langsam ergriff ich seine Hand und trat nun ebenfalls ins Innere. Vor uns erstreckte sich ein riesiger Hohlraum, welchen ich nicht zu erdenken gewagt hatte. Mindestens drei Kirchen hätten von der Höhe her hier Platz gefunden. Ich stand neben Brok auf einer kleinen metallenen Plattform.

Langsam blickte ich nach unten durch die gerasterten Gitter, bereute es aber augenblicklich und klammerte mich an die Stahlumrandung der Tür.

»Du brauchst keine Angst zu haben Liebes.« sagte Brok sanft. »Zwergenstahl hält Trolle und Riesen, da wird er nicht bersten wenn eine Zierlichkeit wie du darauf gehst.« er lachte ein langes krächzendes Lachen. »Willkommen in unserem Bergwerk.« sagte er ausgelassen und deutete mit einer überschwänglichen Geste nach unten. Viele kleine Gänge, nicht mehr als Wurmspuren in einem Apfelgehäuse von hier oben, gruben sich in den Fels unter uns. Erhellt wurde das Spektakel in hunderten bunter Farben kleiner Lampen und Lampions in den Händen noch kleinerer Punkte. Alles Zwerge wie ich dachte, bewaffnet mit Spitzhacken, einige saßen auf schweren mechanischen Maschinen wie Baggern, oder Kippladern, andere fachsimpelten gemeinsam über Plänen und Zeichnungen und wieder andere stiefelten mit Aktenkoffern und Anzügen über das unendliche Labyrinth von Metallplattformen. Hier und da waren breite und mannshohe Fensterfronten in den unnachgiebigen Stein des Felsens getrieben worden.

»Was zum…« flüsterte ich leise und Brok bedachte mich mit einem Lachen.

»Gefällt es dir?« fragte er sichtlich stolz über den Anblick. »Na los hier entlang, ich bring dich ins Büro.« ich folgte Brok über eine Reihe von metallenen Leitern, Plattformen und Gittern an den Schluchten der Höhle entlang. Immer wieder kamen uns Zwerge entgegen, meist mit ruß-schwarzem Gesicht und Hacken und Äxte über die Schulter geschwungen. Ein jeder von ihnen trug eine kleine Latzhose mit aufwändigen Bestickungen, drängte sich dicht an meiner Hüfte vorbei und warf mir missmutige Blicke von unten her zu. Staunend folgte ich Brok in eines der Büros, welche vom Bergwerksschacht wegführten. Drinnen sah es überaus modern und großzügig eingerichtet aus. Zwei Zwerge, in wehende weiße Mäntel gewickelt, saßen an einem tischgroßem Bedienfeld aus Touchscreen und Computern und deuteten leise flüsternd mit den runzligen Fingern auf mich, als ich mich an der langen schwarzen Tafel niederließ.

»Lange haben wir dich gesucht, Vanira, Tee? Kaffee? Bier? Vielleicht ein Wasser?« fragte Brok und wirbelte aufgeregt um den Tisch herum.

»Wasser, danke.« antwortete ich. Brok füllte das Glas und schob mir die sprudelnde Flüssigkeit über den Tisch zu. »Danke. Was mache ich hier?« fragte ich, als ich einen Schluck getrunken hatte.

»Ich dachte das dürfte klar sein, was du bei uns machst, Vanira.« sagte Brok nachdem auch er einen riesigen Schluck aus seinem Becher genommen hatte. »Ich habe dich zu uns geholt, dass du für uns vor deiner Familie sprechen kannst und ein gutes Wort für uns Zwerge einlegen kannst.

Damit sie ihre dreckigen Kriegsgeschäfte wieder aufleben lassen können und uns aus der Verbannung befreien.«

»Ich denke du verwechselst mich.« sagte ich langsam und nippte wieder an meinem Glas Wasser.

»Nein, ich denke ich weiß sehr wohl wer du bist Vanira, Frau und Behüterin des Njördr.« sagte der Zwerg und beugte sich nun über den Tisch zu mir herüber. Er legte seine schorfigen Hände aneinander und blinzelte mich voller Erwartung über seine Fingerspitzen hinweg an.

»Wieso nennst du mich so?« ich stellte das Glas vor mir auf den Tisch ab. Mein Kopf begann sich durch einen leichten, ziehenden Schmerz zu melden.

»So ist doch dein Name!« sagte Brok und sein schiefes Grinsen wurde breiter. Die Welt um mich herum begann sich zu drehen. Ich spürte den hässlichen Druck unter meiner Stirn, den Druck eines heftigen Migräneanfalls, und mein Blick verschwamm zu unkenntlichen Spiralen aus Farbe.

»Mir tut mein Kopf weh.« brüstete ich hervor, doch meine Zunge fühlte sich bleischwer an, als würden hunderte Zwerge auf ihr stehen.

»Ich wusste nicht ob du uns freiwillig helfen würdest Vanira, deshalb musste ich vorsorgen. Es tut mir leid.« sagte Brok in seiner gehässigsten Stimme und zuckte mit den Schultern.

»Was hast du mir gegeben?« nuschelte ich, doch ich hörte, dass man sicher keinen Satz davon verstehen konnte was ich sagte. Dann wurde es dunkel um mich herum und mein Kopf sank nach vorn über auf die Tischplatte. Irgendwo im Hintergrund meines Kopfes hörte ich einen lauten Knall, die Farben vor mir verwuschen sich zu tobenden Spiralen und rote Lampen an den Kellerwänden flackerten auf. Um mich herum herrschte reges Treiben, doch konnte ich mich nicht bewegen. Wie gelähmt saß ich da. Mit glasigem Blick und vollkommen hilflos in der Gegend herum schauend.

Die Zwerge am Kontrollpult waren aufgesprungen und rannten nun wie von wilden Bienen gestochen um uns herum. Brok verzog das Gesicht zu einer hässlichen Fratze, als er mit der Faust auf den Tisch trommelte und von seinem kleinen Stuhl aufsprang. Das Donnern seiner kleinen, harten Faust auf dem Tisch vibrierte in meinem Nacken, dann in meinen Ohren wieder. Die roten Leuchten an den Wänden verkürzten nun ihre Taktung und ich spürte wie immer mehr Zwerge, auch draußen vor der riesigen Fensterfront des Büros, welche in den Krater darunter zeigte, panisch umher rannten. Was war hier nur los? Langsam versuchte ich den Kopf zu heben, doch es fiel mir zu schwer. Schwer und unsanft sank meine Stirn wieder auf die kühle Metallplatte des Tagungstischs. Ich konnte nicht erkennen was draußen los war. Ein Tinnitus bohrte sein schmerzhaftes

Pfeifgeräusch in meinen Kopf und brachte mich um die Sinne. Ich lag hilflos hier, mein ganzer Körper zitterte wie verrückt und nun wartete ich auf das unbarmherzige Ende, wann es auch kommen möge. Ich krallte meine tauben Fingerspitzen in mein Hosenbein, doch spürte ich weder den Druck an meiner Haut, noch dass ich meine Finger bewegte. Langsam tröpfelte ein Spuckefaden aus meinem Mundwinkel und wand sich seinen Weg bis zum Tisch hinab. Ich konnte nichts mehr bewegen, nun war ich steifer und unbeweglicher als eine Leiche und ich verteufelte meinen Leichtsinn diesen Zwergen so leicht vertraut zu haben.

Ich schloss die Augen, was mir eine enorme Anstrengung abverlangte und dachte noch einmal an die Worte des Zwerges. Er hatte mich mit einem komischen, fremdartigen Namen benannt und doch hatte er so viel über mich gewusst, als dass er mich hätte verwechseln können. Er wusste auch von Noah, er hatte ihn bei seinem richtigen, seinem göttlichen, Namen genannt, Njördr. Langsam begriff ich und doch verstand ich nichts, die Gedanken in meinem Kopf wirbelten wild umher. Erst verstand ich, weshalb das alles hier geschah, danach vergaß ich sofort was ich zu wissen geglaubt hatte. Mein Kopf machte inzwischen wilde Purzelbäume, während in weiter Ferne die Sirenen des Bunkers sich tief in mein Trommelfell bohrten. Dann ein näheres Geräusch. Ein Hieb, ein Knacken. Langsam blinzelte ich gegen das Licht. Ein Licht? Dort wo noch vor wenigen Augenblicken die Tür zum Büro hin gestanden hatte klaffte nun ein riesiges Loch und mitten in diesem Loch stand der Umriss eines Mannes. Es war kein Zwerg, was ich trotz meiner Verwirrung noch sagen konnte. Langsam schloss ich wieder die Augen und ich spürte wie mein Körper leichter wurde, als würde ich einfach hochgehoben und weggetragen werden. Auch die Sirenen im Hintergrund verstummten.

Langsam und verträumt öffnete ich meine schweren Augenlider. Es fühlte sich fast so an, als hätte ich seit Tagen die Augen nicht mehr geöffnet. Draußen vor dem Fenster war keine Nacht mehr, das Tageslicht schob sich wärmend und hell durch die zugezogenen Vorhänge hindurch. Ich ließ meinen Kopf noch einmal zurück in die Kissen sinken. Kissen? Ich spürte dass ich in einem Bett lag. Meine Fingerspitzen tasteten sich zaghaft nach unten unter meine Bettdecke und umklammerten den feinen Stoff des Bettgeschirrs.

»Lisa?« fragte eine mir vertraute Stimme und ich versuchte meine Augen abermals zu öffnen. Mein Blick wurde allmählich klarer, doch der Schmerz in meinem Kopf meldete sich wieder jäh zu Wort. Neben meinen Beinen saß ein schwarzhaariger Junge mit tiefblauen Augen. Sein markantes Gesicht wirkte blass und ausgemergelt und er blickte mich mit tiefer Sorge in den Augen an.

»Noah?« flüstere ich, doch meine Stimme war schwächlich und bebte unter der Last und Anstrengung sie zu benutzen.

»Alles gut Lisa, du bist in Sicherheit. Ich pass auf dich auf! Ruhe dich ein wenig aus.« sagte Noah sanft und seine Hand umschloss mein Handgelenk. Ich fühlte die Wärme seiner rauen Hände auf meiner Haut und es fühlte sich großartig an. Langsam öffnete ich wieder meine Augen und dann sah ich ihn endlich klar vor mir.

»Was ist passiert?« fragte ich mit brüchiger Stimme.

»Brok der Zwerg. Mach dir keine Gedanken Lisa, wir haben uns schon um die Zwerge gekümmert. Du bist jetzt in Sicherheit.«

»Was... wie?« ich versuchte mich im Bett aufzusetzen, doch Noah drückte mich bestimmend wieder zurück in die Kissen. Er lehnte sich über mich, stützte sich mit seinen starken Armen neben meinem Kopf ab und verweilte einfach über mir. Dann drückte er mir einen sanften Kuss auf die Stirn und blickte mich mit einem Lächeln an.

»Ich werde dir erstmal etwas zu trinken holen Lisa, du wirkst schwach.« sagte er und wandte sich zum gehen. Meine Finger umschlossen sein Handgelenk und er schaute mir tief in die Augen, seine schönen tiefen, blauen Augen. Langsam schloss ich die meinen und griff nach seinem Kragen des Pullovers. Ich zog ihn zu mir herunter. Ich wollte ihn! Jetzt! Unsere Lippen berührten sich. Erst zaghaft und vorsichtig, dann immer schneller und gieriger. Seine Zunge tastete forschend in meinem Mund und ich erwiderte seinen Kuss. Es war unglaublich, dann ließ er von mir ab und erhob sich von meinem Bett. Ich verweilte noch eine Weile in der Stellung, hungrig nach seinen Lippen und untröstlich, dass er sie verlassen hatte.

»Ich glaube deine Mom hat angerufen. Wir machen heute noch nach Hause, du kannst ihr ja Bescheid sagen.« sagte Noah freundlich und blickte mich unter seinen buschigen Brauen hervor an. Meine Schneidezähne suchten meine Unterlippe, als er sich seinen Pullover richtete und das Zimmer verließ. Mit einem Mal strömte die Kraft in meinen Körper zurück und ich setzte mich auf. Ich tippte die ersten Ziffern der Nummer von Mom in mein Handy und wählte die Telefonnummer. Mom würde es sicher verstehen, ich war mit ganz sicher, vielleicht aber war ich auch nur übermutig von diesem Kuss, der mir meine Sinne geraubt hatte. Ein Knacken in der Leitung ertönte was mir sagte, dass ich verbunden sein musste, doch niemand meldete sich.

»Hallo Mom.« sagte ich zögerlich, doch niemand antwortete. Ich wartete eine Weile ab, bevor ich erneut in das Telefon redete.

»Lisa.« sagte eine tiefe Männerstimme auf der anderen Seite. Erschrocken zog ich das Telefon von meinem Ohr und starrte entsetzt auf den

Bildschirm. „Mom" leuchtete die Schrift weiß auf blauen Grund hervor auf und das Bild meiner Mutter mit wehenden braunen Haaren zierte das Display. Zitternd richtete ich den Hörer wieder an mein Ohr.

»Mom?« piepste ich mit hoher Stimme. Ein eiskaltes Lachen erklang am anderen Ende und die kleinen Härchen in meinem Nacken richteten sich unangenehm knisternd auf.

»Ich warte Lisa. Ich warte auf euch. Beeilt euch lieber.« flüsterte die dunkle Männerstimme, dann ertönte ein langgezogenes Piepen. Der andere hatte aufgelegt. Ungläubig startete ich auf das Display in meiner Hand. Ich zitterte am ganzen Körper. Die Tür hinter mir ging quietschend auf und ich fuhr herum.

»Er hat sie! Wir müssen heim.« sagte ich zitternd und Tränen fluteten meine Augen.

KAPITEL 11

TREFFPUNKT PARKPLATZ

Nachdem ich Markus und Noah alles erzählt hatte und ihnen von der Stimme berichtet hatte, ja nachdem ich in Markus Armen schluchzend zusammengebrochen war, waren wir aufgebrochen. Die Fahrt war derart rasant, dass ich das Gefühl hatte Noah fliegt mit dem Auto anstatt wirklich noch zu fahren. Noah fuhr Tag und Nacht durch, wechselte sich nur sehr selten mit Markus ab und ich konnte diese Wut spüren, welche jeden von uns zu durchströmen schien. Selbst ich kämpfte gegen das dringende Bedürfnis einzuschlafen. Mein Herzschlag, welcher mir gegen Lunge und Hals drückte hielt mich wach und erinnerte mich schmerzhaft daran, dass ich hätte zu Hause bleiben sollen. Als wir schließlich über die Ortsgrenze von Chemnitz fuhren, Noah war die letzten zwölf Stunden nicht vom Lenkrad gewichen und starrte nun aus sehr müden, eingesunkenen Augen, meldete sich mein stechender Herzschlag wieder in meiner Brust.

»Was wenn wir zu spät sind? Was wenn er nicht weiß, dass wir wieder da sind?« fragte ich und starrte nervös aus dem Fenster in die Nacht hinein. Hinter mir im Kofferraum leuchtete die alte Reliquie schwach durch ein altes Tuch hindurch, für welche wir so viel riskiert hatten.

»Er weiß wo wir sind und ich weiß wo er ist.« knurrte Noah und lenkte den Wagen auf einen naheliegenden Parkplatz gegenüber dem hübschen neuen Glasbau in der Innenstadt. Wir stiegen aus und atmeten die Frische der Nachtluft tief durch unsere Lungen. Ein wirklich befreiendes Gefühl. Ich blickte mich verstohlen um, auf der Suche nach einem einzigen Zeichen, doch konnte ich nirgendwo eines erkennen. Der Parkplatz lag wie ausgestorben vor uns, nur weiter hinten tobten noch eine Handvoll Jugendlicher mit ihren Skateboards auf einer Half-Pipe. Ich beobachtete sie mit glasigem Blick und dachte daran, dass ich vielleicht hätte dort sein können, in einem anderen Leben, zu einer anderen Zeit und dies hier alles nie für mich geschehen wäre. Ein kühler Windhauch ließ mich schließlich wieder aufsehen.

Die kleinen Härchen auf meinem Arm stellten sich unwillkürlich auf, als würden sie spüren was hier vor sich ging. Langsam und gekleidet in einen schweren schwarzen Mantel schritt ein

Mann auf uns zu und ich brauchte nicht lange um zu erkennen, dass dies Vili sein musste. Er trug eine geschwärzte Sonnenbrille auf der Nase und sein langer weißer Bart, dieses Mal ordentlich gekämmt, lag kunstvoll geflochten auf seiner Brust. Seine schweren Stiefel schienen die Erde erbeben zu lassen, bei jedem Schritt den er tat. Ich bemerkte wie Noah und Markus sich allmählich bereit zu machen schienen. Markus Hand zuckte immer wieder panisch zu seinem Unterarm, als würde er nur auf den Grund warten seine Rune zu aktivieren. Auch Noah schaute wachsamer denn je, zwar lehnte er lässig an der Tür seines Wagens, die Hände tief in die zerschlissenen Jeans versteckt, doch seine Blicke zuckten wachsam über die hünenhafte Gestalt von Vili. Er kam langsam auf uns zu geschritten, auf dem Gesicht den Hauch eines Lächelns, die breite Brust bis zum Bersten unter einem schwarzen Mantel versteckt und auf irgendetwas herum kauend. Abgesehen von seinem langen weißen Bart oder seinen ergrauten Haaren hätte man nicht denken können, dass er sonderbar viel älter als Noah oder Markus war.

»Ah die Familie ist also wieder zusammen gekommen.« sagte Vili als er vor uns angekommen war und streckte theatralisch beide Hände wie zur Umarmung aus. »Ich hatte mich schon gefragt, ob mich meine Neffen wohl enttäuschen würden. Kvasir hatte so gehofft, dass ihr rechtzeitig eure Pflicht erfüllen möget. Oh der Arme hatte wirklich einiges durchmachen müssen. So tapfer, doch noch so schwach…« das Grinsen auf dem Gesicht des Alten wurde breiter. Er beobachtete Noah ganz genau, doch Noah ließ sich nicht provozieren.

»Wo ist Erik?« fragte Noah langsam. »Und wo ist Sandra Kopinski?« Ich war für einen Moment erstaunt darüber, dass Noah wusste wie meine Mutter mit Vornamen hieß, doch schüttelte ich den Gedanken schnell ab, aus Angst heraus zu erfahren was der Alte zu sagen hatte.

»Oh den beiden, denen geht es gut.« Vili klatschte freudig in die Hände und bedachte uns mit einem breiten Grinsen. »Doch zu erst hätte ich gern was mir versprochen wurde!« er streckte seine Hand aus und rieb sich langsam die Fingerkuppen. Noah trat an den Wagen heran und öffnete langsam den Kofferraum, ohne die Tür des Wagens zu berühren. Ein gleißender Strahl goldenen Lichts erhellte sein Gesicht, während aus den Tiefen des Wagens eine Waffe in seine Hände geglitten kam, welche von einer solchen Schönheit war, dass ich glaubte noch nie etwas anmutigeres gesehen zu haben. Der lange Schaft des Speeres war kunstvoll in filigraner Kleinarbeit verziert wurden. Die Reliefs auf dem Schaft deuteten von großen Geschichten großer Helden. Die Augen eines jeden Kriegers auf dem Speer waren mit wundersamen Edelsteinen gespickt.

Smaragd, Rubin, Bernstein und andere, in vielen Farben glitzernde Steine. Die Klinge jedoch, mindestens so groß wie der Kopf eines jungen Mannes, glitzerte im Mondlicht. Sie war so hauchdünn und scharf geschliffen, dass man das Gefühl hatte, die Klinge würde die Luft zerschneiden. Als der Speer in Noahs Hand geflogen kam und dort ruhte erlosch der blendende Glanz und durchströmte Noah auf wundersame Weise. Noah öffnete die Augen wieder und schaute angriffslustig auf seinen Onkel.

»Die Geiseln zuerst, dann der Speer! Sei kein Narr Vili.« knurrte Noah mit frischer Kraft. Es musste wohl an dem Speer liegen, oder dem Licht, welches Noah so mysteriös durchleuchtet zu haben schien, doch Noah wirkte nun gestärkter und bereit für einen aufkommenden Kampf. Ich schaute nervös zu Vili, welcher sich auf die Unterlippe biss und erstaunt auf den Speer in Noahs Hand blickte. Dann fing Vili an zu lachen. Ein lautes, grausames Lachen, voller Hohn, doch schlug er abermals in die Hand und ein Wirbel aus fliederfarbenen Licht wirbelte neben ihn auf, dann erschien erst Erik, deutlich geschwächt, nur in einem Unterhemd und einer Unterhose bekleidet und mit Schrammen am ganzen Körper. Als er durch das wirbelnde Gas schritt verließen ihn seine Kräfte und er sank auf die Knie. Er blickte aus seinem geschwollenen Gesicht kraftlos nach oben und lächelte als er Noah erblickte.

»Ihr habt es geschafft.« stöhnte Erik. »Njördr gib ihm nicht den Speer!« Vili gab Erik eine Rückhand und er glitt bewusstlos zu Boden. Ich wollte schon aufschreien und mich um den gemauerten Überrest von Erik kümmern, da kam eine weitere Person aus dem Lichtstrudel hervor.

»Mom.« keuchte ich und sah wie meine Mutter, deutlich weniger geschunden als Erik, doch trotzdem sehr schwach vor Vili auf die Knie fiel.

»Gib ihm nicht den Speer!« keuchte Erik noch einmal unter größter Anstrengung und schaute aus seinem geschundenem Gesicht Noah entgegen.

»Sei nicht dumm Njördr!« polterte der Alte und ging einen Schritt nach vorn auf Noah zu, welcher drohend den Speer erhob. Vili betrachtete die lange, dünne Klinge mit einem ehrfürchtigen Blick und blieb wie angewurzelt stehen. »Wir hatten einen Deal und du solltest deinen Teil erfüllen Njördr! Oder willst du, dass diese beiden armen Seelen den Weg in die ewige Verdammnis antreten müssen, wegen deiner Dummheit!« polterte Vili und erhob drohend die Faust.

»Du wirst ihnen nichts tun!« knurrte Markus und berührte sein Zeichen. In Sekunden stand er komplett in Flammen und als sich das Lichtspiel gelegt hatte stand Markus oberkörperfrei und mit leuchtenden Unterarm vor Vili und schaute ihn elektrisiert entgegen. »Du bist in der Unterzahl!« sagte Markus und tat einen Schritt auf Vili zu.

»Vergesst nicht!« sagte Vili und ging einen Schritt zurück. »Wenn ich sterbe, dann seht ihr diese beiden Seelen nie wieder!« er fuchtelte mit der anderen Hand nach den beiden Gefangenen am Boden und dann geschah etwas, was ich nicht für möglich gehalten hätte. Seine Finger glitten durch die Körper der beiden hindurch und hinterließen einen nebligen Schleier. »Dachtet ihr wirklich, dass ich meinen Pfand mit verschleppen würde? Nicht bevor ich meinen Speer habe! Sie schmoren in der Unterwelt, so lange bis ich sie rufe.« der Alte lachte ein langes, tiefes Lachen. Ein Blitz zuckte über dem Himmel. Noahs Augen weiteten sich vor Schreck, auch Markus blickte entgeistert drein.

»Wie ist das…« begann Noah langsam und ließ den Speer sinken.

»Wenn ich also dann um den Speer bitten dürfte.« sagte Vili und streckte gierig seine Hand nach dem Speer aus. »Ihr habt Glück, dass diese beiden mir nichts bedeuten. Also nehmt eure Freunde wieder in Empfang, doch überlasst mir Odins Speer.« Der Blick des Alten war nun manisch geworden und mit starr geöffneten Augen funkelte er zu uns herüber. Angespannt leckte sich Vili über seine rauen, gesprungen Lippen.

»Du darfst nicht auf ihn hören Njördr!« rief das Abbild von Erik mit letzter Kraft. Noah schien mit panischen Gesichtsausdruck zu überlegen. Ich sah in das Gesicht meiner Mutter, oder zumindest in das nebelige Geistergesicht, welche meine Mutter auf diesem düsteren Parkplatz darstellte. Tränen stiegen mir in die Augen.

»Noah bitte!« flehte ich und konnte meine Tränen nun nicht mehr zurückhalten.

»Ja hör auf das Menschenweib Njördr!« sagte Vili gehässig. Noah sah mit starren Blick erst auf mich, vollkommen in Tränen aufgelöst und das Schicksal der Welt war mir auf einen Schlag egal, dann auf den Nebel-Erik, der kraftlos den Kopf schüttelte.

»Gut…« knurrte Noah langsam. »Du sollst den Speer haben, doch erbitte ich den Austausch sofort.« sagte Noah. Der Nebel-Erik schüttelte fassungslos den Kopf.

»Ausgezeichnet…« sagte Vili und blickte besessen auf den leuchtenden Speer in Noahs Hand. Noah blickte noch einmal zu Markus, der langsam und zustimmend nickte.

»So soll es sein Onkel…« sagte Noah und löste seinen Griff langsam von dem Speer. Wieder erfasste ein Lichtstrahl die geschmiedete Waffe, bevor sie sich langsam in die Luft erhob und durch die Dunkelheit zu Vili hinüber glitt. Mit begeistert aufgerissenen Augen reckte der Alte seine müden Finger in die Luft und schnappte nach dem Speer. Langsam drehend blieb die Waffe in Vilis Hand ruhen. Ich beobachtete den Leuchtstrahl ein weiteres Mal durch den Speer in die Arme und ins Fleisch von Vili übergeben.

Der Alte trat einen Schritt zurück und atmete tief und röchelnd durch seine breiten Nasenflügel. »Fühlt sich das gut an…« atmete Vili begeistert auf und seine Augen leuchteten wie der Speer noch zuvor.

»Jetzt lass die Gefangenen frei!« forderte Markus, der sich wieder bereit gemacht hatte, bei der kleinsten falschen Bewegung zu zuschlagen. Vili schaute Markus geringschätzig von oben her an. »Ihr sollt sie haben.« winkte er ab und erneut strudelte das Licht dort auf, wo wenige Sekunden zuvor noch Nebel-Erik und das nebelige Selbst meiner Mom gehockt hatten. Als sich der Lichtstrahl gelegt hatte, stürzten zwei bewusstlose Körper auf den nassen und kalten Boden des Parkplatzes.

»Mom…« keuchte ich und fiel neben dem bewusstlosen Körper meiner Mutter auf die Knie. Sanft berührte ich ihre Stirn, sie war eiskalt geworden, dann tätschelte ich ihr Gesicht. Ihr Kopf fiel leblos in meine Arme und drehte sich ein wenig hin und her. Ihre Augen flackerten unter ihren Lidern, doch sie lebte. Tränen strömten mir über die Wangen und ich konnte es nicht mehr zurück halten. Dann bemerkte ich einen Schatten über mir, es war Noah. Mit starken Armen hob er den Körper meiner Mutter mit einer Leichtigkeit vom nassen Boden auf und legte sie behutsam ins Auto. Meine Gedanken rasten wild durcheinander, was wohl jetzt passieren würde.

Mein Puls schlug unsanft immer und immer wieder gegen meinen Kehlkopf, dass ich das Gefühl hatte ersticken zu müssen. Markus hatte inzwischen Eriks Körper neben mir aufgesammelt und auch ihn sanft auf den Rücksitz des Wagens gebetet.

»Wie rührselig.« sagte Vili und tat dabei so als würde er sich eine Träne aus seinem Augenwinkel wischen. Markus und Noah funkelten ihn bösartig an. Ich hatte mich inzwischen wieder erhoben und klopfte mir den Staub aus den Jeans. Der Blick des Alten fiel auf mich.

»Pass gut auf sie auf Njördr.« sagte er zu Noah, ohne seinen Blick von meinem Gesicht abzuwenden. »Menschen sind doch immer so verletzlich.« sein Grinsen wurde breiter und entblößte eine Reihe gelber Zähne unter dem Bart. Ich versuchte einen angriffslustigen Blick zu bewahren, auch wenn mein Herz in meiner Brust wie losgelöst schien. Vilis Blick glitt an meinem bebenden Körper langsam hinab. Dann verweilten seine Augen auf meinem Unterarm und sein Blick verfinsterte sich von einem auf den anderen Augenblick.

»Was ist das?« knurrte er zu Noah hinüber und sah ihn nun mit wütenden Blicken an. Markus schob sich unauffällig vor mich, bedeckte meinen Körper mit seinem.

»Geh nun Vili und wir vergessen was heute hier vorgegangen ist!« sagte Noah bestimmend.

»Sind also die alten Prophezeiungen Wirklichkeit und der Zwerg hatte Recht!« Spucketröpfchen flogen durch die Luft, als der Alte hysterisch schrie. »Du weißt nicht wer sie ist, hab ich Recht Njördr!« er deutete mit seinen gelben Fingernägeln auf meine Brust. Mein Herzschlag schien einen Schlag auszusetzen. Das Bild um mich herum drehte sich.

»Ich weiß nicht was du meinst, Vili und es spielt keine Rolle was du denkst. Geh hinfort und kläre mit Odin was du zu klären hast.« sagte Markus, dessen warmer Rücken sich nun ganz dicht an mich drängte, um mich vor Vilis Blicken zu schützen.

»Oh nein!« flüsterte der Alte hysterisch. »Ich habe eine bessere Idee. Wenn ich mit diesem Geschenk zu Omi zurück kehre, dann wird es keinen Kampf bedürfen.« der Alte lachte. Dann gab es ein Knallen. Schneller als ich sehen konnte peitschte Vili mit dem Speer durch die Luft. Der Himmel und alles um uns herum schien eben dort, da wo die Spitze des Speeres durch die Luft glitt, aufzureißen. Blut spitze und ein Stöhnen sagte mir, dass er Markus getroffen haben musste. Benommen taumelte Markus zur Seite weg. Mit einem erneuten Streich schlug Vili Markus von den Beinen.

»Komm mit mir VANIRA!« rief Vili und seine festen Hände umschlossen mein Handgelenk.

»Nein!« brüllte Noah, doch es war zu spät. Das letzte was ich hören konnte war das schreckliche Lachen, gefolgt vom Donnerrollen der Nacht.

Dann tauchte sich das Geschehen in unzählige Farben, welche gleich schon wieder vor meinen Augen verschwammen. Dann verlor ich die Sinne und fiel tief.

KAPITEL 12

DIE HALLEN AUS GOLDENEM STEIN

Hart schlug ich mit den Füßen voran auf dem steinernen Untergrund auf. Ich taumelte wenige Meter zurück und konnte mich nur unter größter Mühe auf den Beinen halten. Meine Augen brauchten eine Weile um sich an das grelle Licht zu gewöhnen, welches mir sagte, dass ich nicht mehr auf dem Parkplatz sein konnte. »Noah? Markus?« rief ich in die blecherne Stille hinein, doch bekam ich keine Antwort. Als sich der Schleier vor meinen Augen lüftete erkannte ich schließlich wo ich mich befand. Die Luft um mich her schmeckte eigentümlich salzig, ganz als würde ich direkt an einem Meer vorüber laufen. Der Himmel über mir wirkte Sternenklar, doch schien die Sonne zwischen der Schwärze der Nacht und spendete so Tageslicht auf diesem sonderbaren Flecken Erde. Ich befand mich in einem alten Gemäuer, vielleicht eine Burg überlegte ich verzweifelt, doch sahen die Steine ganz anders aus, welche zum Bau dieser Burg verwendet wurden. Hart und kantig, doch von stählerner Farbe und weniger wie Steine wie ich sie kannte. Ich war in einen Raum mit nur einem Fenster gesperrt wurden und in diesem Raum befand sich nichts, außer ein großzügiges Himmelbett und eine Truhe mit schweren, schwarzen Scharnieren. Ich schritt zum mannshohen Fenster heran in der Hoffnung irgendetwas zu erblicken was mir bekannt vorkam. Eilig durchmaß ich den Raum, mein Kopf wirbelte immer noch vor sich hin, ganz als wäre ich nie aus diesem Strudel aufgetaucht. Ich nahm meinen ganzen Mut zusammen und wagte einen Blick aus dem Fenster. Ich befand mich in einer großzügigen Anlage, wie die Schluchten unter meinem Fenster verrieten. Ich konnte den Boden nicht mehr erkennen, denn er wurde verdeckt von einer weichen, weißen Wolkenschicht, welche wie Marshmallows über den Erdboden wanderten. Zu meinen Seiten waren etliche Berge und Gebirgspässe zu sehen und die Sonne erstrahlte den blau schwarzen Himmel über meinem Kopf. Wie hoch war ich wohl hier? Wenn die Wolken zu meinen Füßen liegen und die Sonne durch die Schwärze des Alls strahlte? Mir wurde schwindelig und ich taumelte benommen rückwärts.

»Wo bin ich nur?« stöhnte ich und besah mich meiner ausweglosen Lage genauer. Ich fand kein Anzeichen dafür, dass ich diesen Ort kennen sollte. Dann fiel mein Blick auf die eichene Eingangstür, welche halbrund und mit etlichen stählernen Beschlägen in ihrem Loch in der Felswand ruhte. Eiligen Schrittes stürmte ich durch den Raum auf diese Tür zu. Ich rüttelte und zog an der Tür, doch nichts wollte geschehen. Enttäuscht ließ ich mich wieder auf den Boden sinken. Dann tauchte diese Truhe in meinem Blickfeld auf und ich stockte. Sollte ich es etwa wirklich wagen diese Truhe zu öffnen? Was würde ich wohl darin finden? Fragen über Fragen wuselten durch meinen Kopf, dass ich beinahe den Verstand verlor, doch dann antwortete mir eine zischende Stimme:

»Nahh nuuuhhh, wasssz machsszt duuu hierrr?« fragte die Stimme leise. Ich wandte meinen Kopf in sämtliche Richtungen, doch ich sah niemanden der gesprochen haben konnte. Ich nahm einfach allen Mut zusammen, welchen ich irgendwo tief in meinem Körper zusammenkratzen konnte und antwortete:

»Wer-wer spricht da?« fragte ich mit zitternder Stimme, doch nichts geschah. »Zeig dich!« forderte ich diese Stimme heraus und blickte mich in dem Raum um.

»Duuu, ich weissszzz wiessszzo du hier bisssst.« Dann sah ich sie. Zwei kreisrunde gelbe Augen, welche mich aus dem halb geöffneten Deckel dieser Truhe heraus anblickten. Sie waren groß wie Teller und ich fragte mich ernsthaft wie groß dieser Kopf wohl sein musste, zu welchem diese

Augen gehören mochten. Mit zitternden Beinen erhob ich mich aus meinem Sitz und wankte vorsichtig auf die Truhe zu.

»Bist-Bist du eine Schlange?« fragte ich und legte den Kopf auf die Schulter, doch konnte ich nicht mehr als diese beiden Augen sehen. Als ich mich zu nah an die Truhe traute, durchbrach ein fauchendes Zischen den gesamten Raum. Ich wäre vor Schreck fast gefallen, doch blieb ich, wie als hätte es mir dieses Zischen befohlen, auf der Stelle stehen und versuchte an diesen Augen vorbei zu sehen. »Ich bin die Ssschlangeee und derer Menschhhh. Ich bin der Hirte und der Kriegerrr. Ich bin dasssssz Abendrrrrot und derrr Morgennnntau.« flüsterte die Stimme in ihrer hypnotisierenden Art und mir lief ein Schauer über den Rücken. »Was bist du?« fragte ich verwundert und ging wieder langsam einen Schritt auf die Truhe zu. War ich etwa tot? Dieser Gedanke schlug wie eine Kanonenkugel in meinen Kopf ein und ich konnte ihn nicht mehr abschütteln. Plötzlich wurde mein Atem flacher. Draußen, der Mond, die Sonne, die Sterne und die Höhe, es würde alles passen. »Bin-bin ich etwa...tot?« flüsterte ich leise, doch ein Quieken entfloh meinen zitternden Lippen als ich sprach.

»Nein.« sagte die Stimme nach einer Weile des Überlegen. »Du bissszzt nicht tottt. Duuu bissst endlich zzu Haussssze.« Zuhause? Niemals! Wer auch immer hinter dieser Stimme steckte hatte offensichtlich keine Ahnung mit wem er sprach. Die großen, gelben Augen zwinkerten langsam.

»Ich glaube du täuschst dich.« sagte ich mutig. »Ich bin hier nicht zu Hause. Ich... ich wohne in Chemnitz. Kennst du das?« Der Deckel der Truhe hob sich noch einmal um mindestens einen Meter an und offenbarte nun ganz was in ihr zu finden war. Vor mir lugte der monströse Kopf einer Schlange in den Raum, welcher locker die Ausmaße eines Hundes hatte und zog, immer länger und weiter sich aufbäumend, einen gigantischen, schwarz- geschuppten Körper nach sich. Staunend blickte ich auf die unzähligen Windungen, welche sich aus der Truhe empor schoben.

»Fassssszinierend nicht wahr?« die ellenlange rote Zunge der Schlange wirbelte bei jedem Wort wie ein kleiner Propeller vor ihrem dicken Kopf umher. Sie blieb mit ihrem Kopf in ungefähr einem Meter Entfernung vor mir schweben und schaute mich durchdringend an.

»Irgendwie schon.« sagte ich beeindruckt von ihrer Größe. »Doch wer bist du?« fragte ich wieder und hoffte dieses Mal wirklich eine Antwort zu erhalten.

»Ichhhh bin Jörmungandr, der Anfang und dasssssssz Endeeee. Die Welt und derrrr Himmel.« zischte die Schlange und schaute mir tief in die Augen.

»Die Midgardschlange?« fragte ich neugierig.

Mein Herz hämmerte laut in meiner Brust. Ich erinnerte mich an eine Geschichte von Markus, bei der er mir die so genannten Weltenfeinde erklärt hatte. Den Fenriswolf, welchem ich eine ziemlich unangenehm Begegnung am Schlossteich zu verdanken hatte, Hel die Herrscherin der Unterwelt, halb tot halb lebend und die Midgardschlange. Ich beobachte ihren Körper, welcher immer noch zu großen Teilen in der Kiste stecken musste. Ich trat einen Schritt nach vorn um einen Blick auf den Boden der Kiste zu werfen, doch die Schlange schwang mir unbarmherzig ihr gezacktes Maul entgegen.

»Uuuund ich weissssz auch wer du biszzzt.« zischte mir die Schlange leise zu. Sie wand ihren schweren Körper in großen ausladenden Kreisen um mich herum. Ich verfolgte sie mit meinen Blicken.

»Und… und wer bin ich?« fragte ich um ein wenig Zeit zu gewinnen. Die Tür war verschlossen, das Fenster zu hoch in den Himmel gebaut. Ich hatte keine Ahnung wie ich aus dieser Lage fliehen sollte. Ich musste Zeit für mich gewinnen um in Ruhe nachzudenken. Die Midgardschlange würde sicher versuchen mich zu fressen, zu groß wäre die Verlockung für sie. Ich beobachtete wie sie ihren großen, hässlichen Kopf durch die Luft schwang, innehielt und mich wieder anstarrte. Die schwarzen Schlitze ihrer gelben Augen formten sich immer wieder breiter und schmaler im

Wechsel.

»Duuuu bisssst jemand, von dem du keine Ahnung hassssszt, dassssz du esssssz sein könntest.« lachte die Schlange ihr zischendes Lachen. Mein Blick suchte den Boden nach einem schweren Gegenstand ab, welchen ich verwenden könnte um zu zuschlagen, doch war dieser Raum wie leer gefegt.

»Aha und wer soll das sein?« fragte ich und blickte der Schlange ins Gesicht. Ihr schien dieses Gerate zunehmend zu gefallen. Sie neigte ihren schuppigen Kopf gegen das Licht und ließ ein kehliges Geräusch hören.

»Weisssszzt du wassssz ich speisssssssze um mich zzzzu stärken?« fragte die Schlange und schaute mich interessiert an.

»Götter und Halbgötter.« sagte ich langsam. »Mit deren weltlicher Kraft du die Erde und Welten zusammenhalten kannst.«

»Eeeexxxxxxxssssakt.« schüttelte die Schlange den Kopf. »Und desssssszzzhalb werde ich dich auch fresssssszen.« Sie näherte sich wieder meinem Gesicht an. Uns trennten nur noch wenige Zentimeter und ich konnte den modrigen Fleischgeruch aus ihren Nüstern dünsten riechen.

»Aber ich bin kein Gott und auch kein Halbgott.« erklärte ich der Midgardschlange sachlich und trat ein paar Schritte zurück.

»Nein?« sagte die Schlange verwundert. »Wassssz isssszt dasssssz dann für ein Zeichen auf deiner Haaannnnnnd.« sie nickte mit ihren Augen auf in Richtung meines Unterarms. Ich betrachtete den Adler, welcher die Rune darunter fest umschlossen hielt und strich mit einem Finger über das Tattoo. »Eeeeeben.« sagte die Schlange. »Ein Menschhhhhh kann diesssssze Zeichen nicht tragennnnnnn.«

»Ich bin keine Halbgöttin und auch keine Göttin.« protestierte ich und blickte der Schlange tief in die Augen. »Weisssssszst du nicht wer dein Vater war, junges Kind.« Sie begann wieder ihre abschweifenden Bahnen um mich herum zu vollführen, wobei immer mehr Meter ihrer schuppigen schwarz, rot und grün gefleckten Haut aus der Truhe aufstiegen. »Dasssssz Schicksssssszzzal ist schon eine wunderlichhhhhe Sache, nicht wahr?« fragte die Schlange. Ich begriff sofort auf was sie hinaus wollte und da erinnerte ich mich wieder an Noahs Worte. Langsam suchten meine Fingerspitzen den Adler und die Rune auf meiner Haut. »Dassssssz wird nichts nutzen.« lachte die Schlange abermals auf. Wieder warf sie ihren hässlichen Kopf nach oben und ließ wieder dieses kehlige Geräusch ertönen, bei dem sich mir die kleinen Härchen auf meinem Arm aufzustellen begannen.

»Du kannst mir nichts tun.« sagte ich angriffslustig. »Noah…Njördr wird dich suchen und vernichten, wenn du mir etwas antun solltest. Ich stehe unter seinem Schutz.« Abermals lachte die

Schlange und ich spürte wie mir die Kraft aus den Beinen wich.

»Deeeer wird dirrrr nicht helfen!« fauchte die Schlange. »Du sssztehst nicht in sssszzzeinem Schutzzzzz. Du schützzzzzt sein Leben!«

»Was meinst du damit?« fragte ich, doch dieses Mal mit wirklichem Interesse. Ich verstand nicht mehr auf was diese Schlange hinauswollte.

»Oooooh hat er dir dasssssz nicht geszagt?« sprach die Midgardschlange und kostete nun jeden Moment aus, welchen sie mich in der Hand hatte. »Du schützt seine Unverwundbarkeit mit deinem Leben. Wasssssz denkst du, weshalb ein Gott versssssssuchen sollte einen Menschen zu schützen.«

»Das ist nicht war!« schrie ich und auf dem Gesicht der Schlange machte sich ein fieses Grinsen breit.

»Doch Njördr hat sich die Falscheeeee aussszgesucht. Trägt ssselbst das Blut einessssss Halbgottes in sich.« flüsterte sie leise.

»Hör auf zu sprechen!« schrie ich nun mit Tränen in den Augen. »Schweig!« Die Schlange lachte wieder ihr furchterregendes Lachen.

Ich sah aus meinem Augenwinkel etwas aufleuchten. Zuerst nur schwach, dann immer stärker und heller. Der Schlange schien dies auch aufzufallen.

»Wassssz ist dassssz?« stöhnte die Schlange und kniff ihre riesigen Augen wieder zusammen.

Das Zeichen unter meiner Haut schien zu brennen. Erst spürte ich ein feines Kribbeln unter meiner Haut, dann brennenden Schmerz, der mich schreien ließ, wie ich noch nie geschrien hatte. Von jetzt auf gleich schien mein gesamter Körper in Flammen zu stehen, doch so schnell wie es begonnen hatte, so schnell hatte es auch wieder aufgehört. Als sich die Flammen gelichtet hatten, starrte ich an meinem Nacken Oberkörper hinab. Das einzige was ich an meinem Oberkörper noch trug war mein schwarzer BH, sowie ein mysteriöses Licht, welches Schnörkel auf meiner Haut tanzte. Ich verlor den Kontakt zum Boden unter meinen Füßen. Jetzt oder nie war es soweit und ich musste kämpfen. Das Licht um mich herum wandelte sich in ein blaues Schimmern hunderter elektrischer Stöße. Ich spürte wie die Wellen der Energie über meine Haut hinweg pulsierten. Ich nahm all meine Kraft zusammen und versuchte die Situation zu nutzen solang die Schlange abgelenkt sein würde.

»Du hasszzzzt keine Kraft.« zischte die Schlange und riss ihr widerspenstiges Maul auf. Ich sammelte meine gesamte Kraft und trat einen Schritt nach vorn, dann schlug ich zu. Ich schloss die Augen, doch spürte ich wie die Kraft tausender Arme in meine Fingerspitzen strömte. Dann berührte meine Faust ihren schuppigen Körper. Mit einem ohrenbetäubenden Knall zerriss mein Schlag die oberste Schicht ihrer Schuppen und der Lichtblitz schnitt tiefe Furchen unter ihre Haut. Die Schlange schrie spitz und schrill auf und sank zurück in ihre Kiste. Fauchend und Winselnd leckte sie sich ihre tiefe Wunde. Ich starrte ungläubig auf den Riss, welchen ich angerichtet hatte.

»Du biszzzt dümmer als ich dachte MENSCH!« fauchte die Schlange und bleckte ihre Unterarm langen Fangzähne, welche wie spitze, schimmernde Säbel aus ihrem breiten Kiefer empor standen. Ich wusste, dass ich nicht noch einen Schlag dieser Art ausrichten konnte. Merkte, dass wohl jetzt mein letztes Stündlein geschlagen haben musste. Ich riss meine Faust zurück, welche immer noch in der verletzten Stelle der Schlangenhaut steckte, dann rannte ich los. Hinter mir hörte ich das furchterregende Klatschen der breiten Schlangenhaut auf dem kühlen Steinboden. Der Weg bis zur Tür schien eine Ewigkeit anzudauern, doch ich musste diese Tür einfach erreichen. Hinter mir schmatzte und fletschte die Midgardschlange ihre langen Fangzähne. Das Rutschen und Gleiten ihrer rissigen Schuppen auf dem Boden verschwamm hinter mir zu einer dröhnenden Geräuschkulisse. Ich musste diese Tür erreichen. Mit letzter Kraft sprang ich vom Boden ab. Ich spürte auch wie die Schlange sich darauf bereit machte mir den finalen Schlag zu versetzen.

Um Haaresbreite erreichte ich die Tür vor ihr. Ich dachte nicht lange nach, dachte nicht daran, dass mein Vorhaben hätte scheitern können und schlug mit gesammelter Kraft auf die Tür ein. Wie durch ein Wunder glitt die Tür zur Seite hin auf. Quietschend kam ich auf dem glatten Fußboden vor dem Turmzimmer auf und fand mich in einer riesigen goldenen Halle wieder. Sofort und ohne zu überlegen rannte ich los. Hinter mir quetschte sich die Midgardschlange, immer noch vor Wut winselnd und schreiend aus dem Verlies empor und rutschte auf den blanken Boden hinter mir her. Ich blickte nicht mehr zurück. Ohne Ziel und Plan stürmte ich los.

Ich richtete erst wieder den Blick vom goldenen Boden auf, als ich vor einer langgezogenen, niedrigen Treppe angelangt war. Ich blickte die Stufen nach oben. Dort, am Ende der Stufen stand ein Stuhl aus reinem Gold mit eingelassenen Edelsteinen. Ein Thron für einen König. Darauf saß ein Mann mit bärenhafter Gestalt. Über seinen breiten Schultern lagen seine grauen langen Haare, ein kunstvoller Knoten zierte seinen langen weißen Bart, welcher beinahe bis zum Kleidersaum hinabging.

Es war Vili. Ich starrte ungläubig zu diesem Stuhl empor diesen Mann an, welcher mich hierher gebracht hatte. Langsam hob er seine linke Hand, auf seinem Gesicht machte sich ein Lächeln breit. Das Rutschen und Gleiten des massigen Schlangenkörpers hinter mir wurde leiser. Nervös blickte ich mich um. Ich stand in Mitten eines riesigen Thronsaals, dessen Ecken vom Schwarz der Unendlichkeit hinter goldenen Turmhohen Säulen versteckt lagen.

»Wie ich sehe, Vanira hast du schon Bekanntschaft mit Jörmungandr gemacht.« sagte Vili lächelnd und richtete sich in seinem Thron auf. »Wie gefalle ich dir hier? Auf dem Thron von Vanaheimr? Schon bald sitze ich auch auf dem Thron von Asgard.« sagte Vili und seine Stimme hallte von den hohen Fenstern wieder. Er breitete seine Arme weit aus und stand aus seinem Stuhl auf. »Und dazu brauche ich deine Hilfe!« sagte er, als er die langen Stufen bis zu mir hinab geschritten kam. Mit zusammengekniffenen Augen starrte ich jede seiner Bewegungen an. Beobachtete wie dieser Hüne zu mir hinab geschritten kam.

»Was sollte ich schon ausrichten in einem Kampf der Mächtigen?« fragte ich langsam.

»Vanira.« sagte Vili väterlich und als er vor mir angelangt war, streckte er seine Hand aus um meine Schulter zu berühren. »Du bist doch kein normaler Mensch. Du bist nicht nur das Schicksal eines Wanen, du bist ihre wiedergeborene Führerin. Du bist der Teil des Weltenbaums. Die Tochter vom Sohn, vom Bruder Odins.« er gestikulierte mit den Fingern und sprach in einer sehr monotonen Stimme, ganz als würde es ihn anstrengen die Geschichte noch einmal zu wiederholen.

»Ich bin was?« fragte ich ungläubig. Vili nickte langsam und ließ die erste Reihe seiner gelben Zähne hinter seinem struppigen Bart aufblitzen.

»Und deshalb.« seine scharfen Fingernägel bohrten sich immer tiefer in meine Schulter, dass ich unter dem Druck und dem Schmerz beinahe blind wurde. »Musst du brennen!« er ließ von mir ab. Erschöpft sank ich auf allen Vieren nieder, die Welt verschwamm hinter einem Schleier aus salzigen Tränen.

»Du lügst!« brüllte ich gegen meinem Schmerz. Die Schlange im Hintergrund regte sich leise.

»Nein nein nein.« schüttelte der Alte langsam seinen Kopf. »Ich werde dich Hel übergeben und eine Armee von längst Toten freikaufen, welche mir meinen Weg zum Thron von Asgard in der ewigen Halle ebnen werden. Ich hatte ja gehofft, dass du es zulassen würdest, dass die Midgardschlange sich deiner annimmt, aber du musstest dich schließlich wehren. Also werde ich dich persönlich bei Hel abliefern, Vanira.« zuckte Vili mit den Schultern. Er ließ das lange, weiße Gewand von seinen Schultern gleiten und offenbarte eine aufwendig geschmiedete, goldene Rüstung an seinem Körper. Nervös überlegte ich wie ich aus dieser Situation hinauskommen würde. Langsam richtete ich mich auf dem steinernen Goldboden auf. Mit wackligen Knien schaute ich dem Alten entgegen. Das Zeichen auf meiner Haut brannte immer noch unangenehm, doch hatte ich das Gefühl, dass die Kraft in mir nachgelassen hatte.

»Ich werde nicht gehen.« sagte ich und biss mir vor Schmerz heftig auf die Zähne. Vili starrte mich belustigt an und zog eine Augenbraue nach oben. »Wirst du nicht?« fragte er amüsiert. »Wie willst du dich dagegen wehren?« Ich blickte an meinem Unterarm hinab. Die Rune, welche der schwarze Adler in seinen Krallen trug leuchtete auf einen Schlag heller als zuvor, doch dieses Mal spürte ich nicht das feurig heiße Brennen auf meiner Haut. Stattdessen leuchtete die Rune nur in einem hellen mysteriösen Licht.

»Was tust du da?« Vili fuhr mit vor Schrecken geweiteten Gesicht zu mir herum. Mit gierigen Augen tastete er meinen Unterarm ab. »Das... das Zeichen. Was tust du?« Ich wusste selbst nicht wie mir geschah. Langsam wurde das gleißende Licht aus meiner Rune heller und heller. Ich drohte schon wieder ohnmächtig zu werden, konnte mich dennoch davon abhalten. Langsam baute sich der selbe nebelige Schleier aus goldenen und blauem Licht wie eine gigantische Röhre um mich her auf. Als ich mit den Füßen wieder den Erdboden berührte, erkannte ich, dass ich nicht mehr allein war. Hinter mir peitschte das verstrubbelte schwarze Haar von Noah in alle Richtungen davon. Die breiten Schultern von Markus standen dicht an meiner Seite und auch Erik war, mit glühendem Zeichen auf seinem Unterarm, vor mir erschienen.

»Wir sind hier um dich mitzunehmen, Lisa.« sagte Erik und warf mir ein Grinsen zu. Ich erwiderte es etwas verhalten.

»Wenn das nicht die Familie ist.« sagte Vili amüsiert und klatschte sich ausgelassen in die Hände. »Schön, dass wir hier am Ort unseres Ursprunges wieder einmal glücklich vereint sein können. Zu schade für uns, dass ich nicht zulassen kann, dass ihr schon wieder so schnell aufbrechen müsst.« Vili winkte einmal mit seiner riesenhaften Hand durch die Luft. Schimmernde Sterne schienen seine gigantische Pranke zu umschweben und dort wo noch wenige Sekunden zuvor die Sterne in der klaren Luft tanzten erschien der Schaft einer reich verzierten Waffe.

»Odins Speer.« knurrte Noah aus dem Mundwinkel. Der Schein um Noah, Erik und Markus hatte sich gelichtet und nun zogen sie die Kreise enger um mich zusammen. Ich spürte wie meine Beine schwächer wurden. Der Schmerz meiner Schulter, da wo Vili seine langen Fingernägel in mein Fleisch gedrückt hatten war unaussprechlich.

»Jetzt wird es an der Zeit sein einen Teil meiner Armee euch vorzustellen.« kicherte Vili und warf sich den langen weißen Bart über die Schulter. Er nahm den Speer wie einen Zepter in eine Hand und stellte sich vor den schwach beleuchteten Thron auf. Majestätisch stampfte er mit der knöchernen Unterseite des Schaftes auf den Boden. Energiewellen rasten an uns vorbei und ich wusste, dass nun, da der Speer entfesselt werden würde, unser letztes Stündlein geschlagen hatte.

»Noah dort!« kreischte ich und deutete mit zitternden Fingern an seinen breiten Schultern vorbei. Dort aus dem Schatten der gigantischen Kathedrale hörte man erst das Getrappel unzähliger Fußpaare in schweren Stiefeln über den polierten Boden hinweg stampfen. Wenig später erkannte ich die Besitzer der Füße. Es war ein Anblick, welcher mir den Angstschweiß den Rücken hinab rennen ließ. Dort aus der Dunkelheit heraus marschierten in Reih und Glied Soldaten. Doch waren es keine gewöhnlichen Soldaten. Ihre Gesichter waren kreidebleich und eingefallen, wenn man überhaupt von Gesichter sprechen konnte. Ihre Haut spannte sich wie ein schneeweißes Leinentuch über ihre ausgemergelten Skelette und ihre Augen waren kohlrabenschwarz gefärbt. Bewaffnet mit geisterhaften Stahlrüstungen und großen, runden Schilden schritten sie auf uns zu. Es waren zu viele um sie zu zählen. Langsam bildeten sie einen Kreis um uns herum und schlossen die Reihen enger. Die Speere wie Nadeln, spitz und lang nach vorn gestreckt trommelten ihre toten Füße auf uns zu.

»Das sind die Draugr.« flüsterte Erik aus dem Mundwinkel und seine Augen weiteten sich vor Schreck. Die Halle füllte sich indes immer weiter. Hunderte gezückter Waffen deuteten nun auf uns.

»Die was?« fragte ich und starrte in die leeren Augen, welche zumeist unter grob behauenen Masken und Helmen verborgen waren.

»Draugr. Lebende Tote. Soldaten der Unterwelt. Odins Zorn und Fluch.« sagte Markus und blickte sich nervös in den Reihen um, welche allmählich zum Stehen kamen. Die Reihen der Toten stoben weiter hinten auseinander und Vili schlängelte sich geschickt wie ein König am Felde durch die Reihen seiner Kämpfer.

»Ihr habt jetzt zwei Möglichkeiten würde ich sagen, da ich ungern das Blut der Wanen hier in Vanaheimr vergießen möchte.« er besah sich selbst seiner Streitmacht, der Speer in seiner Hand pulsierte leicht und sendete Lichtwellen in den Boden. »Wir tauschen. Euer Leben, gegen das Menschenweib vom Sprosse eines Halbgottes, oder ich befehle meinen Soldaten den Angriff und sie werden euch töten und nichts von euch übrig lassen, fürchte ich.« Noah blickte mit zusammengekniffenen Augen in Vilis Gesicht.

»Oder Möglichkeit Nummer Drei…« schrie Noah gegen das Getrommel der Speere auf den goldenen Boden. »Schwerter des Nordens erhebt euch!«

Der Himmel über uns Riss mit einem Knall auf. Ich wusste nicht was passierte. Ich sah im Gesicht von Vili, dass auch er nicht damit gerechnet haben konnte was jetzt passierte. Unsere Zeichen auf der Haut leuchteten auf. Ich beobachtete die Rune auf meinem Unterarm, welche blau schimmernd sich in meine Haut bohrte, doch war es kein Brennen was ich spürte.

Die Tinte der Tätowierung verlief nach unten weg, ganz als würde meine Haut schmelzen, bis die schwarze Farbe mit dem blauen Leuchten schließlich an meinem Handgelenk angelangt war. Der blaue Schimmer legte sich über meine Haut und meine Fingerspitzen fingen an zu kribbeln. Als sich das Leuchten und der Nebel lichtete, fiel etwas schweres, metallenes in meine Hand. Ein Schwert, ein Schwert mit schmiedeeiserner Klinge. Eine Monstrosität von einem Stück Stahl, welches so geschliffen war, dass sich unsere Gesichter in ihm spiegeln konnten. Den Griff meines Schwertes zierte eine Skulptur eines Adlers aus reinem schweren Gold. Ich sah in die Fäuste der anderen und sah nacheinander ähnliche Waffen aus dem Nichts auftauchen. Vili zog amüsiert seine Augenbrauen zusammen.

»Ihr wollt es also auf die harte Tour lernen. Dann seht dies als kleine Lektion in Sachen Kriegsführung...« sagte Vili. »Wir werden uns vermutlich in der Unterwelt wiedersehen, wenn ich meine Truppen entgegennehmen werde.« Dann stampfte der Alte noch einmal mit dem stumpfen Ende seines Speeres auf den Boden und der Saal erzitterte von neuen. Im Hintergrund sah ich die riesigen gelben Augen aus der Dunkelheit schielen, welche mir so bekannt waren. Dann setzten sich die ersten Füße der Truppen in Bewegung. Mein Herz klopfte so wild, dass es hätte explodieren können. Nervös schaute ich mich nach den anderen um. Noah schwang seinen Zweihänder behände durch die Luft. Markus Fingerspitzen neben mir schienen elektrisiert zu werden, als könne er Spannung in ihnen sammeln. Dann erreichten die ersten Fußtruppen Erik, welcher mit zwei Dolchen am nächsten zur Treppe hin stand. Mit mächtigen Zügen schwang er die goldenen Waffen durch die Luft und schwer schnitten sie in die kalten, toten Körper unserer Angreifer. Vili brüllte indes immer weitere Befehle von seinem Thron aus in die Massen. Die Kämpfer brandeten wie Meereswasser auf harten, unnachgiebigen Gestein.

Dann erhellte ein grünliches Licht neben meinem Ohr die Halle. Markus richtete seine ausgestreckt Hand gegen eine Gruppe der Angreifer und was ich dann sah überstieg all mein geistiges Vorstellungsvermögen. Grüne, langgezogene Blitze brachen aus seiner Handfläche hervor und schmetterten sich gegen die Woge der Soldaten. Dort wo die Blitze die tote Haut der Männer traf züngelten grüne Flammen aus ihnen hervor und ihre Haut wurde wässrig. Zumindest schien es auf den ersten Blick so zu sein, denn die Wachen schmolzen sobald die grünen Blitze sie trafen. Noah hingegen hatte sich direkt vor mich gestellt. Über seine Schultern beobachtete ich wie er mit dem selben Säbel aus dem Stadtpark von damals gegen die Soldaten durch die Luft schnitt. Dort wo der Stahl sie traf lösten sich ihre Körper zu Asche auf.

Ein unerträglicher Geruch machte sich über das Schlachtfeld breit.

»Kvasir wir müssen hier weg! Es sind zu viele!« schrie Noah, während sein Messer weiterhin durch die Luft wirbelte. Erik nickte langsam. Die drei drängten sich dicht um meinen Körper so dass ich nicht mehr Sehen konnte was geschah. Hier und da spürte ich nur den Druck von leblosen Körpern, welche gegen einen von ihnen flogen.

»Öffne das Portal Njördr!« schrie Markus und wehrte noch eine Gruppe von Draugr Soldaten ab, in dem er eine grün flackernde Kugel in ihre Reihen schoss.

»Jörmungandr es ist Zeit zu fressen meine Liebe!« brüllte Vili durch das Schlachtgetümmel und der Boden erbebte von neuem. Ich konnte zwischen die Beine meiner Verteidiger blicken und erschrak beim Anblick der riesenhaften Schlange erneut. Wie sich ihr Schuppen besetzter Körper langsam Zentimeter um Zentimeter, Meter um Meter, auf uns zu schob. »Die Midgardschlange.« sagte Erik atemlos und mit weit aufgerissenen Augen. Auch Markus stand wie versteinert da. Die Draugr hatten anscheinend ebenfalls vergessen anzugreifen und so waren nun sämtliche Augenpaare im Thronsaal auf den schuppigen Körper und dem riesenhaften hässlichen Kopf der Kriechechse gerichtet.

»Nähre dich an ihren kalten Körpern und schick

sie deiner Schwester Hel als Willkommensgruß.« polterte Vili und blickte aus eingesunkenen Augen der Schlange entgegen.

»Njördr jetzt!« flehte Markus und Noah begriff sofort. Er hob beide Arme in den Himmel, dann sprach er in einer Sprache, welche ich nicht verstand. Zuerst dachte ich er würde mit den anderen sprechen, dann begriff ich, dass Noah etwas zu beschwören versuchte. Mein Blick wanderte von seinen muskulösen Armen hinauf in Richtung Himmel. Über uns und knapp unterhalb der nicht enden wollenden Decke der Kathedrale formte sich erneut ein Strudel aus Licht über unseren Köpfen. Der gleiche Strudel, welcher mich auch in diesen Palast geführt haben musste. Als das Werk vollendet war sank Noah außer Atem und Kraftlos auf die Knie zusammen.

»Nein!« polterte Vili. »Jörmungandr zum Angriff!« befahl er der Riesenschlange und ich spürte wie sich meine Nackenhaare aufstellten als das Rutschen und Latschen auf dem goldenen Boden schneller wurde und die Schlange sich schließlich in die Luft erhob. Dann setzte wieder dieser Druck um meinem Bauchnabel ein, als würde mich etwas großes von den Beinen ziehen wollen. Ich sah aus den Augenwinkeln wie der goldene Boden unter uns immer kleiner wurde. Das aschfahle Gesicht von Vili als er mit bösen Augen unsere schwebenden Körper verfolgte. Wir, die wie schwerelos davon trieben und in den Himmel hinauf stiegen. Die leuchtenden Zeichen auf unseren Armen und die schweren goldenen Waffen in unseren Händen. Wir kamen dem Strudel immer näher und näher. Bald würden wir die bunten Nebel mit unseren Körpern erreichen. Ich schloss die Augen um mich auf den Aufprall, oder das durchtauchen der Farbenspirale bereit zu machen.

Doch nichts geschah als wir den Strudel passierten. Doch dann, als wir noch nicht ganz aus dem Strudel hervorgetreten waren und unsere Augen immer noch blind in das Meer voller Farben blickten, drehte sich die Welt um hundertachtzig Grad und unter uns erschien der schwarze Asphalt einer Straße.

KAPITEL 13

SHOWDOWN INNENSTADT

Unsanft schlug ich mit meinen Händen auf dem nassen Asphalt einer großen Straße auf. Neben mir kamen Erik und Markus zum Vorschein, dann Noah.

»Komm hoch, schnell, wir müssen weg von hier!« drängelte Noah und schaute mir durchdringend in die Augen. Ich nahm seine Hand und dann rannten wir los. Ich warf einen Blick über die Schulter, zurück zum wirbelnden Strudel aus Farben, welcher immer noch an dem schwarzen Himmel klaffte. Erst jetzt erkannte ich wo wir gelandet waren. Neben uns richtete sich die große Glasfassade des Terminal Drei aus der Wolkendecke, gegenüber der übergroße Kopf des Karl Marx Monuments. Die Nacht war angebrochen und die Straße war vollkommen leer gefegt. Als zwei Autos mit eingeschaltetem Fernlicht hupend auf uns zu gefahren kamen, schauten uns große ungläubige Augenpaare an, als wären wir verrückt geworden. Ein Mann schimpfte heftig in dem er mit dem Arm aus dem Fenster schwang und uns bösartige Blicke zuwarf.

»Haben wir sie abgehängt?« fragte ich, als wir uns an den Bordstein gerettet hatten und Markus und Erik erschöpft auf die Knie neben mir sanken.

»Für das erste vielleicht.« sagte Noah und warf mir einen aufmunternden Blick zu, doch sofort änderte sich sei Gesichtsausdruck.

»Wieso schließt sich das Portal nicht?« keuchte Markus und deutete zu dem Strudel am Himmel hinauf, der immer noch in den tollsten Farben ununterbrochen wirbelte.

»Ich...ich weiß es nicht...Das muss doch bedeuten, dass...« Noah stockte der Atem. Ich folgte seinem Blick nervös zum Himmel hin. Die Farben des Portals waren noch einmal greller geworden. Unten platzten die Lampen aus den Gehäusen der Straßenlaternen und Stromfunken wirbelten durch die Luft. Einige Autofahrer starrten ungläubig zum Himmel hinauf, oder hielten mitten auf der Straße an. Hier und da krachte es, als die staunenden Autofahrer vor Schreck kollidierten. Mit großen Augen stiegen einige von ihnen aus ihren Wagen und zeigten kopfschüttelnd zum Himmel hinauf. Auch aus den naheliegenden Bars und Clubs strömten Menschen hervor und beobachteten das Schauspiel am Himmel gespannt.

Dann erschien ein langer, schuppiger Körper in dem Loch, welches dort in den Himmel gerissen wurde.

»Fuck!« hörte ich Noah das erste Mal seit dem ich ihn kennengelernt hatte fluchen und er hatte Recht. Als sich der übergroße kantige Kopf mit den gelben, leuchtenden Augen aus dem Loch schälte und die Menschen unten auf der Straße panisch ihre Autos zurückließen und auseinander stoben schwebte noch eine andere Gestalt aus dem Loch hervor. Es war Vili, gehüllt in seine goldene Rüstung, in der Hand ruhte der goldene, aufwendig verzierte Speer von Odin und Blitze glitzerten wie Glühwürmchen um seinen Kopf, was ihn das Antlitz einer Krone verlieh. Anmutig stieg er vom Himmel herab und kam auf den Stufen des städtischen Monuments auf. Der lange Körper seines Gefährts rollte sich, wie ein Hund zu seinen Füßen, hinter ihm ein. Die Schwanzspitze immer noch verborgen von der Wolkendecke, welche über uns in den buntesten Farben wirbelte. Der übergroße Kopf befand sich neben dem Marx-Monumet und schaute angriffslustig aus den Schlitzen seiner großen Augen hervor.

»Dachtet ihr, ihr könntet mir entkommen?« polterte Vili. »Dachtet ihr, ich würde euch nicht verfolgen können? Wolltet ihr mich zum Narren halten? Dem Herren über Midgard und Vanaheimr?«

»Du bist nicht der Heer über unsere Heimat und du wirst niemals der Herr über diese Welt sein.«

sagte Noah tollkühn und sein goldenes Schwert flammte abermals gefährlich in seiner Faust auf. »Das muss ich mir von einem Wurm wie dir sagen lassen Njördr? Der der sein Schicksal an eine Halbgöttin binden lässt?« lachte Vili auf und ich spürte wie mir die Röte ins Gesicht schoss. Noah schaute mich ungläubig an.

»Sie ist keine Halbgöttin und mein Schicksal habe ich mir nicht ausgesucht. Sagt Onkel, habt ihr denn eures ausgesucht?«

»Mein Schicksal hat sich mir noch nicht offenbart und bevor es das tut, schmorst du in der Unterwelt bei Hel, Njördr du Friedensapostel.« Vili stieg einen halben Meter in die Luft auf. Umklammerte den Speer in seiner Faust mit fester Hand und dann, ohne Vorwarnung, schleuderte er uns eine mächtige Pranke entgegen. Eine Faust gefüllt mit Feuer und Sternen. Nur mit letzter Kraft und in letzter Sekunde gelang es Noah zur Seite zu springen, um dem Feuerregen zu entkommen. Die Flammen schlugen hinter uns am mächtigen Glasbau des Hotels ein, dessen Glasfassade stummer Zeuge unseres Kampfes werden sollte. Mächtige Risse brachen sich die Scheiben hinauf, zwei der großen Platten lösten sich aus der Fassade und schlugen dumpf auf der Straße auf und verteilten ihre scharfkantigen Splitter über der Straße. Dann rannte Noah los, Erik und Markus ihm dicht auf den Fersen. Sie trennten nur noch wenige Meter von Vili, als er wieder mit der Faust durch die Luft fuhr und dieses Mal dünne, blaue Blitze aus den Wolken auf die Erde regneten. Einer der Blitze traf Markus an der Schulter, der andere Erik unterhalb der linken Schulter. Unter Geschrei wurde Erik von den Beinen gezogen und gut zehn Meter nach hinten geschleudert, wo er krachend in dem berstenden Glas einer Bushaltestelle aufkam. Markus duckte sich noch zur Seite weg, schlitterte gut zehn Meter über den Boden und blieb regungslos auf den nassen Betonplatten des Monumentes liegen. Noah erreichte Vili, zumindest schien es im ersten Augenblick so, doch schon griff die Midgardschlange ein und öffnete ihr gigantisches Maul.

Ich rappelte mich auf beide Beine und beobachtete aus einiger Entfernung, wie Noah mit letzter Kraft zur Seite hin ausweichen konnte. Der kantige Kopf der Schlange rauschte nur knapp an seinem Körper vorbei und schlug auf der Treppe vor dem Monument auf. Steine platzten und Beton wurde in die Luft geschmettert. Steinbrocken schossen wie Patronen ungebremst auf die Straße, oder begruben auf Hochglanz polierte Neuwagen auf dem Parkplatz gegenüber unter sich.

Die Schlange legte ihren Kopf zurück und ließ ihr kehliges Lachen erklingen. Ich schlich wenige Schritte weiter vor, war schon fast an der Haltestelle angekommen an der Erik eingeschlagen war, da sah ich wie Vili mit dem goldenen Speer durch die Luft schnitt. Nur hauchzart verfehlte er

Noah, der mit seinem Schwert ebenfalls ausholte und nach Vili schlug. Der Alte konnte sich geradeso in einer steifen Drehung nach unten, unter die Schneide von Noahs Klinge hinweg ducken und parierte mit der linken Faust Noahs Schlag. Es war ein Kampf der Giganten. Blitze und Donner aus dem Himmel zollten den Kämpfenden ihren Tribut und schlugen wie spitze Nadelstiche einer unsichtbaren Klinge an den Glasbauten der Straße entlang ein. Als würde der Himmel einer unsichtbaren Menge applaudieren wollen, trommelte das Gewitter über unseren Köpfen. Unerkannt schlich ich weiter und erreichte die Überreste der Bushaltestelle. Vorsichtig und mit spitzen Fingern grub ich zwischen den geperlten Glassplittern und Überresten von verbogenen Stahl nach Eriks Körper. Ein unsagbarer Schmerz durchzuckte meine Finger und ich zuckte ruckartig zurück.

»Aua!« Das warme, dunkelrote Blut lief wie ein Sturzbach aus der langgezogenen Wunde meines Zeigefingers und tropfte meinen Arm hinab. Der Schmerz in meiner Hand pulsierte. Tränen verwuschen mir meine Sicht und mein Kopf begann sich wie wild in sich selbst zu drehen, so dass ich fast vornüber gekippt wäre, hätte mich nicht ein Arm aufgefangen. Ich blinzelte nach oben in das Gesicht des Mannes, welcher mich aufgefangen hatte und an dessen warmer, breiter Brust ich mich gerade schmiegte. Es war Erik und sein schulterlanges, blondes Haar peitschte elektrisiert im Wind. Seine grünen Augen leuchten auf als er mich ansah.

»Lisa, du musst langsam machen.« sagte er mit einem kessen Grinsen im Gesicht. Dann hob er mich mit einer gekonnten Leichtigkeit auf und setzte mich in die Schützende Wärme einer Mauer neben dem Hotel. »Du wartest hier und rührst dich nicht vom Fleck!« befahl er mir und grinste mir breit zu, was ihm allerdings sichtlich Mühe abverlangte. Sein Oberkörper war stark zerkratzt und geschunden, dennoch eilte er wieder davon und Noah zu Hilfe. Dieser hatte sich gerade mit Vili nach oben auf dem Kopf des Monumentes vorgekämpft. Krachend wie Blitz und Donner schlugen sie ihre Waffen aufeinander und der Himmel ächzte jedes Mal, wenn eine Faust den Körper des anderen traf.

Die Midgardschlange hatte sich inzwischen ihren Weg zu Markus gebahnt, welcher immer noch mit schweren Gliedern versucht aufzustehen. Seine Schulter qualmte leicht, dort wo der blaue Blitz ihn getroffen hatte.

»Markus Achtung!« rief ich aus meinem Versteck, doch konnte er mich nicht hören. Mit schmerzender Hand und geprellten Knien versuchte ich mich aufzurichten. Langsam und schwerfällig humpelte ich zu der Stelle wo ich Markus vermutete.

Der gigantische Körper der Schlange schob sich kratzend über den Asphalt.

»Du hätessssszt dich nicht wehrennn dürfennn.« zischte mir die Schlange zu als uns nur noch wenige Meter von einander trennten. »Jetzzzzzzzzt ist dein Ende nah!« Sie hob ihren hässlichen Kopf mit einem Ruck in die Luft. Schwerfällig humpelte ich den Weg an der halbhohen Mauer hoch zum Monument entlang. Ich hatte es fast geschafft, gleich würde ich Markus erreichen. Ein Peitschen fuhr durch die Luft und ich spürte, wie mich die ledrige Haut der Echse zwischen den Schultern traf. Ich wurde nach vorn über von den Beinen gerissen, strampelte, doch konnte den Boden nicht mehr erreichen. Ich flog durch die Luft, bevor ich ziemlich geräuschvoll und voller Schmerzen auf der großzügigen Grasfläche aufkam. Ich hatte das Gefühl, dass meine Kniescheiben explodieren würden und ein furchtbares Knacken durchschnitt die Luft.

Ich sah an meinem Unterarm hinunter und erblickte das immer noch schwach leuchtende Zeichen des Adlers und der Rune, doch konnte ich meine Finger nicht ausstrecken um sie zu berühren. Langsam legte sich ein Schatten über mich und der lange Körper des Untiers beugte sich über meine Gestalt. Speichel tropfte von einem ihrer Unterarm langen Fangzähne und benässte klebrig meine Hose. Meine Knie waren aufgeschürft, so dass sich der Stoff meiner Hose mit meiner Haut verschmolzen haben musste. Tränen standen mir in den Augen und verschwommen sah ich den Umriss des Mistviehs über mir.

»Lass von ihr ab, Höllenschlange!« Markus war wieder auf die Beine gekommen. Unweit von mir hob er sich, auf seinen Dolch gestützt aus dem Gras empor und schaute aus seinem zerfurchten Gesicht der Schlange in ihr hässliches Antlitz.

»Du hättesssszt tot sein müssssszen.« tätschelte die spitze Zunge der Schlange ihr Gesicht.

»Du wurdest von Odin und Theo verbannt, also weiche zurück um Midgard herum und verschwinde von dieser Welt!« brüllte Markus. Dann setzte er zu einem einzige Hechtsprung an. Die Schlange schien vor Verwunderung wie steif und versteinert, dann schnitt der Stahl in Markus Hand tief in das schuppige Fleisch der Schlange ein. Dickes, waberndes Blut schwellte aus der Wunde hervor, da wo der Stahl die Schuppen gerissen hatte und ein langgezogener Schmerzensschrei erfüllte die Nachtluft. Mit letzter Kraft berappte ich mich meiner alten Kräfte und stützte mich auf beide Knie. Ich schrie alles aus mir raus, was noch in mir lebte. Die Augen der Schlange weiteten sich, als mein Messer angesaust kam und der ihr tief in einer ihrer Nüstern stieß. Ruckartig zog sie ihren großen Schädel vom Boden zurück, mein Dolch immer noch in ihr steckend. Das vordere Ende der Schlange zog taumelnd ihre Bahnen. Klatschte auf die Treppe, wobei sie immer mehr

Steine aus ihr brach, dann gegen das Monument. Der Haaransatz von Karl-Marx brach mit einem Ruck und glitt vom Haupt der steinernen Büste hinab. Noah und Vili, die darauf gekämpft hatten, sprangen im letzten Moment von dem herunter segelnden Stein ab und landeten dumpf auf der Wiese davor. Krachend und stiebend kam der zerschundene Stein auf dem Boden auf, so dass ich die Hände vor das Gesicht schlagen musste um nicht zu ersticken. Dann wand sich die Schlange in Richtung Himmel empor und verschwand in dem wirbelnden Strudel aus Farben. Eine ihrer Schuppen bedeckte eine Reihe PKW am unteren Ende der Treppe. Vili schaute erzürnt zu mir hinab.

»Nein!« brüllte er uns entgegen und sein weißer Bart zitterte gefährlich. »Du wirst mir meine Rache nicht nehmen!« er tat einen Schritt auf mich zu. Ich faltete meine Arme schützend über mein Gesicht, doch Vili blieb abrupt stehen und schaute überrascht und verwundert zu mir auf. Ich begriff erst nicht, doch dann sah ich Noah hinter ihm auftauchen, den Dolch tief in den Rücken seines Onkel vergraben.

»Du rührst sie nicht an, verstanden?« knurrte Noah unter Anstrengung aus seinem Mundwinkel, als er hinter Vilis Kopf auftauchte. Mit noch einem Ruck trieb er dem Alten die blutige Spitze seines Schwertes durch die Brust. Blut strömte in großen Mengen aus seinem Mundwinkel. Er öffnete den Mund, brachte aber kein Ton hervor. Dann kippte er wortlos nach vorn über und rutschte zusammengesunken auf den Boden. Langsam zerfielen die Überreste seines Körpers zu Asche, so wie auch alle anderen zu Asche wurden, welche von Noahs Schwert getroffen wurden. Die Überreste von Vili verteilten sich im Wind und dutzende Augenpaare folgten der immer weiter nach oben steigenden Asche, bis sie schließlich durch das Portal davon schwebte. Mit einem letzten gleißenden Licht zerfiel der Strudel in sich selbst. Ich kippte erschöpft um, doch landete ich nicht auf dem Boden. Noah bettete mich mit sanfter Stärke in seinen Armen. Ich blickte erschöpft zu ihm auf.

»Du musst nichts sagen, Lisa.« sagte er sanft, als er meinen Kopf auf seinem Schoß ablegte und mir über die Stirn strich.

»Was… Was passiert jetzt mit Vili?« fragte ich und meine Stimme war rau und verletzt. Ein Husten durchfuhr meine Lungen und die Welt um mich herum begann sich zu drehen, wie auf einem Karussell. »Ich meine, ist er tot?« Noah schüttelte langsam den Kopf.

»Nein Götter können nicht sterben, also nicht richtig jedenfalls.« sagte er und blickte an die Stelle des Himmels an welcher der Strudel verschwunden war. »Er wird in die Unterwelt kommen.« sagte Noah mit düsterer Miene.

»Aber was ist, wenn er zurückkommt?« fragte ich und wieder erstickte meine Stimme in einem

Hustenanfall. Noah presste meinen Kopf näher an seine Brust. Es beruhigte mich und obwohl so viel um uns herum geschah und in einiger Entfernung Polizeisirenen aufhorchen ließen, hörte ich den leisen Schlag seines Herzens. Die Wärme seiner Brust durchfuhr mein Gesicht und ich wünschte, ich müsste nie wieder von ihr getrennt sein.

»Kann er nicht.« sagte Markus, der sich neben uns ins Gras fallen ließ. Hinter ihm kam auch Erik schließlich zum Sitzen, dessen Gesicht so geschwollen und zerkratzt wirkte, dass man ihn nicht mehr wieder erkennen würde.

»Er ist gefangen dort unten, bis ein Tausch erfolgt, oder er befreit wird.« sagte Noah sanft und mir fiel seine Armee ein und die Schlange. Noah sah mir vermutlich an was ich dachte und fuhr mit ruhiger Stimme fort:

»Keine Angst Lisa, bis jetzt ist es noch Niemandem gelungen einen Gott aus der Unterwelt zu befreien. Und wer soll ihn begnadigen? Wir? Die Asen die er stürzen wollte? Ich weiß nicht mal wo die sind.« lachte er auf. Es beruhigte mich und ich schloss für einen kurzen Moment die Augen.

»Leute, es gibt viel wichtigere Probleme…« sagte Erik ernst. Wir alle sahen ihn an, warteten gespannt was er sagen würde: »Seht ihr mein Gesicht? Wie soll ich damit noch gut bei Mädels ankommen?« wir lachten. Das erste mal nach sehr langer Zeit konnten wir wieder lachen. Um uns herum erschienen viele Menschen, welche sich neugierig um uns scharrten. Blaue Sirenen wirbelten über den Köpfen der Schaulustigen und Männer in Uniform drängten sich zu uns hindurch. Doch es war mir egal. Wir hatten es geschafft.

KAPITEL 14

ES LEBE DER SOMMER

Es waren Wochen vergangen. Langsam regte die Erinnerung an die Geschehnisse in diesen Tagen nur noch ein verhaltenes Lächeln in mir. Wie als würde ich an einen fernen Traum denken, welchen ich geträumt hatte. Die letzten Wochen war ich von der Schule frei gestellt wurden, aus Angst ich könnte es emotional nicht mehr schaffen. Kurz vor den Sommerferien hingegen dürft ich wieder die Schule besuchen. Meine Lehrerin hatte mich unter bestimmten Auflagen in das nächste Jahr entlassen. Ich sollte über die Sommerzeit hinweg einen Vortrag und einen Aufsatz ausarbeiten über irgendein stinklangweiliges Thema, der physikalische Energieerhaltungssatz. Ich wusste, dass ich dieses Thema erst kurz vor Beginn des neuen Jahres mit spitzen Fingern berühren würde, willigte aber ein, da ich keine Lust hatte die Klasse zu wiederholen. Noah und Erik waren nicht mehr zum Unterricht erschienen.

Nachdem mich die Rettungssanitäter vor dem komplett zerstörten Karl-Marx-Monument aufgelesen hatten, hatte Noah mir lebe Wohl gesagt. Er hatte etwas zu tun, wobei er die Hilfe von Markus und Erik brauchte. Ich wusste, dass sie wahrscheinlich versuchen würden den Speer an einem anderen, unbekannten Ort unterzubringen, zu mächtig war die Wirkung dieser Waffe.

Nachdem Erik Moni auch noch eine Nachricht hinterlassen hatte, in der er ihr versprach sie würden sich schon ganz bald sehen und er würde sein Verhalten erklären wollen, hatte auch sie wieder einen besseren Draht zu mir. Ich konnte ihr natürlich nicht erklären was vorgefallen war, es war ein Geheimnis von welchem außer mir und meiner Mom kaum jemand außerhalb der Götterfamilie wusste. Mom hatte mir natürlich auch sofort verziehen, schließlich war sie noch nicht so schnell über die Begegnung mit der Unterwelt hinweg gekommen, doch hatte ich das Gefühl alles würde jetzt ruhiger werden, was auch nicht wirklich schlimm wäre. Schließlich wusste keiner außer uns, was wirklich in jener Nacht im Zentrum passiert war.

Die Zeitungen am nächsten Tag titelten zumeist *„Gasexplosion im Zentrum."* Natürlich wollten viele Zeitungen ein Interview mit mir führen, da ich ja in der Nähe des Ortes aufgegabelt wurde, doch ich lehnte dankend ab.

Aus Rücksicht auf die Geschehnisse und weil sich das Schuljahr so langsam dem Ende widmete, hatten unsere Lehrer auch nur noch halbe Schultage anberaumt, was nicht wirklich ein Nachteil gewesen war.

Als ich, zwei Wochen vor Ende des Schuljahres in die Küche kam, lachte die Sonne schon hoch über unserem Haus.

»Morgen Mom.« sagte ich mit sichtlich guter Laune.

»Guten Morgen Frau Kopinski.« nuschelte Moni, als sie gähnend hinter mir in die Küche getaumelt kam. Verträumt rieb sie sich die Augen und ließ sich an der Bar in der Küchenzeile nieder.

»Was gibts zum Frühstück?« fragte ich ausgelassen. Meine Mom saß gerade mit einem riesigen Eimer Kaffee auf einen der Barhocker an der Küchenzeile, während ein sehr kleiner Mann sich um das Geschirr und Frühstück kümmerte. Ein Zwerg! Noah hatte die Zwerge, wie er mir in einer Nachricht erklärt hatte „dazu überredet" meiner Mom unter die Arme zu greifen und sie davon abzulenken was passiert war. Mit griesgrämigen Gesicht watschelte der kleine, bärtige Mann in unserer Küche umher und tat uns allen Pancakes auf.

»Danke Boris.« flötete meine Mom, die sich schon sehr daran gewöhnt hatte, eine helfende

Hand in der Wohnung zu haben. Ich hatte das Gefühl, dass sie allmählich verdrängte was geschehen war, traute mich aber nicht sie drauf anzusprechen, aus Angst davor alte Wunden aufzureißen. Boris, der mit wirklichen Namen Boril hieß und ein faltiger Zwerg mit kurzem, braunen Spitzbart war tat auch den anderen auf und verzog sich dann grummelnd und leise fluchend aus der Küche. Toni, mein kleiner Bruder, schaute ihm mit großen Augen hinterher.

»Kleiner Mann.« lachte er und meine Mutter tätschelte ihm mit verträumtem Blick den kleinen, strubbeligen Kopf.

»Nicht mehr lange Schule, nicht war Mädels?« fragte meine Mom mit fröhlichem Lächeln.

»Zum Glück Frau Kopinski. Ich halte es nicht mehr in dem Irrenhaus aus. Wird Zeit, dass Sommerferien sind.« seufzte Moni und verdrehte die Augen.

»Und danach?« fragte Mom interessiert. »Studieren?«

»Wissen Sie, vielleicht mache ich wirklich ein Studium, oder aber ich gehe erst mal arbeiten.« ich wusste, dass Moni sich weder um ein Studium, noch um eine Arbeit bemüht hatte und nur vor meiner Mutter so tat, als hätte sie die ganz normalen, bodenständigen Pläne eines jeden Mädchens. Insgeheim wusste ich von Noah, dass Erik sie dazu eingeladen hatte ein Jahr in Island zu verbringen, wo noch mehr Verwandte von ihm wohnten. Moni hatte keine zwei Sekunden zum Überlegen gebraucht und ich war mir ziemlich sicher, dass nichts sie umstimmen konnte. Weder Job noch Studium.

»Na das klingt doch toll.« sagte Mom fröhlich und tat sich Butter auf ihren Pancake.

Ich aß gerade an meinem letzten Stück, da vibrierte mein Telefon. Behände zückte ich mit spitzen Fingern das Handy und entsperrte das Display. Die Nachricht welche ich auf dem Display laß, ließ mein Herz höher klopfen.

Noah: Alles erledigt! Kommen wieder! Sehen uns in der Schule!

Ich las mir die Nachricht noch zwei Mal durch und spürte, wie mein Magen Freudensprünge vollzog. Eilends stopfte ich mir die letzten Bissen des Pfannkuchens in den Mund und sprang vom Tisch auf.

»Na nu, was ist denn jetzt los?« fragte meine Mom. Eilig zeigte ich Moni die Nachricht auf meinem Handy und ein breites Grinsen flutete ihr Gesicht.

»Naja Frau Kopinski, hat mich gefreut. Danke für das Frühstück.« sprudelte Moni eilig hervor und verschwand nach mir aus der Küche und wir sprinteten in mein Zimmer. Ich war außer mir vor Freude, schließlich hatte ich Noah nun wochenlang nicht mehr gesehen, um so schöner würde es nun werden ihn endlich wieder in meine Arme schließen zu können. Wir waren zwar kein Paar, ich war mir nicht mal wirklich sicher, ob wir überhaupt so etwas wie Freunde waren, doch fühlte es sich ganz besonders an diesen „Menschen" bei mir zu wissen. An diesem Morgen, die ersten drei Unterrichtsstunden fielen wieder einmal aus, brauchte ich etwas länger im Bad. Ich probierte und überlegte gemeinsam mit Moni, welche Frisur mir wohl heute besonders gut stehen würde. Es ging mir so gut dabei, dass ich Moni wieder an meiner Seite wissen konnte. Und ich wusste, dass auch sie aufgeregt sein würde, denn Erik, der schließlich mit Markus und Noah fortgegangen war würde heute ebenfalls wieder zurückkehren.

Als ich mich schließlich für meinen üblichen, geflochtenen Zopf entschieden hatte, eine große kreisrunde Sonnenbrille auf die Nase gesetzt hatte, denn der Sommer stand schließlich in den Startlöchern, machten wir uns auf den Weg zur Schule. Fast schon ein letztes Mal, zumindest für Moni. Wir verabschiedeten uns von meiner Mom, welche immer noch mit verträumten Blick mit unserem neuen Hauszwerg diskutierte und stiegen in Monis kleines, gemütliches Auto. Auf dem Weg zur Schule schmetterten ich und Moni ein ausgelassenes Duett zu einem der neueren Popsongs mit dem Titel „If you want, i want" oder so ähnlich, wobei der Text ohnehin eine neben geordnete Rolle spielte. Der Tag konnte kaum besser werden, dachte ich. Als wir endlich an der Schule ankamen sprang ich beinahe etwas überschwänglich nach draußen. Kichernd lief ich mit Moni ins Innere des Schulgebäudes und da draußen vor der Tür mindestens dreißig Grad im Schatten herrschen mussten, sorgte die Kälte der alten Gemäuer für eine angenehme Abkühlung.

Ich nahm die Sonnenbrille von der Nase, schwang meine Tasche lässig über meine Schulter und lief zum Eingang meines Klassenzimmers, vor dem sich schon eine beachtliche Menschentraube versammelt hatte.

»Bis später.« winkte ich Moni zum Abschied und auch sie verschwand in der vielköpfigen Menschenmenge auf dem Weg nach oben in ihren bald ehemaligen Klassenraum.

»Guten Morgen.« sagte ich ausgelassen als ich Frau Meyer, meine Klassenlehrerin, vor der verschlossenen Tür antraf. Sie schaute etwas überfordert über die schwatzende Schar an Schülern hinweg, vermutlich ohne zu bemerken, dass ich so eben noch dazu gestoßen bin.

»Wenn ich Sie jetzt um Ihre Aufmerksamkeit bitten dürfte?« versuchte sie die Stimme über das Geschnatter zu erheben. Es bedurfte beinahe fünf, vielleicht sechs Anläufe, bis sich die krächzende Stimme einer jahrelangen Raucherin durchsetzen konnte.

»Sehr schön. Ich danke euch, oder Ihnen schon einmal, dass Sie heute trotz allem zur Schule gekommen sind.« sagte sie in ihrer monotonen, einschläfernden Stimmlage. Frau Meyer hatte die Angewohnheit uns stets förmlich, fast geschäftlich anzureden und im selben Moment doch wieder wie ein Kreis alter Freunde. Der Stress tat ihr wahrlich nicht gut und als ich sie beobachtete wurde mir klar, dass nicht nur wir Schüler froh waren bald aus der Schule hervorzutreten und in die große Welt der Erwachsenen einzutauchen. Noch ein Jahr, dachte ich insgeheim. Ich hörte schon gar nicht mehr zu, was Frau Meyer mit heiserer Stimme versuchte den anderen zu erklären. Neugierig suchte ich mit meinen Augen den Gang im Schulhaus ab. Ich hatte die Hoffnung schon fast aufgeben, als…

»Noah.« seufzte ich und meine Herz machte einen kleinen Sprung. In etwas weiterer Entfernung sah ich wie zuerst die widerspenstigen schwarzen Haare, dann das blasse und markante Gesicht mit den vollen Lippen und den hypnotisierenden Augen über den Treppenstufen des Eingangs auftauchten. Dann gab es für mich kein Halten mehr.

»Äh Frau Kopinski…« hörte ich Frau Meyer noch hinter mir vollkommen überfordert sagen, doch ich war schon los gerannt. Es kam mir vor, als wären Jahre vergangen, seit ich dieses Gesicht das letzte Mal gesehen hatte. Der spiegelglatte Flur der Schule trug mich, halb schwebend, halb rutschend, zu ihm hinüber. Ich sah in sein Gesicht und erkannte, dass auch seine Augen aufleuchteten.

»Ich habe dich vermisst!« stöhnte ich, als ich mich an Noahs breite Brust fallen ließ, was ihn fast von den Füßen holte. Lachend ruderte er etwas mit den Armen, um nicht das Gleichgewicht zu verlieren.

»Ich habe dich auch vermisst, Lisa.« sagte Noah mit seiner tiefen Stimme und er blickte mich mit strahlenden Augen an, als er mich von seiner Brust löste. Ich stellte mich auf die Zehnenspitzen und reckte mein Kinn nach oben und Noah folgte meiner Aufforderung. Als sich unsere Lippen berührten schien etwas in mir zu explodieren. Mein Kopf, sowie mein Bauch vollführten die spaßigsten Loopings. Gierig spitzte ich die Lippen als Noah mich wieder sachte auf beide Beine stellte und ich die Augen einen winzigen Spatz breit öffnete.

»Gut siehst du aus, Lisa.« sagte Noah ein wenig verlegen. Ich musste lächeln.

»Du musst mir alles erzählen.« drängelte ich ihn, als wir beide zurück zu Frau Meyer liefen, welche uns erst mit undurchsichtigen Blick anstarrte, dann aber ihre Rede zu den Schülern fortsetzte als wäre nichts gewesen.

»Ich werde dir alles erzählen, doch immer mit der Ruhe...« flüsterte Noah aus seinem Mundwinkel.

»Und ich freue mich ebenso, dass wir noch ein Jahr lang das Glück haben werden die Klasse gemeinsam zu erleben. Und zwar vollzählig...« erklärte Frau Meyer mit einem angespannten Lächeln. »Keiner von Ihnen ist dieses Jahr sitzen geblieben und ich werde auch nächstes Jahr eure Klassenlehrerin bleiben.« verhaltener Applaus brannte bei den Umstehenden auf. Es war nicht etwa so, dass Frau Meyer unsere absolute Lieblingslehrerin gewesen wäre, doch keiner hatte wirklich etwas an ihr auszusetzen. Sie setzte sich für ihre Schüler ein, was ihr grob Sympathien entgegenbrachte, doch wusste win jeder von uns, dass es wohl bald auch Zeit für sein musste in den wohlverdienten Ruhestand zu gehen. Öfters verwirrt und durch den Wind, wie wir unsere Klassenlehrerin eben kannten, musste auch sie froh sein, dass es bald geschafft sein würde. Wie sie uns immer erzählte, wären wir ihre letzte Klasse, welche sie „durchbringen" wollte.

»Und ich habe noch eine andere Ankündigung zu treffen, welche ich nicht bis über die Sommerferien für mich behalten möchte.« fuhr Frau Meyer mit gefalteten Händen fort. »Wir werden auch nächstes Jahr wieder die besondere Ehre haben, zwei neue Mitschüler in unserer Klasse begrüßen zu dürfen!« freute sie sich sichtlich und klatschte in die Hände. Ich hörte gespannt zu. Schon wieder neue Klassenkameraden? Nicht, dass es mich wirklich interessiert hätte, doch dann dachte ich an Noah. Vor diesem Jahr hätte ich nicht damit gerechnet, dass ein neuer Mitschüler mein Leben so dermaßen auf den Kopf hätte stellen können. Verhalten blickte ich auf die Hand, welche ich hielt und verfolgte den Arm weiter hinauf, bis zu seinem Gesicht. Doch Noah wirkte beinahe wie versteinert. Als ich seinem Blick folgte verstand ich auch weshalb.

»Und hier sind sie! Beinahe wie bestellt.« sagte Frau Meyer und deutete den Gang entlang. »Schön, dass ihr heute schon hier seid.« Am vordersten Ende des Ganges kamen zwei Personen auf uns zu geschritten. Hätte ich diese beiden irgendwo in der Stadt gesehen, hätte ich vermutlich geglaubt, sie wären schon eine ganze Weile aus der Schule raus, doch jetzt, da ich sie hier so sah, war ich mir fast sicher. Ein großer blonder Junge, noch mindestens einen halben Kopf größer als Noah, ja vielleicht sogar noch größer als Markus kam, den Rucksack lässig über die Schulter geschwungen, auf uns zu marschiert. Er musste ziemlich stark sein, denn sein T-Shirt, so wie auch seine Hose, schmiegten sich eng an seinen Körper an, so dass sich unter dem Stoff klare Kanten seiner Haut abzeichneten. Sein scharfkantiges Gesicht und sein Bart, welcher gepflegt um seinen Mund herum geschnitten war machten ihn deutlich älter als er vermutlich war.

Die Frau neben ihm war geradezu winzig im Vergleich zu ihm selbst, doch auch sie wirkte unfassbar schön und anmutig, als sie, den Rucksack lässig über die Schulter geschwungen und ein bauchfreies Top zu einer hellen Hotpants tragend auf uns zu geschritten kam.

»Wenn ich euch eure neuen Mitschüler vorstellen darf, dass sind die McAllen Geschwister Ben und seine Schwester Lina.« erklärte Frau Meyer als die Neuen die kleine Versammlung von Schülern erreicht hatten. Ben, der mit seiner hünenhaften Gestalt beinahe das Licht verdunkelte, als er an mir vorbei schritt, reckte seine kräftige Hand unter dem behaarten Arm aus und schüttelte Frau Meyers Hand.

Ich hätte schwören können, dass Frau Meyer still und heimlich ein Seufzer entwich, als sie die Hand des Neuen packte, doch wollte ich es mir besser nicht vorstellen. Verstehen konnte ich es jedoch. Er schaute vielleicht ein wenig arrogant aus seinen kleinen Augen hervor, doch sein Blick hatte etwas unnatürlich anziehendes. Eine kleine, feine Narbe zeichnete sich unter seinem rechten Auge ab, und ich fragte mich woher er sie bloß hatte, als er ein wenig nervös der Masse von uns zulächelte. Noah schien bemerkt zu haben, dass ich diesen Ben etwas fragend anstarrte und knurrte neben mir, was mich wieder zu Besinnung brachte. Dann schritt seine Schwester, Lina McAllen nach vorn. Ich konnte mich nicht daran erinnern, je eine schönere Frau gesehen zu haben und auch der Blick aus ihren tellergroßen Augen auf dem spitzen, zierlichen Gesicht wirkte magisch und anziehend. Sie war für eine Frau auch sichtlich muskulös, doch nicht in unangenehmer Weise. Unter ihrem bauchfreien T-Shirt zeichneten sich die Muskeln ihrer gebräunten Haut ab.

»Wer die wohl sind?« flüstere ich vor mir hin. Noah fing meinen Blick auf.

»Nichts als Angeber werden das sein.« brummte er zurück.

»Ja...« sagte ich nachdenklich. »Vermutlich Angeber...« Irgendetwas in mir ließ mich anders denken. Ich wusste nicht wer sie waren, doch wusste ich, dass das nächste Schuljahr ein ganz anderes werden würde als dieses.

Als sich die zwei Geschwister endlich vorgestellt hatten und sichtlich nervös den Massen zuwinkten, als wären sie Popstars, welche einer Tournee entgegensehen, entließ uns Frau Meyer auch schon auf eine Exkursion. Die jubelnden Schüler, welche sich freuten diese Tage keinen normalen Unterricht mehr zu haben, strömten durch die Schleusen der alten Schule in die Freiheit. Ich nahm Noahs Arm und wir folgten ihnen nach draußen. Noch einmal sah ich in sein perfektes Gesicht und seine stahlblauen Augen leuchteten auf, als ich ihm ein Lächeln schenkte. Die Schule war so gut wie vorbei und ich wusste, dies würde der beste Sommer meines Lebens werden.

ENDE

Weitere Bücher von Robert R. Brock:

PANDEMIC- ISBN-13: 979-8620082070
Das Atalon Projekt- ISBN-13: 979-8607012052
Die Saga der Adelslande I- Die Anwärter- ISBN-13: 978-1091497986
Die Saga der Adelslande II- Feuer und Eis- ISBN-13: 978-1673294712

*Alle Werke gibt es bei Amazon. Folgen Sie dem Autor für weitere spannende Abenteuer und Geschichten.